读园小集

王稼句 著

古吴轩出版社
中国·苏州

图书在版编目（CIP）数据

读园小集 / 王稼句著. -- 苏州：古吴轩出版社，2020.1
ISBN 978-7-5546-1475-4

Ⅰ.①读… Ⅱ.①王… Ⅲ.①散文集-中国-当代 Ⅳ.①I267

中国版本图书馆CIP数据核字(2019)第270637号

责任编辑：	韩桂丽　张　颖
见习编辑：	李　倩
装帧设计：	韩桂丽
责任校对：	孙佳颖　胡敏韬

书　　名：	读园小集
著　　者：	王稼句
出版发行：	古吴轩出版社
	地址：苏州市十梓街458号　　邮编：215006
	电话：0512-65233679　　传真：0512-65220750
出 版 人：	钱经纬
印　　刷：	苏州市越洋印刷有限公司
开　　本：	787×1092　1/32
印　　张：	10
版　　次：	2020年1月第1版　第1次印刷
书　　号：	ISBN 978-7-5546-1475-4
定　　价：	58.00元

如有印装质量问题，请与印刷厂联系。0512-68180628

目 录

题 记 …………………………………… 1

石崇与石湖 ……………………………… 1

遥记辟疆园 ……………………………… 9

中吴园墅掠影 …………………………… 17

苏舜钦在苏州 …………………………… 28

"南北章" ………………………………… 36

韩园碎影 ………………………………… 44

晚清沧浪亭 ……………………………… 49

五百名贤祠 ……………………………… 59

仰止亭小考 ……………………………… 68

大云庵沧桑 ……………………………… 72

范村考 …………………………………… 83

小市桥边红梅阁 ………………………… 91

史正志与万卷堂 ………………………… 96

网师园小史 ……………………………… 106

狮子林散记	131
木渎钱氏三园	152
王宠的越溪庄	160
徐鸿胪与拙政园	167
王长安与拙政园	174
归田园居往事	192
金阊门外徐氏园	204
《生花梦》中的"东园"	225
瑞云峰故事	232
冠云峰故事	240
徐廷裸东园	246
顾禄与山塘别业	258
董其昌的宝华山庄	263
程氏逸园	269
涧上草堂	275
水木明瑟园	283
范氏天平山庄	291
灵岩山馆	300
后　记	307

题　记

不佞生长苏州,园林自然是熟悉的。少年时正值"文化大革命",园林都关门了,我与几个同学经常翻墙爬进沧浪亭,在假山洞里捉迷藏,那时虽不懂欣赏,但厅堂坐落,曲廊走向,都是了然于心的。读大学时,园林都已整修开放,偶然也去吃茶,去得最多的是耦园和网师园,距学校都不远,出北校门沿仓街去耦园,出南校门沿十全街去网师园,这是我欣赏园林的开始。就在八十年代初,读到陈从周先生的《园林谈丛》,让我眼界顿开,从许云樵们的说掌故,周瘦鹃们的谈风景,进而稍稍有了对园林的理性认识,知道了一点叠山理水的道理,一点建亭构廊的原由。九十年代中,我在苏州杂志社做编辑,空闲较多,找读了不少资料,准备写一本《吴门废园追怀录》,想以此来反映园林的命运和园主的生活,至今这些资料还在,书却没有写出。回想起来,我于园林,大概只做了两件事,一是写了大型画册《苏州古典园林》的文字,二是编了四十万字的《苏州园林历代文钞》。其他的零星文章,也有一些,包括本书收录的三十二篇。

"小集"系列出了五本,这是第六本,因为内容都是关于园林,故就以"读园"名之。园林如画,园林如书,都是需要去好好读的。陈从周先生在《说园三》中说:"看山如玩册页,游山如展手卷,一在景之突出,一在景之联续。所谓静动不同,情趣因异,要之必有我存在,所谓'我见青山多妩媚,料青山见我应如是'。"又说:"造园如缀文,千变万化,不究全文气势立意,而仅务辞汇叠砌者,能有佳构乎?文贵乎气,气有阳刚阴柔之分,行文如此,造园又何独不然,割裂分散,不成文理,藉一亭一榭以斗胜,正今日乐道之园林小品也。"在我看来,梓室老人对园林的最大贡献,就是以诗文家的眼光,结合传统美学,推广了园林的欣赏价值。然而我的兴趣,并不在作园林个案的赏析,更关心的是它们的沧桑变迁。这也是一种读，不但是眼前所见景象，更深入到故纸堆里去，于征文考献之中，推想这个园林遥远的过去，还有那消逝了的风景和人物。

读园，一如读书读画，未必是容易的事，亦须明物理，揣情形，论事势。园林虽是历史上的客观存在，但有的文献断续，不能连贯；有的记载模糊，似是而非。更要紧的是，有时即使读了，往往不得要领，未必能道出真相来，方植之《书林扬觯》说得比较严重："陈编万卷，浩如烟海，苟学不知要，敝精耗神，与之毕世，验之身心性命，试之国计民生，无些子益处。"好在我只是一个过路客，逛过园林之后，再去逛其他地方，若然真的"学不知要"，也与身心性命、国计民生不搭界，在我自己，只不过借以消遣岁月罢了。

二〇一九年八月十日

石崇与石湖

石湖在苏州古城西南,乃东太湖白洋湾折北而形成的内湾。祝穆《方舆胜览》卷二说:"石湖在盘门西南十里,盖太湖之派,范蠡所从入五湖者。"南宋以前,石湖名声不彰,因范成大而天下皆知。洪武《苏州府志》卷七说:"石湖之名,前此未曾著,实自范文穆公始,由是绘图以传。"卢襄《石湖志略·本志第一》也说:"湖之名,宋以前不大显,自阜陵书'石湖'二大字以赐其臣范参政成大,于是石湖之名闻天下。"

范成大之前,石湖虽名声不彰,但一湖浩渺,乃客观存在,为何称它石湖呢,历史上只有一个说法,即西晋惠帝时石崇曾在此营建园墅。清顾嘉誉《横山志略》卷六说："石湖在横山东麓，一壑仅广九里，深不盈仞。相传为石季伦别墅，遭沧桑之变，故湖以石名。"前人甚至迳称它为石崇湖，明初朱同《舟过石崇湖次韵彦铭》诗云："山势西来尽，波平接太清。地连天堑重，名盖石崇轻。镜净空无滓，风翻浪忽惊。掀篷莫回首，何限故乡情。"近人高鹤年《名山游访记》第五十三篇也说："苏州阊门外，乘车西行，十馀里，横塘；三里许，九龙桥，桥跨石湖东口，即古石崇湖也，西出太湖。"

石崇，西晋渤海南皮人，字季伦，生于青州，故小名齐奴。年二十馀为修武令，迁城阳太守，以伐吴有功，封安阳乡侯。惠帝元康初，出为南中郎将、荆州刺史，以劫掠远使商客致巨富。未久，拜卫尉，谄事贾谧，与欧阳建、潘岳、陆机、陆云、左思等称"二十四友"。石崇以奢靡无度闻名于世，《晋书》本传说：

"财产丰积，室宇宏丽。后房百数，皆曳纨绣，珥金翠。丝竹尽当时之选，庖膳穷水陆之珍。与贵戚王恺、羊琇之徒以奢靡相尚。恺以饴澳釜，崇以蜡代薪。恺作紫丝布步障四十里，崇作锦步障五十里以敌之。崇涂屋以椒，恺用赤石脂。崇、恺争豪如此。武帝每助恺，尝以珊瑚树赐之,高二尺许,枝柯扶疏,世所罕比。恺以示崇,崇便以铁如意击之,应手而碎。恺既惋惜,又以为嫉己之宝,声色方厉。崇曰:'不足多恨,今还卿。'乃命左右悉取珊瑚树,有高三四尺者六七株,条干绝俗,光彩耀日,如恺比者甚众。恺惘然自失矣。"

《世说新语·汰侈》记其故事亦多,试举两例:

"石崇每要客燕集,常令美人行酒,客饮酒不尽者,使黄门交斩美人。王丞相与大将军尝共诣崇,丞相素不能饮,辄自勉强,至于沉醉。每至大将军,固不饮以观其变,已斩三人,颜色如故,尚不肯饮。丞相让之,大将军曰:'自杀伊家人,何预卿事!'"

"石崇厕常有十馀婢侍列,皆丽服藻饰。置甲煎粉、沉香汁之属,无不毕备。又与新衣著令出,客多羞不能如厕。王大将军往,脱故衣,著新衣,神色傲然,群婢相谓曰:'此客必能作贼。'"

当贾谧被诛,石崇以同党免官。时赵王司马伦专权,中书令孙秀索其爱妾绿珠,石崇不与,绿珠坠楼而死,孙秀怨怒,乃诬陷石崇、潘岳、欧阳建等参与淮南王司马允作乱,皆被满门抄斩。据《晋史》本传记载,"崇母兄妻子无少长皆被害，死者十五人，崇时年五十二"。石崇被杀是在永康元年，死的地方是洛阳，葬在北邙。

然而正史所记未必尽然，也有可能他未被诛杀，避奔东南，流落吴郡，不但濒湖营建园墅，死后也葬在湖边的山上。《吴郡志》卷三十九引《吴地记》："兵部侍郎石崇坟在吴县西六里。"《大清一统志》卷五十五引《夷坚庚志》："崇坟在宝华山。"《横山志略》卷四说："晋兵部侍郎石崇墓在吴山上，有孤松特挺。"宝华山距石湖不远，吴山则更与石湖密迩。石崇墓迟在元末明初尚存遗迹，周南老《吊石崇墓》诗云："城西多岩壑，信美非金谷。荆州石刺史，胡为此埋玉。缅怀步障春，云锦烂绮缛。买娇教歌舞，不惜珠三斛。顾此堕楼人，焉知祸所伏。苍苍墓已墟，谁欤悲宰木。"高启《石崇墓》诗云："虬须欲怒珊瑚折，步障围春锦云热。真珠换妾胜惊鸿，笑踏香尘如踏空。酒阑金谷莺花醉，家逐楼前舞裙坠。财多买得东市愁，罗绮散尽馀荒丘。犹怜白首同归者，坐伴游魂枫树下。"不但如此，石崇在苏州民间亦有影响，黄埭东庙桥北塊有石卫尉庙，俗呼石崇大王庙。道光《浒墅关志》卷九说："儒教乡土地庙，在黄埭十一都七图，祀楚相三闾大夫屈平,一在十一都四图,祀晋卫尉石崇,俱奉为土地神。"民国《黄埭志》甚至将石崇列入人物传,只是无多故事,仅抄《晋书》本传而已。

前人或认为,石崇在湖滨营建园墅之说,乃出附会,《横山志略》卷六就说:"此必因吴县旧志所误,旧志载石崇墓在吴山上,西有潘岳冢,湖北有范丹基,以是传讹耳。"如今所知最早记载石崇墓所在的是《吴郡志》,距石崇生活的时代确乎已九百多年,而清雍正间刊刻的《横山志略》,何以得知是"吴县旧志所误"。若然石崇墓确在湖西山间,则石崇建园墅于湖滨是完全可能的。

石崇曾在洛阳城西四十三里的金谷涧建园,号称金谷园。《太平寰宇记》卷三引郭缘生《述征记》云:"金谷,谷也。地有金水,自太白原南流经此谷。晋卫尉石崇因即川阜而造制园馆。"《世说新语·品藻》注引石崇《金谷诗叙》:"余以元康六年从太仆卿出为使,持节监青徐诸军事、征虏将军。有别庐在河南县界金谷涧中,或高或下,有清泉茂林,众果、竹柏、药草之属,莫不毕备。又有水碓、鱼池、土窟,其为娱目欢心之物备矣。时征西大将军祭酒王诩当还长安,余与众贤共送往涧中,昼夜游宴,屡迁其坐，或登高临下，或列坐水滨。时琴瑟笙筑，合载车中，道路并作，及住，令与鼓吹递奏。遂各赋诗以叙中怀，或不能者，罚酒三斗。"相传绿珠坠楼的故事，就发生在金谷园中。韦应物《金谷园歌》咏道："石氏灭，金谷园中水流绝。当时豪右争骄侈，锦为步障四十里。东风吹花雪满川，紫气凝阁朝景妍。洛阳陌上人回首，丝竹飘飘入青天。晋武平吴恣欢燕。馀风靡靡朝廷变。嗣世衰微谁肯忧，二十四友日日空追游。追游讵可足，共惜年华促。祸端一发埋恨长，百草无情春自绿。"

石崇的湖滨园墅，规模也应该很大，孔陟岵续补柳商贤《横金志》卷二说："自行春桥至北溪桥，中有寺下浜、陈湾浜、卢家浜、张宅浜，相传为石季伦别墅，遭沧桑之变，故湖以为名。"按孔陟岵的说法，它坐落在湖之西迤逦至湖之南一带，其范围包括楞伽山下的寺下村（又称紫微村），上方山下的巏下村，吴山岭下的陈湾村、下周村，湖之西南前越来溪上的南周村、后陆巷，湖之南的莫舍村。以石崇的财富和奢侈作风，他的园墅，大概也富丽堂皇、峥嵘轩峻，那里依山傍水，不啻有瑶池阆苑之观。葛洪就提到当时吴郡一带的情形，《抱朴子外编·吴失》

说:"虽造宾不沐嘉旨之俟,饥士不蒙升合之救,而金玉满堂,妓妾溢房,商贩千艘,腐谷万庾,园囿拟上林,馆第僭太极,粱肉馀于犬马,积珍陷于帑藏。其接士也无葭莩之薄,其自奉也有尽理之厚。"其所指者,是否包括石崇在内,那就不得而知了,然而要"园囿拟上林,馆第僭太极",也只有像石崇这样的竭意自奉之人方能做到。

石崇以后,仍有子孙留居在石湖之滨,湖之南有石舍,雅称绮川,迟在宋元间才改称莫舍。《石湖志》卷三引《族谱序》:"始祖乃湖州溪上大姓,宋绍圣间赘于吴江县范隅乡一都石湖之滨,地名石舍,子孙蕃衍,满村皆莫姓,所居遂改称莫舍。"《石湖志略·流衍第二》记莫舍溇说:"南溪之东一港,承太湖之水以入湖者,即绮川也。其东有泰和冈,旧名石舍,其后以莫姓蕃衍,遂易今称。上有绮川亭,前莫分秀沙田、石家下场、红桥,又有南村张氏、竹堂薛氏、蜕窝朱氏、西坡沈氏、中村李氏、汝南袁氏,皆文献之族。"《石湖志》卷二说:"石家桥,在绮川,洪武中里人莫芝翁重建。"可见在明代中期,村中尚有石家下场、石家桥等地名,但石氏已式微,早由锦绣人家败落为田奴织婢、牧竖樵夫了。

由于石崇在苏州的文献记载很少，他的园墅更没有具体的材料，古事邈远，自然也无可去作更多的想象。但至少可以知道两点，石湖得名，与石崇有关；石崇园墅乃苏州早期私家园林之一，早于城内辟疆园至少五十年。

二〇一九年六月二十五日改定

遥记辟疆园

苏州园林的正脉,当属私家园林,修治一个竹树翳依、花石玲珑的园子,以改善物质生活环境,提升精神生活质量,也就创造了一个可居可游的生活空间,这正是建造私家园林的初衷。

《世说新语·简傲》记载了东晋吴郡的两处私家园林:

"王子猷尝行过吴中,见一士大夫家极有好竹,主已知子猷当往,乃洒扫施设,在听事坐相待。王肩舆径造竹下,讽啸良久,主已失望,犹冀还当通。遂直欲出门,主人大不堪,便令左右闭门,不听出。王更以此赏主人,乃留坐,尽欢而去。"

"王子敬自会稽经吴,闻顾辟疆有名园,先不识主人,径往其家。值顾方集宾友酣燕,而王游历既毕,指麾好恶,旁若无人。顾勃然不堪,曰:'傲主人,非礼也;以贵骄人,非道也。失此二者,不足齿之伧耳。'便驱其左右出门。王独在舆上,回转顾望,左右移时不至,然后令送著门外,怡然不屑。"

两王游园都乘肩舆,这是当时的社会风尚。《颜氏家训·涉务篇》说:"梁世士大夫,皆尚褒衣博带,大冠高履,出则车舆,入则扶侍,郊郭之内,无乘马者。"颜之推所记虽六朝事,但东晋时已如此矣。由此可考察当时园子的大门、道路等制度,并非后世所说的"曲折通幽"。王徽之所游之园,仅知其"极有好竹",而王献之所游之园,并无景致描写,却因主人有名有姓,留下了故实,以至成为园林的一个象征性符号。

这个园子的主人姓顾,名辟疆(一作辟彊),故其园后人称为辟疆园。刘义庆注引《顾氏谱》:"辟疆,吴郡人,历郡功曹、平北参军。"其他一无事迹可考。自东晋末年起,吴郡历经战争,尤其是孙恩、侯景、沈玄憎、刘元进之乱,城市几毁,杨素又徙郡治、县治于横山之东,辟疆园应该早已鞠为茂草了。

过了四百多年,那已是唐代宗时代,相传顾况曾入住辟疆园,朱长文《吴郡图经续记》卷下说:"辟疆园,唐时犹在,顾况尝假以居。郡守赠诗云:'辟疆东晋日,竹树有名园。年代更多主,池塘复裔孙。'今莫知其所。"又过了一百多年,相传辟疆园还在,为泾县尉任晦所居,《吴郡图经续记》同卷说:"任晦宅见于皮、陆诗,有深林曲沼、危亭幽砌,而任君弃泾县尉归居于其间。鲁望诗云:'吴之辟疆园,在昔胜概敌。前闻富修竹,后说纷怪石。风烟惨无主,载祀将六百。草色与行人,谁能问遗迹。不知清景在,尽付任君宅。'据此殆即辟疆之园邪。"

其实,唐人诗里提到的辟疆园,都是用以借代,因为辟疆园已成为名园的代表,具有象征意义。如李白《留别龚处士》云"柳深陶令宅,竹暗辟疆园";独孤及《萧文学山池宴》云"檀栾千亩绿,知是辟疆园";陆羽《玩月》云"辟疆旧林园,怪石纷相向";皮日休《临顿为吴中偏胜之地陆鲁望居之》云"更葺园中景,应为顾辟疆";吴融《春晚书怀》云"落尽红芳春意阑,绿芜空锁辟疆园"等等,都是借辟疆园之典,以咏当时园林。就以顾况来说,正如包佶《顾著作宅赋诗》有云:"脱巾偏招相国,逢竹便认吾家。"不能因为园中竹树多,就认为是东晋的辟疆园。

关于任晦园池,可以多说几句。任晦与皮日休、陆龟蒙稔熟,两人都曾去过他的园子。皮日休有《二游诗》,分咏徐修矩、任晦,《任诗》咏园中景观云:"入门约百步,古木声霎霎。广槛小山欹,斜廊怪石夹。白莲倚阑楯,翠鸟缘帘押。地势似五泻,岩形若三峡。猿眠但腽肭,凫食时唼喋。拨荇下文竿,结藤萦桂楫。门留医树客,壁倚栽花锸,度岁止褐衣,经旬惟白帢。多君方闭户,顾我能倒屣。请题在茅栋,留坐于石榻。魂从清景遛,衣任烟霞裛。阶墀龟任上,枕席鸥方狎。沼似颇黎镜,当中见鱼眨。杯杓悉杉瘤,盘筵尽荷叶。"陆龟蒙还为任晦写过一篇《白鸥诗序》,更具体介绍了园中的主要景观:"乐安任君,尝为泾尉,居吴城中,地才数亩而不佩俗物。有池,池中有岛屿,池之南、西、北边合三亭,修篁嘉木,掩隐隈隩,处其一,不见其二也。君好奇乐异,喜文学名理之士,所得皆清散凝莹。"整个园子不过数亩,园中有池,池中有岛,池周有亭,以茂密的竹树作为障景。这是难得的唐代苏州园林史料。

任晦园在城内潘儒巷，顾震涛《吴门表隐》卷二说："任晦园，唐泾尉任晦所建，或云即辟疆园，实在潘儒巷，今任敬子祠东，宋为任氏园，因建祠。元为潘元绍别宅，明属徐姓、毛姓，后废为民居。"又说："桂花厅在周通桥南，亦任晦园址。明徐某爱木樨，多种桂树，墙甓枅柱，尽刻木樨。宅屡易主，程观察荫桂、陈刺史晋、戴太史葆莹皆居之。"

至于辟疆园的所在，向无落实的记载。清嘉庆十一年，有人在西米巷（今西美巷）大觉庵发现况锺《重建五显王行祠记》和《辟疆馆记碑》两石，后者碑文如下：

"晋顾氏辟疆园者，即郡治东隅和丰坊五显王庙地，其故址也。至元《吴地记》以五显庙为辟疆故地。据景定《姑胥志》，和丰坊有顾况宅，唐大历中拓府治，规其半为厩云云。予于正统三年，以五显王灵异，三祷旱潦皆应，请于朝为重兴楹桷，落成后甃井得断石，为'辟疆东晋'字。予友蹇叔真考之，则正顾况诗所谓'辟疆东晋日，竹树旧名园。年代更多主，池塘复裔孙'。为辟疆顾氏园无疑也。是岁冬，予丁先太夫人之忧，辅臣命礼部将以予夺情视事，予哀号衰绖，以郡事委郡丞邵谌，而以五显庙之南偏为居庐，终制焉。六年，予再视府事，其时官田赋额，驿政纲运，皆粗有成则。每日晏暇休，爱此馆青葱蓊霭，竹木明瑟，为簿书萧闲地，或宾客论政事，亦时为小诗。参吾幕者，为寋君仁、谭君有章，皆通才也。予初以吕、寋两尚书荐，备官礼部，出守雄郡，治此既久，耽而乐之。于是谭君为制'辟疆馆'字，颜予卧室。百年之后，予幸不获罪吴民，没我马齿，则咫尺山池，亦安知非石相栖神之泊宅欤。时正统六年冬十一月廿有一日，知直隶苏州府事前礼部仪制司郎中靖安况锺伯律氏书。"

既发现《辟疆馆记碑》，也就发现了辟疆园故址。道光六年，知府额腾伊即大觉庵基建况公祠。道光二十七年，知府桂超万在府署闲园内建辟疆亭，并作《辟疆亭记》云：

"郡治东，为东晋顾辟疆园遗址，后建五显庙。明况太守为民祈祷辄应，旋奉讳构私居于其南，仍以'辟疆馆'颜之，自制碑碣以记。今没于苔藓，适照磨胡君容本代余修葺闲园，见而移置亭壁，予即以名亭，重龙江太守也。道光丁未，桂超万志。"

自嘉庆间发现《辟疆馆记碑》后,一时哄传,拥戴其说者甚众,如张紫琳《红兰逸乘》卷四说:"大觉禅林在西美巷,晋顾氏辟疆园址也。明况太守寓此,掘得晋石刻,因筑辟疆馆,勒碑纪其迹。"顾震涛《吴门表隐》卷二也说:"辟疆园,晋顾辟疆所筑,为郡中第一,志载失考,实在西美巷中,郡署东偏。曾为五显庙,继为府厫,后半为大觉寺。明况锺有《辟疆馆记碑》,今即其地建况公祠。"

想不到,这方《辟疆馆记碑》竟然是假货。叶廷琯《吹网录》卷三说:"嘉庆丁卯戊辰间,吾郡盛传此记石刻,好古者以况公翰墨流传甚少,颇爱重之。石在府署东西米巷中如意庵僧家,一时竞相摹揭,不啻唐宋旧碑。庚午正月,郡守坦园五公泰得之,属郡人王国博芑孙、黄部曹丕烈博考,审为赝迹,乃识而还之故址,谓碑勿更误来贤。余观王、黄二公之辨正,诚有裨于来者。"

黄丕烈《况太守辟疆馆记伪刻辨正》有两篇,收入《荛圃杂著》,条分缕析,言之凿凿,确可信据。大意谓至元《吴地记》、景定《姑胥志》两书,世不概见;唐州治向在子城,误以今署为古治;以五显庙为辟疆故地,在宋诸家皆以为莫考,何至元时独能指其地;和丰坊乃宋坊,唐无此名，顾况即寓辟疆园，不闻园即在和丰坊；叙况锺丁忧复任事，年代、事实均大有歧异。黄丕烈还亲往庵中调查，正统四年刻的《重建五显王行祠记》，嵌陷壁间，已漫漶断裂，正统六年刻的《辟疆馆记》，置诸庭中，反倒完好如新。黄丕烈认为，"然则《辟疆馆记》在作伪者，即刺取《重建五显王行祠记》中语而潦草为之，因五显庙以得和丰坊，而妄以为辟疆故址矣。规其地近今治，可恢拓及之，而妄以为唐大历中矣。因得其联官同知邵谌之名，而妄以为委之郡事矣。点窜涂改，其迹显然。碑石作书条款式，与乾隆重修碑记相类。是直近时好事者为之，亦无足辨焉尔"。好事者，也不会平白无故去做这个假，"适有幕客某寓此，云是碑可搨以易米，因搨出之"。原来，庵僧是为了赚钱，伪造了这方碑刻。

如此说来，则东晋辟疆园的坐落，仍在虚无缥缈之中。

二〇一九年六月二十六日改定

中吴园墅掠影

唐乾符二年,杭州临安人钱镠以乡兵偏将从军,因镇压黄巢、击败董昌有功,被昭宗李晔封为镇海、镇东军节度使。唐亡后,后梁开平元年,钱镠被太祖朱温封吴越王,龙德三年进封吴越国王。吴越国是五代十国之一,领一军十三州,一军是安国衣锦军,十三州是杭州、越州、湖州、温州、台州、明州、处州、衢州、婺州、睦州、秀州、苏州、福州,范围包括今浙江、江苏南部、福建北部。虽偏居一隅,但经济富庶,社会安定,人民安居乐业。这与钱镠推行"保境安民"的基本国策有关。当时吴越国的西北,先后是强大的吴国、南唐国,南方则是闽国。因此,钱镠臣服中原,纳贡称藩,以牵制强邻。欧阳修《有美堂记》说:"独钱塘自五代时,知尊中国,效臣顺,及其亡也,顿首请命,不烦干戈,今其民幸富完安乐。"另一方面,钱氏积极发展农业,大力开垦荒地,统一规划兴修水利,专设撩浅军从事修治和疏浚,并大规模修造圩田,以营田军驻屯。范仲淹《答手诏条陈十事》说:"臣询访高年,则云曩时两浙未归朝廷,苏州有营田军四都,共七八千人,专为田事,导河筑堤,以减水患,于时民间钱五十文籴白米一石。"就在吴越国时期,江南一带出现野无闲田、桑无隙地、家无乏用的太平景象。

苏州是吴越国十三州中最重要的城市,经济基础稳固,生产发展迅速,手工业则以土布、丝绸、刺绣、金银器、铜器、造船、造纸、印刷、漆器、编织以及盐、酒、茶、糖的食品加工为主,工商业出现繁荣局面。孙觌《平江府枫桥普明禅院兴造记》说:"逮乾符、光启间,大盗蜂出,争为强雄,而武肃王钱镠以破黄巢、诛董昌,尽有浙东西地。五代分裂,诸蕃据数州自王,独尝顺事中国。有宋受命,尽籍土地府库,帅其属朝京师,遂去其国。自盖长庆讫宣和,更七代三百年,吴人老死不见兵革,复露生养,至四十五万家。而吴太伯庙栋犹有唐昭宗时宁海镇东南节度钱镠名姓书其上，可谓盛矣。"后唐同光二年表请升苏州为中吴军，领常、润等州，钱元璙、钱文奉、孙承祐先后任节度使，都能秉承吴越王旨意，保一方平安。谚语"天上天堂，地下苏杭"、"苏湖熟，天下足"，就在这时开始流传的。由此可见，杭州虽为吴越首府，但若论富庶繁雄，苏州则是浙右第一。这是苏州历史上的黄金岁月。

在吴越国时期，社会安定，生产发达，经济繁荣，故钱氏诸王都以奢侈自奉，好事宫室园墅。如武肃王钱镠，《旧五代史·世袭列传》说："镠于临安故里兴造第舍，穷极壮丽，岁时游于里中，车徒雄盛，万夫罗列。"如文穆王钱元瓘，《新五代史·吴越世家》称其"性尤奢侈，好治宫室"。王禹偁《上许殿丞论榷酒书》甚至说："钱氏据十三郡垂百年，以琛赆为名而肆烦苛之政，邀勤王之誉而残民，自奉者久矣。"归有光《沧浪亭记》也说："虽然钱镠因乱攘窃，保有吴越，国富兵强，垂及四世，诸子姻戚，乘时奢僭，宫馆苑囿极一时之盛。"正因为如此，江南造园活动进入了一个新的繁荣发展时期。

苏州的情形，朱长文《乐圃记》说："始钱氏时，广陵王元璙者，实守姑苏，好治林圃。其诸子狥其所好，各因隙地而营之,为台为沼,今城中遗址颇有存者。"又,《吴郡图经续记》卷下引《九国志》:"元璙治苏州,以园池草木为意,创南园、东圃及诸别第,奇卉异木,名品千万。"

南园是钱氏在苏州造园的一个典型。

南园,本是钱镠在唐末始建的园墅,罗隐曾往一游,有《南园题》云:"搏击路终迷,南园且灌畦。敢言逃俗态,自是乐幽栖。叶长春松阔,科圆早薤齐。雨沾虚槛冷,雪压远山低。竹好还成径,桃夭亦有蹊。小窗奔野马,闲瓮养醯鸡。水石心逾切,烟霄分已暌。病怜王猛奋,愚笑隗嚣泥。泽国潮平岸,江村柳覆堤。到头乘兴是,谁手好提携。"罗隐字昭谏,杭州新城人,光启三年东归吴越,受钱镠礼遇,累官钱塘县令,授镇海军掌书记、节度判官、发运使等职,卒于后梁开平三年。从诗中描写来看,当时的南园广袤、空旷,充满了野趣。

钱元璙据苏,又对南园进行增筑扩建。元璙字德辉,钱镠第四子(一说第六子),后梁乾化三年权苏州刺史,累敕授中吴、建武等军节度使,苏、常、润等州团练使,太傅、同中书门下平章事,又敕封广陵郡王,不及受命而薨。《吴郡图经续记》卷上说:"自钱武肃王吴越,以其子元璙为刺史。当兵火剽焚之后,而元璙以俭约慎静镇之者三十年,与江南李氏接境,而能保全屏蔽者,元璙之功也。"元璙时的南园,占地广袤,其大致范围,南至城濠,北至今书院巷、侍其巷一线,东至今人民路,西至今吉庆街、西大街。一说沧浪亭址,亦在其范围内,叶梦得《石林诗话》卷上说:"姑苏州学之南,积水弥数十顷,傍有小山,高下曲折相望,盖钱氏时广陵王所作。既积土为山,因以其地潴水,瑞光寺即其宅,而此其别圃也。庆历间,苏子美谪废,以四十千得之为居,傍水作亭,曰沧浪。"

关于南园的景观和变迁,洪武《苏州府志》卷七引祥符《图经》:"在子城西南,有安宁厅、思玄堂,清风、绿波、迎仙等三阁,清涟、涌泉、清暑、碧云、流杯、沿波、惹云、白云等八亭,又有榭亭二,就树为榱柱,及迎春、百花等三亭。西池在园厅西,有龟首、旋螺二亭(在池中心,形如旋螺)。又有茅亭三、茶酒库、易衣院。"朱长文《吴郡图经续记》卷上说:"南园之兴,自广陵王元璙帅中吴,好治林圃。于是,酾流以为沼,积土以为山,岛屿峰峦,出于巧思,求致异木,名品甚多,比及积岁,皆为合抱。亭宇台榭,值景而造,所谓三阁八亭二台,'龟首'、'旋螺'之类，名载《图经》，盖旧物也。钱氏去国，此园不毁。"雍熙初，王禹偁知长洲，政事之暇，常至南园醉饮，有《南园偶题》诗云："天子优贤是有唐，鉴湖恩赐贺知章。他年我若功成后，乞取南园作醉乡。"乃玩而爱之之至也。其迷人胜概，可以想见。大中祥符中，知州秦义重葺，以会寮吏馆使，客朝贵，皆为赋诗，参知政事郡人丁谓为序。时京师建景灵宫，购求珍石，南园的奇峰异石被郡守进贡。据《吴郡图经续记》卷上记载，至元丰时，南园"所存之亭，有流杯、四照、百花、乐丰、惹云、风月之目，每春纵士女游览，以为乐焉"。大观末，蔡京罢相欲东还，诏以南园赐之，蔡京作诗赠亲党云："八年帷幄竟何为，更赐南园宠退归。堪笑当时王学士，功名未有便吟诗。"以讥讽王禹偁，龚明之《中吴纪闻》卷三说："黄州之诗不过寓意尔，京遽以无功名诮之。黄州虽终为黜臣，其名与天地同不朽；京居相位二十年，又处师垣之尊，至今虽三尺之童，唾骂不已，其贤不肖何如也。"北宋后期，南园又遭花石纲劫掠，洪武《苏州府志》卷七说："南园昔甚广袤，异木奇石，多为朱勔取进，独一松盘根大，不可移而止。"南园的废毁，乃遭建炎四年金兵焚掠，今从绍定二年镌刻的

《平江图》上来看，府学之南、瑞光寺之东，几乎是一片空白。

北宋中期以后，由于苏州城市建设南移，新建州学等，南园面积逐渐缩小，景观也逐渐旷废，部分锄为菜圃。建炎之难后，南园大部废毁，后虽略有构建，不成气候，但还总算尚存南园故迹，洪武《苏州府志》卷七举了三处："今府学后一方之地，皆故园也，犹有清流崇阜，可以仿佛当时之胜。比蜀人高氏，亦得一隅经营之，而流杯出焉，因作醉乡等亭以仿古。""张氏园池，亦南园故地也，绍兴间侍郎张幾仲得之。今山亭犹扁'惹云'，池塘犹扁'清涟'，存故实也。堂侧有陵霞阁，奉其父循王壕像，四时饰以真服。又有水竹道院等处。"从《平江图》上看，"今府学后一方之地"，标曰"南园"，坐落在今书院巷至文庙大成殿之间，东至今人民路，西至今蜜蜂洞；"张氏园池"，标曰"张府"，坐落在今侍其巷至新桥巷之间。

宋元以后，南园的概念扩大了，借钱氏南园之名，泛指城南的一大片田野。其大致范围，南至城濠，东至葑门内，西至今东大街。北至则不一，今人民路以西，北至今新市路；今人民路以东，或北至沧浪亭南一线，或北至羊王庙一线，或北至今十全街一线。那里除村舍、菜塍、池塘、河流、荒坟、杂树、小桥外，还有几处坛庙，几处寺庵，几处院落。在前人的咏唱里，南园半村半郭，一片田园景象。早春时，菜花极盛，暖风烂熳，一望金黄，郡城士女纷纷前往，游春赏景，寻芳选胜。虽说是在古城里，实在也可看作是郊游的。直到上世纪七十年代，那里属娄葑公社南园大队，真正是都市里的村庄。

钱氏除南园外，还有金谷园、东庄，及外戚孙承祐池馆等。

金谷园，在雍熙寺西，知州章岵表为乐圃坊，即今慕家花园一带，乃钱元璙建。吴任臣《十国春秋》卷八十三称元璙"进检校太师、中书令、开府仪同三师，作金谷园以娱老"。可知建园在后唐清泰四年后。陆友仁《砚北杂志》卷上说："金谷园，吴越钱氏时广陵王元璙所作，今朱氏乐圃是其地。"据朱长文《乐圃记》记载，"钱氏去国，圃为民居，更数姓矣。庆历中，余家祖母吴夫人始购得之"，后增广其地兴建乐圃，时在元丰初。

东庄，又称东圃或东墅，在葑门内天赐庄，即今苏州大学本部，乃钱文奉建。文奉，字廉卿，自号知常子，元璙第二子,以荫为中吴军衙内都指挥使,改节度副使,几三十年,天福中嗣元璙为节度使,累加至检校太尉,兼中书令。《吴郡志》卷十四说:"东庄与南园,皆广陵王元璙帅吴时,其子文奉为衙内指挥使时所创。营之三十年间,极园池之赏,奇卉异木,及其身见,皆成合抱,又累土为山,亦成岩谷。晚年经度不已,每燕集其间,任客所适。文奉跨白骡,披鹤氅,缓步花径,或泛舟池中,容与往来,闻客笑语,就之而饮,盖好事如此。"

孙承祐池馆,一说即沧浪亭址,苏舜钦《沧浪亭记》说:"一日过郡学,东顾草树郁然,崇阜广水,不类乎城中,并水得微径于杂花修竹之间,东趋数百步,有弃地,纵广合五六十寻,三向皆水也。杠之南,其地益阔,旁无民居,左右皆林木相亏蔽。访诸旧老,云钱氏有国,近戚孙承祐之池馆也。坳隆胜势,遗意尚存。"这处池馆约筑于开宝初,坐落南园一隅,《吴郡志》卷十四称其"既积土成山,因以潴水",大概未曾大兴土木,只是依南园旧规,稍加修葺而已。

孙承祐,杭州钱塘人,忠懿王钱元瓘纳其姊为妃,因擢处要职。开宝初,官镇东镇海等军行军司马,随世子惟潜入贡于宋,宋太祖诏授光禄大夫、检校太保。七年,复遣承祐贡于宋太祖,赏赐丰厚。八年,授中吴军节度使。会宋诏改中吴为平江,即授承祐镇平江军。太平兴国初,王尽献吴越地,徙承祐泰宁军节度使。五年,从幸大名,留知府事。雍熙二年,改知滑州。数月卒,赠太子太师。

孙承祐的生活,奢侈异常。《十国春秋》卷八十七说:"承祐在浙日,凭藉亲宠,恣为奢侈,每一燕会,杀物命千数,家食亦数十器方下箸,设十银镬,搆火以次荐之。尝馔客,指其盘曰:'今日,南之蜂蟥,北之红羊,东之鰕鱼,西之嘉粟,无不毕备,可云富有小四海矣。'又用龙脑煎酥制小样骊山,复千金市石绿一枚,治为博山香炉峰,尖上作一暗窍出烟,呼曰'不二山'。忠懿王尝以大片生龙脑十斤赐承祐,承祐即对使者索大银炉,作一聚焚之,曰:'聊以祝王寿。'其豪贵如此。后归宋,扈从太宗北征,以橐驼负大斛贮水养鱼,自随至幽州南村落间,日已旰,西京留守石守信与其子驸马都尉保吉诸人尚未朝食,适遇承祐,即延所止幕舍中,脍鱼具食,穷极水陆,人皆异之。"由此想来,孙承祐在苏州的池馆,也几有可观,但仅见苏舜钦在《沧浪亭记》中说的几句。

当时造园，已开始大量采用太湖石置景。李日华《六研斋二笔》卷二说："唐牛奇章嗜石，石分四品，居甲乙者，俱太湖也。石根插入湖底，波涛撼击，遂成窍穴，嵌空玲珑，极有奇状。质含津润，与云气开敛相为晦明，叩之硿然，兼有泗滨之韵，所以为佳。吴越钱氏元璙作镇，与外戚孙承祐极意搜剔奇秀者，尽辇而置之园林矣。"叶梦得《石林诗话》卷上记章氏扩建沧浪亭时，就在隔岸北部的洞山发现大量太湖石，"既除地，发其下，皆嵌空大石，又得千馀株，亦广陵时所藏，益以增累其隙，两山相对，遂为一时雄观"。

吴越钱氏在苏州的园墅，至北宋元丰时尚多遗迹，《吴郡图经续记》卷下说："今其遗迹多在居人之家，其崇冈清池，茂林珍木，或犹有存者。"

二〇一九年六月二十七日改定

苏舜钦在苏州

景祐三年,范仲淹、余靖、尹洙、欧阳修被宰相吕夷简指为"朋党",均遭贬斥。至庆历三年,范仲淹任参知政事,欧阳修知谏院,富弼、韩琦也都进用。范仲淹在宰相杜衍支持下,推行庆历新政。次年,以夏竦为代表的反对派,千方百计阻挠这次政治改革。据《宋史全文·宋仁宗四》记载,内侍蓝元震牵出景祐时事,并说范仲淹等"以国家爵禄为私惠,胶固朋党,递相提挈,不过二三年,布满要路"。于是谤毁寖浸盛,朋党之论,滋不可解。范仲淹、富弼不安于位,自请出为外官。五年,杜衍罢相,余靖、尹洙、欧阳修等亦被贬逐。这就是历史上的"庆历党争"。

苏舜钦是在庆历三年以范仲淹举荐,授集贤校理,监进奏院。四年九月，出了一件事，进奏院举行祠神仪礼，舜钦等将院中的废纸卖了，召妓乐，举宴会。这本来不过是遵循惯例而已，但给反对派找到了把柄，舜钦既是杜衍的女婿，又是范仲淹举荐，在他身上开刀，真是一箭双雕。于是御史中丞王拱辰让属下劾奏，事下开封府审治，结果舜钦以自盗除名。陈鹄《耆旧续闻》卷五说："自苏子美监察奏邸，旧例鬻故官纸以赛神，而宴客时，馆阁诸公毕集，独李定不预，遂掎摭其事言于中丞王拱辰。御史刘元瑜迎合时宰之意，兴奏邸之狱，一时英俊，斥逐殆尽，有一网打尽之语。故梅圣俞有诗云：'一客不得食，覆羹伤众宾。'盖指李定也。"在"庆历党争"中，舜钦之案虽小，却是双方交锋的一个拐点，欧阳修《湖州长史苏君墓志铭并序》说："于是时范文正公与今富丞相多所设施，而小人不便。顾人主方信用，思有以撼动，未得其根。以君文正公之所荐，而宰相杜公婿也，乃以事中君，坐监进奏院祠神，奏用市故纸钱会客，为自盗除名。君名重天下，所会客皆一时贤俊，悉坐贬逐。然后中君者喜曰：'吾一举网尽之矣。'其后三四大臣继罢去，天下事卒不复施为。"其中提到的"中君"即王拱辰，正是庆历新政的积极反对者。

庆历五年四月,苏舜钦偕妻儿来到苏州,他在给范仲淹的信里说:"既至,则有江山之胜,稻蟹之美,兖州有租田数顷,郡中假回车院以居之,亲友分俸,伏腊似可给,岂敢更求赢馀,以足所欲。日甚闲旷,得以纵观书策,及往时著述有未备者,皆得缀缉之。"(《答范资政书》)舜钦来后先住在回车院,回车院是唐宋时的官舍,供州县官秩满后所居,以俟代者。但他住得不习惯,《沧浪亭记》说:"予以罪废无所归,扁舟南游,旅于吴中,始僦舍以处,时盛夏蒸燠,土居皆褊狭,不能出气,思得高爽虚辟之地,以舒所怀,不可得也。"不到半年时间,接连搬了三次家,他在《迁居》诗中咏道:"岁暮被重谪,狼狈来中吴。中吴未半岁,三次迁里闾。"终于在是年秋冬间,看中南园上的孙承祐池馆遗址,以四万钱买得,重加修建,作为流寓的居所。《沧浪亭记》说:"一日过郡学,东顾草树郁然,崇阜广水,不类乎城中,并水得微径于杂花修竹之间,东趋数百步,有弃地,纵广合五六十寻,三向皆水也。杠之南,其地益阔,旁无民居,左右皆林木相亏蔽。访诸旧老,云钱氏有国,近戚孙承祐之池馆也。坳隆胜势,遗意尚存。予爱而徘徊,遂以钱四万得之,构亭北碕,号沧浪焉。"他将这水边的亭子题名沧浪,乃取《孟子·离娄章句上》所引《孺子歌》:"沧浪之水清兮,可以濯我缨;沧浪之水浊兮,可以濯我足。"沧浪亭既实指一个亭子,也泛称整个宅园。

苏舜钦在沧浪亭的日子,过得安逸而舒畅,他在给韩维的信里说:"伏腊稍充足,居室稍宽,又无终日应接奔走之劳,耳目清旷,不设机关以待人,心安闲而体舒放。三商而眠,高春而起,静院明窗之下,罗列图史琴尊,以自愉悦。逾月不迹公门,有兴则泛小舟出盘阊,吟啸览古于江山之间。渚茶野酿,足以消忧,莼鲈稻蟹,足以适口。又多高僧隐君子,佛庙胜绝。家有园林,珍花奇石,曲池高台,鱼鸟留连,不觉日暮。"(《答韩持国书》)他在那里读书、作诗、写字,消遣岁月,欧阳修《湖州长史苏君墓志铭并序》说:"君携妻子居苏州,买水石作沧浪亭,日益读书,大涵肆于六经,而时发其愤闷于歌诗,至其所激,往往惊绝。又喜行草书,皆可爱,故其虽短章醉墨,落笔争为人所传。天下之士,闻其名而慕,见其所传而喜,往揖其貌而竦听其论而惊以服,久与其居而不能舍以去也。"当时苏州有三贤人,陆友仁《吴中旧事》说:"庆历间,安定胡先生在吴学，苏子美被诬退居沧浪亭，太常博士陈虞卿壮岁致仕而归，吴中称三贤人。胡先生以教，子美以文，虞卿以行，名动天下。"

苏舜钦题咏沧浪亭的诗极多，如《独步游沧浪亭》云："花枝低欹草色齐，不可骑入步是宜。时时携酒只独往，醉倒惟有春风知。"《初晴游沧浪亭》云："夜雨连明春水生，娇云浓暖弄阴晴。帘虚日薄花竹静，时有乳鸠相对鸣。"《沧浪怀贯之》云："沧浪独步亦无惊，聊上危台四望中。秋色入林红黯澹，日光穿竹翠玲珑。酒徒漂落风前燕，诗社凋零霜后桐。君又暂来还径去，醉吟谁复伴衰翁。"《沧浪静吟》云："独绕虚亭步石矼，静中情味世无双。山蝉带响穿疏户，野蔓盘青入破窗。二子逢时犹死饿，三闾遭逐便沉江。我今饱食高眠外，惟恨醇醪不满缸。"舜钦自居沧浪亭后，欧阳修、梅尧臣、韩维、尹洙等均有咏之，欧阳修《沧浪亭》有句"清风明月本无价"，舜钦自作《过苏州》有句"近水远山皆有情"，后人将这两句集成一联，刻在沧浪亭的石柱上。

苏舜钦在苏州，时常扁舟出游，寄情山水之间。《苏州洞庭山水月禅院记》说："予乙酉岁夏四月来居吴门，始维舟,即登灵岩之颠,以望太湖,俯视洞庭山,崒然特起,霞云采翠,浮动于沧波之中。予时据阑竦首,精爽下堕,欲乘清风,跨落景,以翱翔乎其间,莫可得也。"是年十月,"遂招徐、陈二君,浮轻舟,出横金口,观其洪川荡潏,万顷一色,不知天地之大所能并容。水程泝洄,七十里而远,初宿社下,逾日乃至。入林屋洞,陟毛公坛,宿包山精舍,又泛明月湾,南望一山,上摩苍烟,舟人指云,此所谓缥缈峰也。即岸,步自松间,出数里,至峰下,有佛庙号水月者,阁殿甚古,像设严焕。旁有澄泉,洁清甘凉,极旱不枯,不类他水"。这篇《苏州洞庭山水月禅院记》不仅是水月寺的最早文献,也记下了他的西山游踪。庆历八年六月,吴江利往桥即垂虹桥落成,被誉为天下胜景,舜钦有《中秋松江新桥对月和柳令之作》云:"月晃长江上下同,画桥横绝冷光中。云头艳艳开金饼,水面沉沉卧彩虹。佛氏解为银色界,仙家多住玉华宫。地雄景胜言不尽,但欲追随乘晓风。"方回《瀛奎律髓》卷二二称"此篇古今绝唱,与吴江、长桥、中秋月色成三绝"。他曾信宿虎丘寺,有《秋宿虎丘寺数夕执中以诗见贶因次元韵》;游常熟顶山、破山,有《顶破二山诗》;登阊门城楼,题诗于壁,又书其旁云:"江山留人也,人留江山也。"他还为虞部郎中曹炎在阊门之南的园圃,写了《浩然堂记》。舜钦偶也远游,如庆历五年秋,应润州知州李绚之约,往游润州,有《奉酬公素学士见招之作》;庆历七年,应湖州知州唐询之邀,往游湖州,有《和彦猷晚宴明月楼二首》、《霅上》、《游霅上何山》诸作。

苏舜钦在沧浪亭里住了三年多,庆历八年十二月病卒,年仅四十一。死后八年的嘉祐元年,与兄舜元同葬于润州丹徒县义里乡檀石里石门村。

沧浪亭旧有石棋枰,乃苏舜钦遗物。陆友仁《研北杂志》卷上说:"苏子美沧浪亭故迹依然,有甃井方石,上刻字两行云:'沧浪亭奕局,庆历丙戌子美题。'郡人陈伯雨有诗云:'整履上飞虹,风高退酒容。叶黄翻乱蝶,树老卧苍龙。古径秋霜滑,空山暮霭浓。沧浪棋石在,题笔暗尘封。'"毛珝《沧浪亭》诗云:"濯缨人去水空寒,事属明时欲问难。日暮客归园馆闭,鹭鸶飞上石棋盘。"自注:"子美故物惟石枰存。"过了六百多年,至清咸同战火后尚存,袁学澜《游南园沧浪亭记》称"石棋枰芜没荆棘中"。今已久不知其所在了。

洪迈《容斋三笔》卷九比较了柳宗元的钴𬭁潭和苏舜钦的沧浪亭，两者都以四万钱得之，命运却大不相同，他不由感慨："予谓二境之胜绝如此，至于人弃不售，安知其后卒为名人赏践？如沧浪亭者，今为韩蕲王家所有，价直数百万矣，但钴𬭁复埋没不可识。士之处世，遇与不遇，其亦如是哉。"

二〇一九年六月二十九日改定

"南北章"

北宋时,苏州有建州浦城章氏,分两族,一居城南,一居城北,吴人称"南北章"。孙觌《宋故左朝请大夫直龙图阁章公墓志铭》说:"建安章氏,自郇公以文学道德仕仁宗为宰相,声号显融,族大以蕃,异人辈出,事五朝,踵相蹑,为将相,宠光禄,大为世闻。宗而徙平江者,尤称于天下。大丞相申公家州南,枢密秦公家州北,两第屹然,轮奂相望,为一州之甲,吴人号南北章以别之。"徐大焯《烬馀录乙编》更进而说:"章庄敏申国公粢,章庄敏申国公惇,均系出建安,生同族,死同谥,性情独异。粢字质甫,家城北,买田五百亩,任人种植,惟阡陌间随流屈曲,遍栽桃柳,当春花发,徒步自娱,世称北园。惇字子厚,构园沧浪亭址，穷极华丽，南园即在园外，遂有'南北章'之称。子厚告归焚黄，冠盖云集，游宴无虚日。质夫先生十年一归，恂恂如寒素，西夏功成后屡引退，不许。及子厚再议开边，奏牍书函力阻不已，竟与子厚绝。"

章楶，字质夫，侍御史章频孙。以叔父宰相章得象荫，为孟州司户参军。治平二年试礼部第一，擢知陈留县。元祐初以直龙图阁知庆州，败夏兵环州城下。绍圣元年知应天府，二年加集贤殿修撰权知广州，四年徙江淮发运使，知渭州，帅四路兵出葫芦河川，筑平夏城、灵平砦，大败夏军。既而环庆、鄜延、河东、熙河诸路皆相继拓境筑城，以迫西夏。元符元年，西夏大举围攻平夏十馀日，遣将袭败夏军，俘其勇将。《宋史》本传称"楶立边功，为西方最"。宋夏议和，擢龙图阁直学士，泾原路经略安抚使，兼知渭州。徽宗立，徙知河南府，建国靖中元年以端明殿学士除同知枢密院事。逾年力谢事罢，授资政殿学士、中太一宫使。崇宁元年卒，年七十六，赠右银青光禄大夫，谥庄简，后追封秦国公（一说申国公），改谥庄敏。章楶为人低调平易，从不自侈，邵伯温《邵氏闻见录》卷十七记其语曰："某初官入川，妻子乘驴，某自控，儿女尚幼，共以一驴驮之。近时初为官者,非车马仆从数十不能行,可叹也。"由此可见一斑。

章粢之园,即桃花坞,洪武《苏州府志》卷七说:"桃花坞,在阊门里北城下,章氏别墅,郡人春游看花于此。"今将桃花坞泛指这一片地方。园约始创于嘉祐中,在梅园西南,占地广袤,园中有走马楼、药阑、旷观台、庆云亭、清夏轩诸构。《烬馀录乙编》说,五亩园旧址"西南即章氏膏腴地,阡陌交通,溪流萦带,广七百亩,诸公子顾而乐之,广辟池沼,旁植桃李,曲折凡十馀里,仍桃坞旧名,又筑走马楼于五亩园西,俯瞰园景,历历在目,暮春三月,菜花油油,黄金布地,一望无垠。西即申公功德祠,曲室洞房,环列左右,极幽雅之趣"。"章园药阑之西,筑旷观台,铺地皆五色石,走马楼上楹帖以翡翠琢成'画栋朝飞南浦云,珠帘暮卷西山雨'十四字,皆费千金,乱后于瓦砾中得一'云'字,完好无恙"。

章园最终毁于建炎四年兵火,《烬馀录乙编》说:"入阊门河而东,循能仁寺章家巷河而北,过石塘桥,出齐门,古皆称桃花河,河西北皆桃坞,地广袤,所至赅大云乡全境,今大半为菜圃,章园桃李十存一二,梅园古树几难踪迹,然游人好事,仍此探春,杜荀鹤有桃花河诗,邦人皆能诵之。""兀尤之难,梅、章园林鞠为茂草,亭以偏东独存,地接庆云里,东皆农田,菜花黄时,士女如云。文丞相微时道出平江,尝题亭壁有'一片黄云万顷山,江南父老庆丰年'之句。张少保尚随某军府使令适亦过此,两贤相见,自此聿然,都尉仰惟先德,筑庵于其间,并奉丞相、少保像,为恶少所控,且诬诱匿梅氏女,遂毙于狱,庵像亦毁。""世称燐火为鬼,亦云人骨所化。章氏别业西北,乱后皆丛葬地,风潇雨晦之夕,常见燐火丛丛,出没于菱池、芡池之畔。有施氏子,夏夜操舟钓于杨柳堤边,击楫作歌,忽有人和之曰:'绿杨堤畔白杨树,便是侬家藁葬处。'四顾无人,惟见燐火明灭而已。"

章园在南宋时尚存胜概,范成大《次韵章秀才北城新圃》咏道:"方流桃花坞,窈窕入壶天。碧城当岩岫,清湾如涧泉。风月欲无价,聊费四万钱。雪后春事起,红云蜂蝶边。""西城如西塞,桃花古来多。钓艇鳜鱼肥,前身张志和。烟霏几白鹭,风雨一绿蓑。清江韵新引,清绝胜阳阿。"章秀才当是章粢的后裔,桃花坞别墅毁后,他在淳熙时重建,故称"新圃"。又,陈深《次韵子封承之游桃花坞二首》之一咏道:"阊门行乐送韶华,闲访城阴野老家。黄蝶得晴飞菜叶,翠禽隔浦啄桃花。衡门倒屣临官路,古渡横舟阁浅沙。亦有诗人时一到,醉吟行尽夕阳斜。"从范、陈两人的诗咏看来,那时的桃花坞还是以田野景象为胜观的。

章惇,字子厚,宰相章得象族侄。嘉祐四年进士,知商洛。熙宁初,用为编修三司条例官,加集贤校理等,五年察访荆湖北路,平乱置沅州。七年入修起居注,除右正言,知制诰直学士院,权三司使。元丰三年拜参知政事,复行新法。四年罢政,出知陈州、定州。哲宗即位,高太后听政,迁知枢密院事,与司马光辩免役法不可废罢,为刘挚、苏辙等所劾,黜知汝州。元祐三年改知苏州。哲宗亲政,召为尚书左仆射兼中书门下侍郎,引用蔡京、蔡卞等,倡"绍述"之说,恢复青苗、免役等法,力排元祐党人,报复仇怨,株连甚众。《宣和遗事》元集引童谣曰:"大惇、小惇,入地无门;大蔡、小蔡,还他命债。""大惇"指章惇,"小惇"指安惇。他又反对归还西夏故地,断绝岁赐,战争再兴。哲宗死,因曾反对议立徽宗,故徽宗即位,即以元符党人历贬知越州,屡贬,终徙睦州。崇宁四年卒于严州乌龙山寺,年七十一。后追赠太师,封申国公,谥庄敏。论者以为靖康之变,其源乃在章惇，罪不可赦，《宋史》将其置于"奸臣列传"，野史中记其报应故事很多，如《湖海新闻夷坚续志》前集卷二说："宋钦宗北狩，至檀州北斯县乡中，时盛暑，帝与随从之人已皆疲困，稍息于木下。须臾大风忽起，浓云自东南而升，大雨如注，雷电交作，帝与从人急移民舍避之。少顷，雷电大震，俄有数丈大火流于帝前，帝大惊。而所居民家一男一妇及小儿震死，其男、妇背上皆有朱篆而不可识，独小儿有朱篆四字可认，云'章惇后身'。帝曰：'章惇为相误国，京城之陷皆因此贼为之，今果报如是。'为臣不忠者可不戒哉！"

章惇之园，即沧浪亭的一部分。自苏舜钦卒后，园仍属苏氏。因苏氏与昆山龚氏是远亲，而龚氏则又与章氏沾亲带故，故园后为章惇和龚宗元买下。由于文献记载缺失，具体年代和细节已不可考。龚宗元字会之，号沧浪子、武丘居士。天圣五年进士，授仁和主簿，以侍父疾调吴县，仕至都官员外郎，分司南京。致仕后与程适、陈之奇游从，极文酒之乐，因皆耆德硕儒、挂冠而归者，吴人谓之"三老"。宗元与沧浪亭的这段故实，仅见其孙明之在《中吴纪闻》卷二中说的一句话，即沧浪亭"予家旧与章庄敏俱有其半，今尽为韩王所得矣"。龚宗元另有中隐堂,在大酒巷(今大井巷)。

章惇得园后,大事修葺,赵鼎《丙辰笔录》说:"世忠之圃,即章子厚园池,昔苏子美之沧浪亭也,子厚在相位日营葺,所费不赀,罢相即迁责,未尝安享。"叶梦得《石林诗话》卷上说:"广其故地,为大阁,又为堂山上,亭北跨水复有山,名洞山,章氏并得之。"在葺园过程中,又在洞山下发现五代钱氏所藏嵌空大石千馀方,"益以增累其隙,两山相对,遂为一时雄观"。洪武《苏州府志》卷七引《续志》:"申公之子增筑山亭,买黄土钱三万贯,园亭之胜,甲于东南。"时有过而游者,郑侠《和叔粲沧浪亭》云:"高亭殖殖水冷冷,笑指鸥凫坐晚汀。远不闻声千橹去,矫如争秀数峰青。烟云窗牖纷纷雨,露月蒹葭点点星。最好归舆拥双璧,笙歌灯火照仙屏。"饶节《题沧浪亭》云:"君构虚亭古岸头,我来登览判千忧。丈人钓艇波澜阔,孺子歌声草树秋。山似画屏随屈曲,人如杨柳擅风流。他年若有江湖具,乘兴因君棹小舟。"

章惇晚景颇为凄凉,赵鼎《丙辰笔录》说:"泊放还,寄居严之乌龙山寺,子弟辈悉遣归乡,干置生事,死之日无一人在侧,群妾方分争金帛,停尸数日,无人顾藉,鼠食其一指。衢僧法空亲见之。"

章惇死后,眷属仍居园中。建炎四年兵火,平江城市几毁,惟沧浪亭无恙,亦属奇迹。至绍兴三年,韩世忠过平江,强占为府第。洪武《苏州府志》卷七引黄简《云墅谈隽》:"章氏园,绍兴初,韩蕲王提兵过吴,意甚欲之,章殊不悟,即以随军转运檄之,章窘迫,其家百口,一日散居。"从此,章氏园成了韩家园了。

由于章惇为人不齿,历来认为,其所居沧浪亭是有辱名园。王士禛《居易录》卷三十四就说:"苏州沧浪亭,本吴越广陵王元璙南园,以苏子美之故,遂名吴中。不知此园后归章惇,大观末又赐蔡京,京诗'八年帷幄竟何为,更赐南园宠退师'是也,二人为南园之辱甚矣。前乎子美,则王元之宰长洲,日携宾客饮于此,有诗云:'他年我若功成后,乞取南园作醉乡。'虽托空言,要足为沧浪增重也。南渡后归韩蕲王,庶几一湔章、蔡之耻。"《分甘馀话》卷三又说:"辋川本宋之问别业,而千古专属摩诘者,以之问之名辱山水也。沧浪亭后属章惇,而千古专属苏子美者,以惇之名辱山水也。"

二〇一九年六月三十日改定

韩园碎影

绍兴三年，韩世忠进开府仪同三司，充淮南东西路宣抚使，提兵过吴，看中沧浪亭，夺为己有，真易易耳。吴景旭《历代诗话》卷五十六引《吴县志》："韩蕲王军行润州，过而乐之，章氏不解意，令督军饷，始大惧，献而祈免，千指一夕而散。"

韩世忠得园后，整理泉石，构筑亭台。洪武《苏州府志》卷七说："韩氏作桥两山之上，曰飞虹，张安国书扁。山上有连理木，庆元间犹存。今山堂曰寒光，傍有台，曰冷风亭。又有翊运堂，耿元鼎记。池侧有濯缨亭。梅亭曰瑶华境界，竹亭曰翠玲珑，木犀亭曰清香馆，其最胜则沧浪亭也。"当时苏人就将章园改称韩园，在绍定二年镌刻的

《平江图》上,其范围一区,"沧浪亭"和"韩园"两名并存,大门南向,其北部已延至文庙大成殿一线,包括今可园在内,反映了章惇向北扩大园地,世忠筑桥架两山之上后的真实情形。

自建炎四年平江城遭金兵烧杀抢掠,几成废墟,惟沧浪亭岿然尚存,真乃异数。绍兴六年九月,参知政事赵鼎扈从高宗到平江,曾至韩园,据《丙辰笔录》记载,十二日,"是晚,同右揆、西枢谒韩世忠,就其后圃置酒七行"。"坐间,右揆屡叩世忠进取方略,世忠终不尽言,但云'与相公屡言之',而其意不过欲令张俊先为一著,渠欲乘隙而动,即易为功也。但恐俊等揣知其意,不肯合谋耳。金字递备坐探报,檄岳飞明远斥堠,择利进退。以世忠言近探者自河北回,言龙虎军由李固渡过河,凡渡四昼夜,精兵三万馀人,内分骑兵一万之京西,以应岳飞也"。十四日,"议十七日就韩后圃山堂,随行属官总制、提举官预坐,使臣等别坐,酒五行。西枢云:'种夷叔靖康初被旨巡河,朝辞日,赐宴所居蔡氏之第,吏部侍郎王时雍押伴,属官预坐。'右相云:'诸处探报淮阳军等处往往抽回人马,归京师以备岳兵。韩侯亦云。'韩晚到堂,因话及京城被围之事。当时南壁正金人所攻之处,而以卢襄、李擢当之。韩亦慨然叹息也"。烽火硝烟,军务旁午,虽在幽静的沧浪亭里,但亦似闻金戈铁马之声。谈及靖康之变,更让人感慨无已。

韩世忠时的沧浪亭,曾有建炎殉难者的鬼故事,洪迈《夷坚乙志》卷十七说:"姑苏城中沧浪亭,本苏子美宅,今为韩咸安所有。金人入寇时,民入后圃避匿,尽死于池中,以故处者多不宁。其后韩氏自居之,每月夜,必见数百人出没池上,或僧,或道士,或妇人,或商贾,歌呼杂遝,良久,必哀叹乃止。守宿老卒方寝,为数十人舁去,临入池,卒陕西人,素胆勇,知其鬼也,无惧意,正色谓之曰:'汝等死于此,岁月已久,吾为汝言于主人翁,尽取骸骨,改葬于高原,而作佛事救汝,无为守此滞窟,为平人害,何如?'皆愧谢曰:'幸甚。'舍之而退。卒明日入白主人,即命十车徙池水,掘污泥,拾朽骨,盛以大竹篓,凡满八器,共置大棺中,将瘞之。是夕又有一男子,引老卒入竹丛间,曰:'馀人尽去,我犹有两臂在此,幸终惠我。'又如其处取得之,乃葬诸城东,而设水陆斋于灵岩寺,自是宅怪遂绝。"

绍兴二十一年八月,韩世忠卒于临安,十月大葬于灵岩山麓。此后至宋末,沧浪亭仍为韩氏所有,风物景象,依然迷人。淳祐间,吴文英偕吴潜往沧浪亭赏梅,作《金缕歌·陪履斋先生沧浪看梅》,词云:"乔木生云气。访中兴、英雄陈迹,暗追前事。战舰东风悭借便,梦断神州故里。旋小筑、吴宫闲地。华表月明归夜鹤,叹当时、花竹今如此。枝上露,溅清泪。 遨头小簇行春队。步苍苔、寻幽别坞,问梅开未。重唱梅边新度曲,催发寒梢冻蕊。此心与、东君同意。后不如今今非昔,两无言、相对沧浪水。怀此恨,寄残醉。"吴潜则有《贺新郎·吴中韩氏沧浪亭和吴梦窗韵》之作。

入元以后,韩园逐渐废颓,延祐间释宗敬在其故址西偏建妙隐庵,至正间释善庆在其东建大云庵,而本在其西南隅的南禅寺,基址日侵,吴宽《南禅集云寺重建大雄殿记》称"今寺后积水犹汪汪然",至少已将沧浪亭故址的西部占去了。沈周《沧浪亭故址为僧所居》云:"一池风月十亭多,费价其如四万何。今日沧浪休问主,百年兴废本同波。煎茶又勺吴僧钵,濯足空传孺子歌。只在城南自清彻,车尘马足有谁过。"文徵明《题苏沧浪诗帖》也说:

"去今数百年,所谓沧浪亭者,虽故址仅存,亦惟荒烟野草而已。"

嘉靖初,知府胡缵宗即妙隐庵建韩蕲王庙,胡缵宗《新建韩蕲王庙记》说:"既乃得王故宅,在郡黉之东,沦为浮图,亟命撤所祀,祀之不易一椽,不役一力。考王之庙,实嘉靖甲申三月望日也,位木其中,缋用岁秋,妥灵宜神,肸蚃用光,祈灾儌祐,民咸利之。"黄省曾《韩蕲王庙免役碑》也说:"嘉靖二年,天水胡公谓无专宫,明神不康,用撤龙象而庙貌之,寺住持良定辈乐而从焉。由是陟堂降位,肃跄成仪,郡县嘉之。遂俾良定辈启扃居守,悉蠲里役,乃至屡给符帖焉,可谓释子之风劝矣乎。"清康熙二十三年,江宁巡抚王新命在沧浪亭故址建苏公祠,祀苏舜钦,陋屋数椽而已。徐崧来游,作《春日游南禅寺韩蕲王庙苏公祠》云:"何以陶佳日,幽寻郡学东。楼危钟不击(南禅),晓起座犹空(苏公祠)。古木斜阳外,残碑细草中。蕲王遗像在,仿佛有英风。"这几处地方是连在一起的,南禅寺在沧浪亭故址西南,韩蕲王庙则在南禅寺东,应该在今沧浪亭范围内。

二〇一九年七月一日改定

晚清沧浪亭

沧浪亭自清康熙三十四年江苏巡抚宋荦重建后，五十三年长洲知县许遇葺修，五十八年巡抚吴存礼增修，乾隆十四年巡抚雅尔哈善再修，这个官署园林的规制大备。乾隆四年，巡抚徐士林题大堂联云："三秋刚报赛，休辜良辰美景，请先生闲坐谈谈，问地方上士习民风，何因何革；五篑可留宾，何用张灯结彩，教百姓都来看看，想平日间竞奢斗靡，孰是孰非。"即从此联来看，官署园林的性质昭然若揭。

道光七年，梁章钜来任江苏布政使，在巡抚陶澍的支持下，又重修沧浪亭，凡阅六月竣事，他在《重修沧浪亭记》中说："前既葺可园，以恢讲舍；修名宦祠，以崇祀典。近复有疏浚吴淞之役,而亭适落成。盖斯亭为纯庙宸跸所经,天章颁宠,照耀川谷,傥失时不治,久益荒废,将何以宣上德。况伏睹圣制,濯缨托意,而谆饬于大法小廉,勉实副名,是尤予小臣循环庄诵夙夜,求所以报称而无负者矣。亭左旧有子美祠暨蕲王、商丘二祠,皆为整饰,并于跸路之东,规取隙地,为同人觞咏之所,均略识其兴复缘起于石。若吾宗伯鸾先生,实吴门寓公之首,高风逸韵,奕世瞻仰,乃就亭侧建楼奉其祀,俾他日修亭即兼修之,庶永永无替,事当别记,不备书。"这次重修工程,主要添建了五百名贤祠和梁高士祠。梁高士祠祀梁鸿,乃章钜存私心挟带也。《退庵自订年谱》记戊子"又建吾宗伯鸾高士祠,记而碑之。辑《梁祠纪略》二卷,朱兰坡为之序"。陶澍《题沧浪亭新建梁高士祠》有云:"沧浪辟一弓,方伯实主邕。名贤五百人,志行不同向。伯鸾出其间,礼绝分庭抗。魂兮尚归来,莫恋要离圹。作诗谂吴人,聊雪范升谤。"

道光十八年暮春,袁学澜偕友来游,《戊戌三月十六日同蒙泉游南园看菜花登沧浪亭入三景园听说稗传》云:"初春步南园,堤柳绿禾垂(正月间赴正谊书院,尝同蒙泉游此)。今来春已烂,桃李逞妍姿。禅盦香市集,裙屐聚游嬉。流莺答笑语,林花映玉肌。言登长史亭,细读墙间碑。红栏俯澄沼,鱼戏藻参差。留题多搢绅,觞咏盛当时。名优一舞衫,费过中人赀。笙歌绘升平,民瘼鲜置辞(园中多陶云汀、陈芝楣两中丞联句)。赫奕绵津翁,塑像蒙尘丝(宋牧仲中丞遗像尚在)。风流沧浪苏,故迹俱迁移。昔日五柳居,改作吴贤祠(园旁五柳居旧为茶肆,近梁茞林方伯改作吴中五百名贤祠,石刻存焉)。沈公旧讲堂,今弹盲叟词(园为沈归愚宗伯祠,中有沈公讲堂,今废为茶肆)。世界本浮尘,频更局上棋。回头尽陈迹,过去无复遗。兹游恐易忘,聊以纪我诗。"这首诗需要作点说明,道光十七年,陈銮继陶澍、林则徐后任江苏巡抚,故园中多陶、陈两人撰联;梁章钜建五百名贤祠,买五柳居茶肆地;三景园茶肆本沈德潜祠堂,因徐一夔诗案,祠堂被废,其址在今沧浪亭北。

翌年暮春,袁学澜又偕友来游,《重游南园沧浪亭感旧记》说:"复挈顾君亦斋步南园,菜花连坨,暖香袭袂,取径结草庵后,树影葱蒨中,行数十武,而苏子之亭已翼然在望矣。时夕阳在山,柳绿罩堤,纱争眉翠,游鱼戏水,天机溶漾,人在春风浩荡中,恍有舞雩咏歌之乐。乃相与停步屐,瀹茗坐三景园,话钱吴南园旧事。值许小磐表兄自县署前来,尘事牵羁,少谈即去。夹路香舆簇拥,出自沧浪园亭中,亦斋咏韦庄'马骄风疾玉鞭长,过去微闻一阵香'之句,以相笑乐。"

咸丰六年二月十七日,郭嵩焘来游,他在日记中记道:"早偕桐君游沧浪亭,雇船一只,由盘门水城入,登岸至府学宫一阅,随至沧浪亭。由木桥渡至五百名贤堂,有绘像及汤敦甫、石琢堂诸记,凡共五百九十人。右廊下有二图,并陶文毅刊留者。一七友图,文毅及卓海帆秉恬、朱润斋士彦、梁芷庭章钜、吴棣华廷琛、顾南雅莼、朱珔,凡七人;一五老图,文毅及潘三松奕隽、韩桂舲崶、石琢堂韫玉、吴玉松云,凡五人。再西则苏子美、韩蕲王遗像,有子美记并归熙甫记二石刻。左旁一龛,祀商丘宋中丞荦。再西有小门,石山环截之,一再折,乃见平高敞地,石山层叠,中高处构一亭,四旁飞槛,或为堂,为轩,为船房,为楼,环列亭基下。中为圣祖诗碑,并联语云:'雨足三春农户喜,风行四野长官清。'有饭厅,颇轩敞,陶文毅署牓云'光彩会合'。再西为楼,上祀汉高士梁伯鸾。旁为高宗诗碑。左旁飞轩甚长,而中间之,内署云'水云四抱之轩',程春海笔也;外署'沧浪之水清兮',陈芝楣笔也。四围皆水环之,风景甚佳,而基宇荒废多矣。左为金沙寺,右为结草庵,以天雨未能遍游。前对正谊书院,旁为可园,室宇亦极修雅。"(《郭嵩焘日记》第一卷)他将当时沧浪亭的主要景观,或详或略作了记载。梁高士祠在"饭堂"之西,乃一小楼,毁于咸同战火,后未重建。

咸丰十年,太平军陷苏州,城市遭受很大破坏,沧浪亭亦几乎全给摧残了。

战乱平定后的同治四年暮春,袁学澜来寻访旧迹,时当浩劫之后,景象萧瑟。他在《游南园沧浪亭记》中说:"乙丑暮春廿七日,同子清杰游南园。桃菜花已残,芳柳被堤,风暖草薰,远近一碧。寻流水居,已迷其处。巴家园、赤兰祠倾圮,不堪游瞩。陈氏又一村,钜宅据为军营,四围立栅。乃绕出其旁,寻大云庵,询野童,云近为军械局,禁行人。其旁得小庵,有老禅闻深居之,旧主大云庵方丈者,善草书,得长沙遗法,藉以自娱。于庵之被据为局,淡焉漠焉,是真能空诸所有者也。出门迤西,访羊太守元保祠,拆无寸椽。西道堂改筑伪酋府,极雄壮,亦为军火局。经南禅寺,绿树成荫,入中州三贤祠,都料匠,聚为工作,所残过半。登沧浪亭,老树当阶,残碑仆草,石棋枰芜没荆棘中。望郡学,巍然新建,隔岸紫、正两书院及可园仅存败堵。目之所见,盖无非毁者。有二客于于来,持笼鸟置石上,坐听其啁啾啭春,有寒鸦作阵,飞集于郡学林木。客指谓余曰:'此鸦从关外随抚军招贩牛而来,留此弗去者。'余为诵苏叔党'牛带寒鸦过别村'句以证之。询及五百名贤祠,云毁尽,石碣为民家作甃甓矣。又指两石桥为王雪轩方伯时所建,以通游屐,夹岸杂树桃柳,修葺甫竣而乱作焉,今已荡为丘墟榛莽。欲访寻旧日之池台亭馆,已渺不可得矣,而况于春游士女莺花裙屐、宴集笙歌之陈迹哉。"

翌年暮春,袁学澜与潘锺瑞等再游沧浪亭,景象依旧荒芜,《丙寅三月朔同潘君麐生暨子清瑞游沧浪亭》两首曾咏及,如"亭碑偃灌莽,枰石苔衣侵。古塔消瑞光,台榭毁兵祲"。"风流彩云散,芳池涸蹄涔。豪华倏丘垅,恻怆雍门琴。乱后重经行,畦菜黄布金。阒寂三贤祠,瓦砾积庭阴。云堂亦衰歇,钟梵渺遗音。兴废感畴昔,凭眺发长吟"。"岂知沉浩劫,芜秽成荒陂。世界本浮尘,翻覆更局棋。回头觅陈迹,繁华渺无遗。城闉暗芳草,幽鸟啼高枝。过墟逢故老,话旧共吁嚱"。

同治十一年,江苏布政使恩锡、江苏按察使应宝时又重修沧浪亭,陈其元《庸闲斋笔记》卷五说:"粤匪之乱,亭亦被毁。同治壬申,方伯恩公锡、廉访应公宝时,复兴葺之,至癸酉季夏始竣事,距戊子已四十六年矣。虽经沧桑,幸复旧观,然寿藤古树,均已无存,登临者能不感慨系之。"翌年竣工,新任巡抚的张树声为撰《重修沧浪亭记》:"壬申八月,被命权抚是邦,则坛庙、祠宇、公廨、试院,官司所有事者,皆次第修建,而是亭亦初作。越岁重来,工作告竣,将举祀事于名贤祠。先期往观,近水远山,光景会合,益叹昔人之善于名状。叠石之上,有亭翼然,可以登眺者,即沧浪亭也。亭之后,南向三楹,地最爽垲,取子美《记》中'观听无邪则道以明'之语,名曰明道堂。堂右偏北即祠,其他轩馆庭榭,或仍旧题,或随今宜。而面桥临流,闲闼北向,颜曰五百名贤祠者,则名属诸祠,实亭所从入之门也。西南尽处有佛龛,曰古大云庵,别南其户,以通街巷。庵隶于亭,凡所有事,庵僧司之。大抵今所建者,惟亭在巅,仍宋中丞之制,馀则以意为之,不特非子美旧观矣。然丘壑景物土木之胜,佥谓视昔年逊焉。"

重修后的沧浪亭,已非战前旧观,除沧浪亭依然在山巅外,其他大都新建,布局也大有变化。据光绪元年佚名《游沧浪亭记》记载,由北经曲桥入门,门楣砖额"五百名贤祠"。有山隆然横卧,可盘旋曲折而上,或上山巅,或入山洞,洞中有古井。西南石壁陡峭,山下凿池,有高崖深渊之景。池水清碧,游鱼可数,临池有大石,镌俞樾书"流玉"两字。山麓有石梁,每当雨后,山上之水由石梁泻出而注于池。全园游廊蜿蜒,处处可达。园西北有小榭三间,即藕花水榭,有联曰:"短艇得鱼撑月去,小轩临水为花开。"北向一带和合窗,窗外即沧浪池,清水涟漪,老树覆阴。出小榭向南,一带曲廊,廊中靠壁立亭,置圣祖赐吴存礼诗,又题联曰:"膏雨足时农户喜,好花开处长官清。"迤逦向南,廊折而东,南面廊最高,称步碕,与前山相对,中隔山池。南为清香馆,馆作船式,两面小院均植薜芷藤萝之属。再南有厅事三间,即五百名贤祠,额曰"作之师"。祠西有短廊,廊中有半亭,即仰止亭,刻文徵明像及高宗题诗。过仰止亭,有小门入大云庵,前大殿供送子观音像,后有禅堂。大云庵有门通园外,场圃有桃百馀株，又有麦田数亩，隙地遍种桑麻，而鸡鸭之属无不皆有，小桥茅屋，豆棚藤架，正是南园田野景象。回至园中，五百名贤祠南竹丛深处，有曲房数椽，四面有窗，名为翠玲珑。绕出明道堂前，再出西南腰门，有一楼阁，下石叠为洞，名印心石屋，内置石几、石磴，幽暗阴凉。石屋上有高阁两层，名看山楼，飞檐翘角，结构精巧。明道堂为园中主屋，面阔三间，高敞宏宽，有联多副，正联曰："白石契名贤，伴具区烟水，林屋云峦，独向尘寰留胜赏；簿书逢暇日，便解带观耕，停车问俗，岂徒觞咏事清游。"又一联曰："六境画图中，此地尚分今月照；十年烽火后，名山重仰大云垂。"两侧楹句曰："百花潭烟水同清，年来画本重摹，香火因缘，合以少陵配长史；万里流风波太险，此处缁尘可濯，林泉自在，从知招隐即游仙。"又一联云："渔笛好同听，羡诸君判牍馀闲，清兴南楼追庾亮；尘缨聊一濯，拟明日刺船迳去，遥情沧海契成连。"中悬《沧浪亭图》一幅，凡园中一水一石，一曲一折，无不绘于图内。堂南对直戏台，左右有厢。堂后又有大山当之，名曰北碕。上有四角石亭，枋上有"沧浪亭"三字额，柱上有联曰："清风明月本无价，近水远山皆有情。"由明道堂后檐东行折北,有向西小屋,名瑶华世界。后有抱厦三间,名见心书屋,取"数点梅花天地心"之意。书屋向北,廊中又立一亭,置高宗《江南潮灾叹》。过亭向北,一带复廊甚长,隔以花墙,内外皆可行走。廊之东首,水上立亭,名静吟亭,屏门上镌以苏舜钦《沧浪亭记》。绕廊向西,尽处有抱厦三间,名面水轩,四周置长窗,明亮宏敞,有联曰:"清斯濯缨,浊斯濯足;智者乐水,仁者乐山。"又檐外一联曰:"大德曰生,仁心为质。"读跋语,知为放生而设也。轩南面山,山麓栽种牡丹,轩北临水,西则与园门相接。

看山楼是这次重修过程中比较突出的建筑,登楼可近俯南园平畴沃野,远眺西南楞伽、七子诸山。建楼时,应宝时请吴云题写匾额,同治十二年九月十六日给吴云信中说:"另呈看山楼额纸,敬乞赐书。阳明先生诗,未及查本集。因宋中丞《沧浪亭记》中有此语,是以拟名此楼,跋语尤望妥酌。"三天后,吴云将匾额写了送去,宝时覆信说:"晚归接展手示,承书看山楼额,妙到极处,无跋亦可,落成后当奉袂同登也。"吴云所写的匾额,早已不存了。

二〇一九年七月三日改定

五百名贤祠

苏州向有尊崇先贤的传统,而立祠奉祀乃封建社会规格最高、礼制最隆的公共表达形式,故先贤祠庙特多。乾隆《元和县志》卷六说:"司牧之有专祠也,功德在人,宜报也;乡先生之有专祠也,或尊其道德,或仰其功烈,或嘉其行谊,所谓没而可祭于社也。粢盛醴齐,或统于有司,或不尽统于有司,要皆得祀典之正,而非淫祠也。"它们在那个时代,起着弘扬社会道德、维护社会秩序的作用。但遍布城乡的祠庙,占去了相当的建筑空间,且其中一部分属于官祭,春秋两祀或一祀,主祭的府县官马不停蹄,亦不能遍及。如果将奉祀的先贤集中在一处,自然是最好不过了。

机会来了，道光七年，梁章钜来任江苏布政使，与江苏巡抚陶澍等共谋修葺沧浪亭，庀材鸠工，扶仆易朽，凡六阅月而竣事。就在这次重修过程中，于亭西隙地辟建了五百名贤祠。梁章钜《楹联丛话》卷四说："余在吴中修沧浪亭，郡士人复于亭右建五百名贤祠，以五百名贤像刻石嵌诸壁，始自周季札及言子，逮我朝名宦乡贤凡五百人，春秋致祭，亦一时盛事也。"又，顾沅《沧浪亭名贤祠图跋》说："道光七年，方伯梁公甸宣来吴，重加修辑，悉还旧观。大中丞陶公于其西购隙地建祠，楼屋五楹。其下则以沅向所辑吴郡名贤像五百七十，勒石陷壁，春秋致祭，俾后之人有所矜式。其上即以贮诸先贤所著书籍，为征文考献者之助，方伯题其额曰藏书阁，并为之记。"

道光七年所建之祠屋，已毁于咸同战火，只能按零星记载，揣测其大概。

祠作两层，下层为祠，上层为藏书阁。祠内壁间嵌置石刻，每石均高零点三米，宽零点八米。石刻约一百一十馀方，确数未可遽定。起首一方为松筠书"景行维贤"四字，署"道光丁亥菊月"，松筠字湘圃，蒙古正蓝旗人，嘉庆间官至陕甘总督、武英殿大学士，时已以都统衔休致。

末五方为汤金钊、朱方增、梁章钜、韩崶、石韫玉五人跋。其馀均为像赞,每方五人。因石刻经咸同战火,或失去,或毁损,今存者为补刻、增刻,与初刻并不一致。故祠落成时,图赞人数说法不一。据道光九年刻本《吴郡名贤像传赞》,像赞起自吴季札,终于清唐仲冕,共五百五十人,则石刻为一百十一方。朱方增道光八年石刻跋曰:"左新祠屹然,盖两公捐清俸建,以祀吴中先贤者也。像勒于石,嵌列庭壁,咸奕奕有生气。瞻拜毕,方伯告余曰,图为顾生沅所辑,绘之者为孔生继尧,中丞复搜访遗佚,旁及名宦寓贤,合五百六十人,不皆吴人,而概以吴中者,以迹系也。"五百六十人,则石刻为一百十三方。陶澍《苏郡名贤像刻序》说:"顾生湘舟辑吴郡名贤像凡五百七十人,远征近取,都为一册,其用力勤矣。大司寇桂舲韩公持以示余及梁茞林方伯、陈芝楣观察、李葛峰太守,佥谓宜刻石以垂久,备劝励焉。适重修沧浪亭成,因于其旁择地为祠,吾师石琢堂先生选匠氏嵌诸壁。"五百七十人,则石刻为一百十五方。当时祠内有联两副,一为陶澍撰,联曰:"非关貌取前人,有德有言,千载风徽追石室;但觉传阿堵,亦模亦范,四时俎豆式金闾。"一为郡中后学裔孙合题,秀才孙义钧撰句，联曰："百代集冠裳，烁古焖今，总不外纲常名教；三吴崇俎豆，维风励俗，岂徒在科第文章。"

沧浪亭重修事毕，在面桥临流的北向大门上，额以"五百名贤祠"，这说明名贤祠已成为沧浪亭的主题，为官府春秋祭祀所在。顾震涛《吴门表隐》卷十二记道光时祭祀定例："春秋编银三坛抚院率属致祭外，每岁三月、九月初二日卯时，阖郡绅衿后裔公祭。"

关于起建五百名贤祠的过程，石韫玉跋作了小结："考吴中名贤像之作，昔有《会稽先贤像》，其名宦则有《瞻仪堂图像》，今岁久皆不可考。近而可征者，明王世贞有《吴中往哲像》，其后钱榖、张蟾迭有增补。今顾子沅合前所存，合而为册，又广搜博采，自周末以至本朝，凡得五百六十馀人。其像或临自古册，或访得之于各家后裔，其冠服悉仍其旧，均有征信，无一凭虚造者。道光七年，司寇韩公予告在籍，以其事闻于中丞陶公，公命寿诸石。适其时方伯梁公修沧浪亭落成，因于其旁筑屋为祠，奉安诸贤刻像于其中，俾妙隐庵僧司其香火。是役也，中丞定其议，而梁公暨郡守陈公銮、李公景峄实成之。画像者，孔君继尧；临摹入石者，沈君钰，例皆得书。"

五百名贤祠之建,乃由顾沅所辑画像而起的。沅字澧兰,号湘舟,长洲人。监生,候选教谕,议叙布政司经历。精鉴赏,富收藏,工书画,通文史,勤于考订,以文采风流知名。著述繁富,尤以乡邦文献为多,所辑有《吴郡文编》、《吴中金石记》、《韩蕲王祠墓志》、《元妙观志》、《赐砚堂丛书新编》等,有关图像类的,有《古圣贤像传略》、《圣迹图》、《圣庙祀典图考》、《吴郡名贤图传赞》。《吴郡名贤图传赞》凡二十卷,其图和赞,即名贤祠石刻图赞之蓝本,顾沅在梁章钜的建议下,遂由张应麐纂汇传略,孔继尧绘像,张锦章镌刻,于道光九年印行。陶澍《苏郡名贤像刻序》说:"已而顾生复镌木为图,人缀小传,系之以赞,盖不但垂之久,并欲行之远也。"石韫玉《吴郡名贤图传赞后序》说:"方伯梁公章钜复虑椎搨之袭,又议改作书本,并系以小传,以广其传。"二〇〇二年,齐鲁书社将其编入《中国历代人物像传》影印出版,惜将原书的序跋删去了,未成完璧,至为遗憾。

沧浪亭经咸同兵灾,几被毁去,名贤祠亦罹难,不但楼屋坍塌,不少石刻毁坏,有的还给附近乡人拿回家去,筑猪圈,垫水缸。同治四年暮春,袁学澜有《同子杰登沧浪亭》云:"潆洄积水抱孤亭,草木犹馀战血腥。归苑鸦添枯树叶,濯缨人对远山屏。万千世事更棋局,五百贤碑散雨星。不见楼台风月景,双桥寂寞柳垂青。""五百贤碑散雨星"一句,正是战后名贤祠残破的实情。

同治十一年至十二年,江苏布政使恩锡、江苏按察使应宝时重修沧浪亭,名贤祠也恢复了。整理石刻乃是一项重要工作,恩锡在跋中说:"兵乱之后,祠宇荡然,搜求刻像,存者大半,爰觅搨本,敬谨补刻。自晋校骑常侍顾公荣,至国朝初尚书彭龄一百四十人,皆旧记所有也。自林文忠公则徐至吴学士信中十二人,则旧记无之,当是丁亥以后所增,今亦仍之。凡补刻一百五十二人,为石四十二。其元刻之漫患者,亦加修治焉。"重建后的名贤祠,仅平屋三楹,有额"作之师",取《尚书·泰誓》"天佑下民,作之君,作之师",谓师表之意。三面壁间嵌置石刻一百二十五方,所祀先贤增至五百九十四人,又增恩锡跋一方。光绪年间,曾刊印名贤祠画像的墨搨本,题名《五百名贤像赞》。

光绪元年,有佚名者来游,他在《游沧浪亭记》中记载了名贤祠一区的情况:"由西爽稍南,则面南厅事三间,厅中墙上满嵌石像,即五百名贤也,首太伯,下至国朝官于斯者,如汤文正公、陆清献公诸贤均与焉,馀皆江南就地名贤,题曰'作之师',上一联云:'乐备礼明贤圣业,水流山静智仁心。'又左右一联云:'千百年名世同堂,俎豆馨香,因果不从罗汉证;廿二史先贤合传,文章事业,英灵端自让王开。'有外檐楹联云:'百代集冠裳,烁古炳今,总不外纲常名教;三吴崇俎豆,维风励俗,岂徒在科第文章。'祠之对面有竹一畦,围以短栏,竹深处隐约有小屋也。祠之西又有短廊,建半面亭,亭内有碑,下刻文徵明小像,上有乾隆御笔题词,亭外题曰'仰止亭'。"这篇游记很是详备,惟"首太伯"乃误记,第一位当是季札。

就祭祀史来说,五百名贤祠大概是全国范围内面积最小、陈设最简、奉祀人物最多的官祭祠宇;就园林史上来说,它坐落在官署园林之中,使园林具有开放性,实际已具有公共园林的性质;就文献史上来说,图赞并列,图有所本,赞四句十六字,概括一生事迹,具有相当价值;就石刻史来说,绘制精到,镌刻工细,人物神态各异,栩栩如生,在清代石刻中实属罕见。

绘图以传人物,由来已久。《孔子家语·观周》说:

"孔子观乎明堂,睹四门墉,有尧舜与桀纣之像,而各有善恶之状,兴废之诫焉。又有周公相成王,抱之负斧扆,南面以朝诸侯之图焉。孔子徘徊而望之,谓从者曰:'此周公所以盛也,夫明镜所以察形,往古者所以知今'"。《楚辞·天问》说:"屈原放逐,彷徨山泽,见楚有先王之庙及公卿祠堂,图画天地山川神灵,琦玮僑佹,及古贤圣怪物行事,因书其壁,呵而问之,以渫愤懑。"虽然王充《论衡·别通篇》说:"人好观图画者,图上所画,古之列人也。见列人之面,孰与观其言行?置之空壁,形容具存,人不激劝者,不见言行也。古贤之遗文,竹帛之所载粲然,岂徒墙壁之画哉?"但先贤图像之教化作用,也无可轻估,特别是在封建时代,实在是教化的重要途径。

就苏州的情形来说,《宣和画谱》卷一谓六朝吴人陆探微"平生所画者,多爱图古圣贤像,不为无意"。南宋时平江府署有瞻仪堂,《吴郡志》卷六说:"瞻仪堂,旧在厅事之东,绍兴三十一年郡守洪遵建。吴俗贵重太守,来者必绘其像,春秋则陈于齐云楼之两挟,令吏民瞻礼。至是洪公恐为风日所侵,故作此堂藏之。绍熙三年郡守沈揆始迁诸像于后圃旧凝香堂中,并其名迁焉。"范成大为撰

《瞻仪堂记》。王世贞有《吴中往哲像赞》，收有明苏州一百十二人，"大者树德砥行，羽翼圣道，股肱王室。次亦奔走疏附，批鳞犯颜，直臣循吏之流也。含章韬锷，斯所以山泽之臞；摛藻修辞，斯所以艺文之英。老代往典型杳绝，借彼肤相，永之丹青，计亦左矣。稍叙其事，附以咏言，离之尚茫然，合之斯可征哉"。文震孟则撰《姑苏名贤小记》二卷，好事者为之图，凡百馀人。清初长洲人张永晖尝绘《吴郡名贤图像》，收有明苏州百馀人，归庄在序中说："吴门张君永晖，善写照，而耻但貌寻常行路之人，取吴中先哲，尽图其像，且穷搜遍访，以补前人之所未及，甚盛心也，其为力亦劳矣。"张永晖又绘《虞山先哲图》，收有明常熟三十四人，归庄在序中说："今此图自黄给事以至瞿临桂，此三十馀人者，或以节义，或以事功，或以文学、孝友、清望，要皆卓然伟人，高者名垂国史，次亦士林所宗。睹其容，肃然而不敢亵，谁不思砥砺而兴起者哉。"及至道光间五百名贤祠之建，乃集其大成者，至今仍保存完好。

二〇一九年七月四日改定

仰止亭小考

仰止亭在五百名贤祠前西侧廊间，作半亭形式，壁嵌周时臣绘文徵明山人装立像，图右下有阳文"秉忠"、"周时臣"两印。像上端有乾隆十六年高宗行书御诗，题作《沈德潜持文徵明小像乞题句徵明故正士也怡然允之》，诗云："飘然巾垫识吴侬，文物名邦风雅宗。乞我四言作章表，较他前辈庆遭逢（德潜更为徵明祠乞额，因以'德艺清标'四字赐之。德潜额手称庆，且自谓若非遭际之恩，将同徵明沉滞终身云）。生平德艺人中玉，老去操持雪里松。故里遗祠瞻企近，勖哉多士善希踪。"末署"乾隆辛未长至月御题"。后钤"乾隆宸翰"、"洗尽尘氛爽气来"两印。左下方有款识"乾隆十九年九月朔，长洲学生员臣文含恭立"。

这方御题画像碑，本在文待诏祠中，顾震涛《吴门表隐》卷十说："文待诏祠在沧浪亭芜字圩，祀明乡贤徵明。乾隆十八年，裔孙合绅士沈德潜、陆锦、顾诒禄、钱襄等建。上悬御书'德艺清标'匾，并御赐题徵明像七律诗一首。子博士彭、学正嘉配。"祠之兴建，在乾隆十八年，落成则在十九年七月，沈德潜《文待诏祠堂碑记》说："辛未冬十一月，天子赐明待诏文徵明扁额，曰'德艺清标'，且制七言律句以赐。甲戌七月，祠堂落成，裔孙诸生含乞为碑记。"

关于高宗赐额题诗的背景，沈德潜《文待诏祠堂碑记》作了介绍："先是，辛未春，德潜接驾清淮，上谓吴中人能诗文而多寿者，推文徵明。汝今正复相似，而遭遇过之。德潜奏：臣际圣明之朝，屡蒙拔擢，胜徵明远甚。若其文章德行，万万不能及也。时诸生含知天语及其先世，故于德潜祝慈宁万寿时，属以待诏遗照进呈，而上特宠赉之。前事如此，故追叙于作记时。祠近苏郡学，于吴城为巽隅，前为韩襄毅雍祠，一功烈，一德艺，适相称云。"又据《沈归愚自订年谱》记载，乾隆十六年十一月二十六日,"召至南书房,命题《韩滉七才子图》,又题御书《无逸篇后》,又题御画《古干梅》。题毕,进呈明待诏文徵明像,上即题七言一律,命南书房诸臣属和。又赐'德艺清标'扁额"。

由此可知,乾隆十六年二月,高宗南巡,沈德潜在淮安接驾,并随驾苏州、浙江、南京。高宗与他谈起文徵明,且将文徵明与他作了比较,这让德潜既感激涕涟,又倍感荣耀。这件事给徵明裔孙文含知道了,就将家藏的这幅先祖遗像交给德潜,并议建祠堂事。文含初名敬持,字书坤,改字书深,号西庄,乃文嘉玄孙、文元善曾孙、文枬孙、文掞子。诸生。不乐仕进,致力家族文献整理,编纂《文氏家谱续集》、《吴中文氏家藏集》等。当年十一月二十六日正值孝圣皇太后诞日,沈德潜将画像呈上,高宗就题了诗又写了额。这首诗后收入《御制诗集》二集卷三十一,题作《题文徵明小像》,原题改作题注。德潜有《恭和御制〈题文徵明小像〉元韵》云:"天章嘉与旧吴侬,儒雅风流夙所宗。正士抱才怜未遇,圣人观像俨相逢。归来稳种陶潜菊,老去清标和峤松。后学亦知坚晚节,可能遥继白云踪。"

文待诏祠在沧浪亭,具体坐落已不可知。据《花坞联吟》卷一补董国华诗有"还怅停云废旧祠"句,自注:"文待诏祠后向设唐、祝二先生木主。"又,张培敦《如画楼诗钞》有《谒文待诏祠》一首,诗云:"待诏荒祠一径偏,沧浪亭畔绿阴连。品高俊杰留终古,名重华夷溯往年。自有文章归馆阁,不徒碑版护云烟。遗容想像应如昨,风雅还从德艺传。"

据上述诗咏来看,文待诏祠在嘉道间或已颓败,咸同兵火后未重建,沧浪亭内的其他祠堂,如苏公祠、韩蕲王祠、宋公祠亦未重建。惟乾隆三十八年江苏按察使胡季堂所建之中州三贤祠,祀汤斌、宋荦、张伯行,江苏巡抚吴元炳于同治十三年重建。只因文待诏祠里的这方画像碑,有高宗题诗,故就在廊中筑半亭,将之嵌置壁间,既留宸翰,亦存往迹。

二〇一九年七月五日改定

大云庵沧桑

入元以后，空旷的南园上渐多寺院。至正年间，释善庆在沧浪亭东隔水对岸饮溪桥（一作隐溪桥）侧建大云庵。善庆之师，即名僧示应号宝昙者，时住持集云庵，两庵相距甚近，宝昙亦常去大云庵。成廷珪避居吴中，偕郑元祐寻访宝昙，有《同郑明德访宝昙上人不遇》，诗云："白云林下诵经寮，隔岸香风远更飘。欲就禅床吃茶处，倩人扶过木长桥。"按诗的描写来看，当是大云庵景致，集云庵无"木长桥"也。洪武中，宝昙奏请于太祖，将集云、妙隐、大云三庵合并，二十四年赐额南禅集云寺。宝昙圆寂后，以舍利塔置大云庵放生池。杨循吉《大云庵重建殿宇记》说："宝昙遗塔所在，前沼后冈，古松标寿，有广陵南园之旧迹,斯非伽蓝之杰然者欤。"俗传后有释吉草庵者居之,故大云庵被讹作结草庵,亦省称草庵。

弘治十年,沈周首次来游,并为住持茂公作《草庵纪游图卷》,今藏上海博物馆,卷尾有沈周亲题《草庵纪游诗引》:"弘治十年八月十七日,余有役于城,来寓草庵,为始游也。庵名本大云,前有吉草庵者居之,吴人讹为结草庵,遂使大云之名掩而莫彰。庵近南城,竹树丛邃,极类村落间,所谓城市山林也。隔岸望之,地浸一水中,其水从荨溪而西,过长洲县治,由支港稍南折而东,复南衍至庵左流入,环后如带,汇前为池,其势萦互深曲,如行螺壳中。池广十亩,名放生,中建两石塔,一藏四大部经目,一藏宝昙和尚舍利。东西有二小洲,椭而方,浮泊塔下,犹笔砚相倚焉。于东洲南次通一桥,惟独木板耳。过洲复接一木桥,然人行皆侧足慄股,撤桥则若与世绝者。自此达主僧茂公房,房踞东偏,中有佛殿,后亘土冈,延四十丈,高逾三丈。上有古栝,乔然迢十寻,其枝骸骻深翠,数百年物。西亦有房,与东房等,实茂之侄祯公分栖处也。山空水流,人境俱寂,宜为修禅读书之地。胜国时,有断厓和尚肇业于此,继之宝昙,昙传为断厓转生,皆了悟之人，非其人岂能致兹胜壤哉。地理家谓其四兽俱全，风气藏郁。以是观之，吴城诸兰若莫之及矣。是夕宿西小寮，纸窗月色，耿耿无寐，因得五字律一首。闻之茂公曰，诗状小处将无遗，尚须一图，使画中更见诗可也。余笑而颔之，又引此数语，系诗录于图左。诗云：'尘海嵌佛地，回塘独木梁。不容人跬步，宛在水中央。僧定兀蒲座，鸟啼空竹房。乔然双石塔，和月浸沧浪。'长洲沈周。"这篇文字，与崇祯刻本《石田先生诗钞》略有不同，与钱毂《吴都文粹续集》所收者亦不同。

自此以后，大云庵名声渐著，弘正间成了苏州文人在城中的雅集地。文徵明《重修大云庵碑》说："庵在长洲县之南，虽逼县治，而地特空旷，四无居民，田塍缦衍，野桥流水，林木蔽亏，虽属城阛，迥若郊墅。庵介其中，水环之如带。其水东自荨溪，沿流入郭，至此分支而南，转出庵后，左右纡回，汇其前为放生池。池方广数亩，洲渚浮泊，望若岛屿，独木为梁，以通出入，撤梁则庵在水中，入庵则身游尘外。僧庐靓深，古木森秀，映树临流，慌然人区别境。余屡游其间，至辄忘反，非直境壤幽寂，而僧徒循循，多读书喜文。所雅游皆文人硕士，若沈处士石田,若杨礼部君谦、蔡翰林九逵,皆尝栖息于此。"杨循吉《沈石田寓结草僧院次韵》云:"门前即人世,活板作飞梁。古殿崇三宝,寒泉绕四央。松枯老成怪,蜂出晚知房。更拟分禅榻,来听夜雨浪。"文徵明《结草庵雨中小集赋呈诸友一首》云:"深树交交荫短垣,野桥诘曲带松关。多情未咏池塘草,半日先酬竹院闲。细雨欲留春不住,夕阳时见鸟飞还。与君他日粗偿志,来觅题名败壁间。"徐繗《游结草庵》云:"指引松门路,飘飘水上蹊、津云春匝寺。灌木昼藏溪。苔色终年绿,藤花四月齐。归途馀兴绪,黄鸟隔林啼。"

正德十五年,文徵明偕吴爌、蔡羽、王守、王宠往游,徵明《重过大云庵次明九逵履约兄弟同游》云:"沧浪池水碧于苔,依旧松关映水开。城郭近藏行乐地,烟霞常护读书台。行追春事花无迹,闲觅题名壁有埃。古栝苍然三百尺,只应曾见宝昙来。"蔡羽《赠澄上人》云:"五载栖云宅,如浮海上舟。断梁僧渡熟,疏竹鸟啼稠。静得观鱼乐,闲堪学道谋。棹歌何处起,城里有沧洲。"王宠《寓大云庵赠茂公》云:"跌坐长眉老,稜稜插五峰。池开通宝筏,巢古挂云松。拄杖胡藤断,袈裟金缕缝。径行那出户，阶藓自蒙茸。"

过而不久，大云庵遭回禄之灾，焚为一片瓦砾之场。嘉靖十二年，住持一峰嵩公暨徒松嵓镇公重建，杨循吉《大云庵重建殿宇记》说："十二年，一峰师徒以己资先建大殿，不藉檀施之力，阅八月告成。至今嘉靖十三年，又建堂宇门庑，自为一房亦成。座下半云、雪溪本娴吟笔，驰声丛林，至是咸预骏奔，共落胜举。然后祝圣有所，居众有寮，美哉轮且奂矣。"未久，庵又火毁，嘉靖二十五年，松嵓镇公之徒定昂重修，文徵明《重修大云庵碑》说："及是再毁，而镇之徒定昂亦再新之。经始于嘉靖丙午，落成于戊申之夏，栋宇雄丽，像设有严，华幡鼓钟，列置如式，门屏垣墉，悉还旧观。"

就在嘉靖间，知府王廷时在庵中举行雅集，皇甫汸《郡守王公廷招游大云庵同用春字》云："谢守屏纷务，韦公访净因。石门纡画戟，云径拥朱轮。伐木听莺罢，衔花爱鹿驯。从兹双树下，扫榻待行春。"皇甫涍《大云庵席上别郡守作》云："使君送客祖筵频，风景登临复此晨。萝径不知轩骑入，莲峰常对郡斋新。沧波袅袅空违思，杨柳依依可奈春。明发天涯重回首，习池留醉与何人。"

当时大云庵有释文瑛者，与郡中文士稔熟，文徵明有《赠草庵瑛上人》云："昔人曾此咏沧浪，流水依然带野堂。不见濯缨歌孺子，空馀幽兴属支郎。性澄一碧秋云朗，心印千江夜月凉。我欲相寻话尘寂，新波堪著野人航。"由于当时沧浪亭已沦为荒烟蔓草，文瑛或欲以大云庵假作沧浪亭故址，请归有光撰文张目，有光在《沧浪亭记》中说："迨淮海纳土，此园不废。苏子美始建沧浪亭，最后禅者居之，此沧浪亭为大云庵也。有庵以来二百年，文瑛寻古遗事，复子美之构于荒残灭没之馀，此大云庵为沧浪亭也。""而子美之亭，乃为释子所钦重如此，可以见士之欲垂名于千载之后，不与其澌然而俱尽者，则有在矣。"震川毕竟是震川，寥寥数语就给应付了，且这篇《沧浪亭记》成为传世之作。

嘉靖之后，大云庵似乎随着苏州文风的转移而渐无声音，特别是康熙间宋荦重建沧浪亭后，更寂然无闻了，康熙《长洲县志》卷十六称"今则坍颓不堪矣"，真可惜了这个如在云岩江村的小庵。

至嘉庆间，有蜀僧达玲前来住持，大兴土木，庙貌焕然一新。石韫玉《重修大云庵记》说："其地在府学之东，平野空旷，竹木丛生。西距沧浪亭，宋苏子美幽栖之所；南望先农坛，封疆大吏修耕藉之礼于此；东为平畴，阡陌交错，葑溪之水自东来，环寺门而西行。地虽当阛阓之间，而幽深绵邈，有山林之趣。庵之兴废者屡矣，近有蜀僧达玲居之，玲公受澹庵老人授记，发愿兴修。嘉庆戊辰己巳间，募筑石墙一百六十馀丈，浚放生池，修石塔。庚午，建大悲阁，癸酉而讫工，旧钟已哑，募工重铸。戊寅，建观音殿。其大殿、山门岁久朽败，复自道光辛巳至丁亥积七年之力，铢积寸累，次第完缮之。由是大云故迹，顿还旧观。昔日象教东来，梵宫琳宇，遍满中国，然南朝四百八十寺，今日存者有几，总缘世无善知识，故法席凌替而不振。今结草庵，区区之地，玲公独能倾动一时，俾檀施之集，兴废举坠，以酬其本师澹庵老人之志，可谓绍隆无替者矣。予家距庵不一里，暇日杖藜至此，适当兹庵落成之秋，因为记其兴修岁月于石，俾后之人有考焉。"

　　大云庵既得修缮，春夏秋冬，各得其胜观。秋天则以桂花名，当然并不像光福窑上那样成片成林，老桂数株，亦足以留连。嘉庆十六年八月，吴嘉淦偕友来游，作《结草庵看桂记》说："去南园不数步，有结草庵焉。夕阳半壁，茅屋数椽，钟鱼阒寥，梵宇曲折，无城市叫嚣之习，有山水闲适之趣，盖可以远眺望破岑寂者也。蒋君希轼，以仲秋佳日招集啸侣，穿仲蔚之径，访东郭之居，或携壶觞，或挈图画，欣然聚游，于焉小憩。至则秋花缀红，野草卧碧，流水绕岸，小桥架梁，吹馀芳而盈庭，散碎金而铺地。咏灵隐之句，步淮南之篇，清芬袭襟，尘思顿涤。山衲好事，邀坐精舍，锦里收栗，园丁供蔬，重罗飞尘，清茗代酒，看欲谢之金粟，无将颓之玉山。斯时也，主人则康乐、惠连，宾客则兴公、元亮，谈笑轶乎尘俗，放浪略乎形骸。闲步碧苔之阶，科头绿阴之砌，落叶垫帽，丛竹碍眉，长啸则鹤唳俱清，吟诗而松涛如答。未几，深树日夕，远林钟来，冲柴门之暮烟，指平芜之归路。盖寻辋川之图，罨画一帧；过柴桑之里，浊醪半杯。足以方斯胜游，俪彼雅集矣。时嘉庆辛未八月十日也，同游者为陶君赓、怀玉、孙君义玺、蒋君承志、承训及予，凡六人，承志即希轼。"

大云庵向为郡人放生之处。嘉庆二十年，庆保《放生池记》说："中有池，广十亩，萦亘深曲，环后如带，汇前为浸，常鳞凡介，以生以息，以长其子孙，数百年于兹矣。庵为城南幽邃之所，丛条密树，映带池侧，生命所托，日以蕃滋,山空水流,因物付物,考之记载,尚存梗概。今得里之绅士韩旭亭、吴蠡涛、蒋竹坡、彭雅泉、王乐山、韩听秋诸君,偕庵之住持澹安、其徒荣松葺而新之,檀施云集,佛宇僧寮,百废具举。主其事者陈君莘桥力任之,而诸善士醵赀放生无虚月焉。余适奉命旬宣,乐观胜举,心仪古德,既捐廉以落其成,爰美其事而为之记。"距大云庵不远的木杏桥南,有流水禅居,也是郡人放生之处。据汪缙《流水禅居记》说,乾隆时郡人彭允初等"于木杏桥之南得园地若干亩,内有池若干亩,辟而广之,浚而深之,外则高其缭垣若干尺,为庵以僧守之,共计用银千馀两,为放生池。名其地曰流水禅居者,盖取《金光明经》所说流水长者子之事也"。嘉庆中大云庵大举修葺之事,"诸善士醵赀放生无虚月",与流水禅居的兴起有关,香火的彼此消长,必然影响庵中的经济收入。

道光十八年,大云庵有一段小小的变故,即改南禅寺为大云庵。释达受《沧浪亭浚井记》说:"道光十有五年太岁乙未,江苏巡抚江夏陈之楣先生建藩吴中,延余主沧浪亭。岁戊戌,中丞改建亭之大云庵,古迹渐次修复。"梁章钜《楹联续话》卷四也说:"吴门沧浪亭畔有大云庵,六舟上人主之。六舟名达受,海宁人,精于金石篆刻之学,收藏甚富,芸台相国以'金石僧'呼之,兼工书画。陈芝楣中丞延主斯席。"沧浪亭在同治重修后,情形依然,张树声《重修沧浪亭记》说:"西南尽处有佛龛,曰古大云庵,别南其户,以通街巷。庵隶于亭,凡所有事,庵僧司之。"这样一来,两个大云庵就纠缠不清了,于是就将新大云庵称"古大云庵",将旧大云庵称结草庵,至于庵东的大云桥,则没有改,因为那毕竟是崇祯时就有的老地名。

及至上世纪五十年代,结草庵尚在,释范成驻锡,辟旷地为菜圃,实践农禅生活。一九六六年划归一〇〇医院后,诸景渐毁,今尚存放生池、七孔桥、古栝、古银杏等,局局于一区。其中以古栝最为名贵,袁学澜有《游大云庵》两首,起首都曾咏及,一云:"老栝参云翠色深,池中石塔影悬针。"一云:"古栝苍然不计年,草庵名尚著枯禅。"可见当时古栝已是此庵的表征。周瘦鹃《苏州的宝树》也说:"另一株宝树,就是沧浪亭东邻结草庵里的古栝,俗称'白皮松',在全苏州所有的老栝中,这是最大最古老的一株,干大数围,是南方所稀有的。明代大画家沈石田曾说庵中有古栝十寻,数百年物,即指此而言;自明代至今,又加上了四百多岁,那么这古桰的年龄定在一千岁以上了。番禺叶誉虎前辈寓苏时,常去观赏,并一再赋诗咏叹,如《赠桰》一首云:'消得僧房一亩阴,弥天鬐甲自萧森。挈云讵尽平生志,映月空悬永夜心。吟罢风雷供叱咤,梦馀陵谷感平沉。破山老桂司徒柏,把臂应期共人林。'"时至于今,当然更让人珍惜了,偶而路过,从门外望去,一树苍然,惜乎在新建楼屋之前,既不显其高大古老,也与周围环境不协调,不能不让人遗憾。更让人遗憾的是,苏州市园林和绿化管理局新编《苏州市城区绿化志》,竟于此树不著一字。

结草庵,也就是大云庵,曾是苏州历史上一处有名的兰若,水木清华,景物明瑟,特别是留下了明代中期的人文痕迹,价值之大,毋庸赘言。若然稍稍恢复旧观,与沧浪亭、可园一带的景色相呼应,那真是让人梦寐所期的,然而千难万难,一言难尽。

二〇一九年七月七日改定

范村考

范村者,范成大所治花圃,在城中第宅之南。洪武《苏州府志》卷七说:"范参政府,在西河上,有寿栎堂,文穆公成大所居。"两宋时,城内第一直河称西河。成大宅在"西河上",即在第一直河之东,南面大门隔街是第一横河,北面不远是北大营教场,按绍定二年所刻《平江图》,它的坐落应该就在"桃花桥"东北隅,今桃花坞大街西端。寿栎堂是宅中的主要建筑,前有庭院,院中有湖石假山凌霄峰,成大有《寿栎堂前小山峰凌霄花盛开葱蒨如画因名之曰凌霄峰》两首云:"天风摇曳宝花垂,花下仙人住翠微。一夜新枝香焙暖,旋薰金缕绿罗衣。""山容花意各翔空,题作凌霄第一峰。门外轮蹄尘扑地,呼来借与一枝筇。"

由于居近市廛,晚年范成大对市声特别感念,《自晨至午起居饮食皆以墙外人物之声为节戏书四绝》云:"巷南敲板报残更,街北弹丝行诵经。已被两人惊梦断,谁家风鸽斗鸣铃。""菜市喧时窗透明,饼师叫后药煎成。闲居日出都无事,惟有开门扫地声。""北砦教回挝鼓远,东禅饭熟打钟频。小童三唤先生起,日满东窗暖似春。""起傍东窗手把书,华颠种种不禁梳。朝餐欲到须巾里,已有重来晚市鱼。"又有《雪中闻墙外鬻鱼菜者求售之声甚苦有感三绝》、《夜坐有感》、《咏河市歌者》等,都提到他在家中听到的市声。

宅中没有建楼,成大《廛居久不见山或劝作小楼以助登览又力不能办今年益衰此兴亦阑矣》云:"结庐占城市,初岂卜云吉。谒医并治疱,二事便衰疾。乘除徐自笑,翻觉此计失。经年不见山,无异处暗室。平生痼烟霞,岁晚成俗物。安得百尺楼,屋上高突兀。列岫拥青来,爽气助占毕。尝试与匠谋,工费猬毛出。俸馀强弩末,家事空囊涩。经营十年馀,高兴竟萧瑟。人生不如意,十事常六七。身今况迟暮,长算屈短日。纵成此段奇,发白何由漆。且学商山翁，弯跧蛰霜橘。"

宅中既没有楼，不能登高望远，隙地也不大，不能广植花木。为了安度晚年，淳熙十一年，他买下宅南王氏专供租赁的屋舍七十楹，拆除后辟为园圃，园圃与住宅只隔一河，以小桥架之，往来很是方便。绍熙元年，他将园圃题名范村，何以名为范村，一合姓也，一托于神话故事。这个故事仅见成大引杜光庭《神仙感遇传》，说是唐乾符中，吴民胡六子泛海失道，漂流数日，至一山，人皆以礼相接，问此何许？则曰范村也。见山长，一叟坐堂上，对六子说："吾越相也，得道长生，居此。岁久，山下皆吾子孙，相承已数十世。念汝远来，当以回飚相送。"居人馈以粮糗，解维，俄倾便达西岸。成大《范村记》说："某奉祠还乡，家西河之上，距海财百里。追怀祖武，想像仙山，月生潮来，悠然东望，烟云晻霭，去人不远。会舍南小圃适成，辄以范村名之。圃中作重奎之堂，敬奉至尊寿皇圣帝、皇帝所赐神翰，勒之琬琰，藏焉。四傍各以数椽为便坐，梅曰陵寒，海棠曰花仙，酴醾洞中曰方壶，众芳杂植曰云露，其后庵庐曰山长。盖瓦不足，参以蓬茅，虽不能如昔村之华，于云来家事，不啻侈矣。"

整个范村,以重奎堂为中心,堂中奉孝宗、光宗所赐宸翰。堂之四周各建别室,以陵寒、花仙、方壶、云露名之,后有山长庐。圃中广植梅菊,还有一个翠色映人的竹院,茅亭花石,板桥流水,颇有田园风味。主人徘徊留连其中,自得其乐,《范村午坐》云:"好风入修篁,槁叶舞而堕。断续一蛩吟,高下双蝶过。冻樾午阴圆,静极成痴坐。老便几杖供,慵废诵弘课。蒲团软易暖,困来百骸惰。四傍无人声,谁惊短梦破。"《范村雪后》云:"习气犹馀烬,锤情未湿灰。忍寒贪看雪,讳老强寻梅。熨贴愁眉展,勾般笑口开。直疑身健在,时有句飞来。"又《次韵陈融甫支盐年家见赠》云:"范村如荒村,一老雪垂领。高轩款门来,惊破雀罗静。披草出迎客,玉笋森秀整。短章虽寂寞,染指已尝鼎。归骖不可驻,晨昏思定省。"范村是范成大晚年的生活背景和精神寄托。

范村的梅花是有名的,成大《范村梅谱》说:"梅,天下尤物,无问智贤愚不肖,莫敢有异议。学圃之士,必先种梅,且不厌多,他花有无多少,皆不系重轻。余于石湖玉雪坡,既有梅数百本,比年又于舍南买王氏僦舍七十楹,尽拆除之,治为范村,以其地三分之一与梅。吴下栽梅特盛,其品不一,今始尽得之,随所得为之谱,以遗好事者。"谱中记梅十二种,皆范村所出。他在梅花栽培上,用了不少心力,也取得不少经验,他在谱的后序中说:"梅以韵胜,以格高,故以横斜疏瘦与老枝怪奇者为贵。其新接稚木,一岁抽嫩枝直上,或三四尺,如酴醿、蔷薇辈者,吴下谓之气条。此直宜取实规利,无所谓韵与格矣。又有一种粪壤力胜者,于条上茁短横枝,状如棘针,花密缀之,亦非高品。"他的喜欢梅花,亦为后世佳话,明人何乔新甚至将梅花拟人,编了一段故事,他在《梅伯华传》中说:"石湖范文穆公与伯华交莫逆,买地于所居之范村,招伯华聚族居之,且为作谱辨其韵格之异,而叹写真者不察也。由是伯华益有闻于天下云。"

绍熙二年冬天,姜夔从合肥到苏州拜谒范成大,就到过范村,看到过范村的梅花。姜夔作《玉梅令》一阕,小序说:"石湖家自制此声,未有语实之,命予作。石湖宅南,隔河有圃,曰范村,梅开雪落,竹院深静,而石湖畏寒不出,故戏及之。"词云:"疏疏雪片。散入南溪苑。春寒锁、旧家亭馆。有玉梅几树,背立怨东风,高花未吐,暗香已远。 公来领略,梅花能劝。花长好、愿公更健。便揉春为酒,剪雪作新诗,拚一日、绕花千转。"尽管成大"畏寒不出",还是让人传出信来,让姜夔有所创作,以征新声,以娱病中寂寞,于是姜夔作了两阕,小序说:"辛亥之冬,予载雪诣石湖。止既月,授简索句,且征新声。作此两曲,石湖把玩不已,使工妓肄习之,音节谐婉,乃名之曰《暗香》、《疏影》。"这两首词是咏梅的名作,都是由范村的梅花生发而来的。

除梅花外,范村的菊花也品种繁多,一片烂然。成大《吴郡志》卷三十说:"菊所在固有之,吴下尤盛,城东西卖花者,所植弥望。人家亦各自种圃者,伺春苗尺许时,掇去其颠,数日则歧出两枝,又掇之,每掇益歧,至秋则一干所出数百千朵,婆娑团圞,如车盖熏笼矣。人力勤,土又膏沃,花亦为之屡变。淳熙丙午岁,成大植于范村者,正得三十六种,尝为谱之。"所撰《范村菊谱》,记黄者十六种,白者十五种,杂色四种,共三十五种,尚阙其一。《四库总目提要》卷一百十五说:"菊之种类至繁,其形色幻化不一,与芍药、牡丹相类,而变态尤多。故成大自序称东阳人家菊谱多至七十种,将益访求他品为后谱也。今以此谱与史正志谱相核,其异同已十之五六,则菊之不能以谱尽,大概可睹,但各据耳目所及,以记一时之名品,正不必以挂漏为嫌矣。至种植之法,花史特出芟蕊一条,使一枝之力尽归一蕊,则开花尤大。成大此谱,乃以一干所出数千百朵、婆娑团植为贵,几于俗所谓千头菊矣。是又古今赏鉴之不同,各随其时之风尚者也。"

范村所在,除成大自述,姜夔略记外,周必大《范公成大神道碑》也说:"先以石湖稍远,不能日涉,即城居之南别营一圃。阅杜光庭《神仙传》,记胡六子自昆山风海至范老村遇陶朱公事,大喜曰:'此吾里吾宗故事,不可失也。'题曰范村,刻两朝赐书于堂上,榜曰重奎,其北又葺古桃花坞,往来其间。"陈振孙《直斋书录解题》卷十著录《范村梅菊谱》,亦称范成大"有园在居第之侧,号范村"。

然而自明代中叶后,另有一说,即范村在石湖。莫震纂、莫旦增修《石湖志·园第》,既引《范村记》等,却说:"按此,则其地当在新郭,御书两碑立于堂上,观其梅菊二谱,则奇花异木极天下之珍异,无不有焉,可以想见当时之盛。"莫旦《石湖赋》更咏道:"李墅新郭兮人多龙断,范村莫舍兮家有科名。"卢襄《石湖志略·古迹》也说:"其南又有范村,以唐胡六子涉海所遇为名,中有重奎堂,奉孝宗、光宗两朝宸翰,众芳杂植,梅菊尤盛。"

莫、卢两氏都住在石湖,他们恨不得将有点关系的古迹名胜全都搬到石湖去,甚至窜端匿迹,置事实于不顾。久而久之,有人就认为范村确是在石湖,汪琬《题张子成九泛月楼》云:"山缭颓垣水绕门,朦朦初月照黄昏。松风不起行人定,惟有钟声度范村。"查慎行《发东山至石湖舟中大雪与蒙泉雪园分韵》云:"忍别东山去,依依尚有缘。云沉上方塔,雪重石湖船。密坐可无酒,敝裘终胜绵。范村留故宅,欲访向谁边。"自注:"宋范致能居此地名范村。"厉鹗《题文待诏石湖诗画卷二首同巉谷半查作》一首云:"吴中佳处我曾知,十里青山塔一枝。泼眼湖光飞鹭外,无声写出范村诗。"

二〇一九年七月八日改定

小市桥边红梅阁

城中有条吴殿直巷,东接新春巷,西至养育巷。因为北宋天圣中殿中丞吴感曾在那里住过,故以得名。乾隆《吴县志》卷九记道:"吴殿直巷,小市桥南,吴感所居,因名。"唐设殿中省,掌皇帝生活诸事,下分尚食、尚药、尚衣、尚舍、尚乘、尚辇六局。宋沿置,但所属六尚局职掌分由他署担任,殿中丞为殿中省属官,至此仅为寄禄官。如何会将殿中丞称为殿直,因为殿直也是皇帝的侍从官,五代时名殿前承旨,后晋改称殿直,北宋熙宁前以殿直称左右两班小使臣,同样也是寄禄官,岳珂《宫词》有曰:"里头殿直催排立,等候君王出木围。"吴感在时,这条巷自然不会叫吴殿直巷,巷的东北有座小市桥,就作为那里的地理标识。

小市桥很早就有了,《吴郡志》就已著录,范成大更有《晚步》诗曰:"排门帘幕夜香飘,灯火人声小市桥。满县月明春意好,旗亭吹笛近元宵。"据同治十一年《姑苏城图》标注,今东美巷、埃河路、河沿下塘与西美巷、永定寺弄、王天井巷之间,有一条南北直河,小市桥即跨河小桥之一,它东接金太史巷,西接长春巷,吴殿直巷即在长春巷南,两巷并行。一九二八年前后,这条直河被填塞,小市桥亦被拆除。

吴感字应之,以文章知名。天圣二年省试第一,九年授湖州归安县主簿,应书判拔萃科,入第五等,授江州军事推官,官至殿中丞。他的一生,似乎没有什么作为,只是为爱姬红梅建了一座红梅阁,才将名字留在史书里,连带小市桥也沾了光。

龚明之《中吴纪闻》卷一"红梅阁"条说,吴感"居小市桥,有侍姬曰红梅,因以名其阁。尝作《折红梅》词曰:'喜轻澌初泮,微和渐入、芳郊时节。春消息,夜来斗觉,红梅数枝争发。玉溪仙馆,不是个、寻常标格。化工别与、一种风情,似匀点胭脂,染成香雪。重吟细阅。比繁杏夭桃，品流真别。只愁共、彩云易散，冷落谢池风月。凭谁向说。三弄处、龙吟休咽。大家留取，倚阑干，闻有花堪折，劝君须折。'其词传播人口，春日郡宴，必使倡人歌之"。此词收入黄大与《梅苑》卷三，有题"梅花馆小鬟"。孔平仲《孔氏谈苑》卷二说："王琪知歙州，吴感作《折红梅》小词寄之，琪以诗答之云：'山花冷落何曾折，一曲红梅字字香。'"

红梅阁虽然得名于爱姬，但也在圃中点缀红梅，以副阁名，程俱有《过红梅阁一首》，诗曰："春风如醇酒，著物物不知。能使死瓦色，化为明艳姿。寒枯出繁秀，巧与节物期。江梅故幽独，绰约不自持。居然北枝后，追此白日迟。春风日浩荡，醉色回冰肌。清妍有馀态，众芳谢凡卑。凭虚一回睇，俯仰岁月驰。所恨培雪根，向来岁寒枝。差池弄芳晚，坐令颜色移。颜色故妩媚，幽香无故时。"蒋堂《吴殿丞新葺两圃》也有"深锁烟光在楼阁，旋移春色入门墙"之句。由于吴感与蒋堂同时代，都居住在苏州，杨绘《本事曲子集》就误以为红梅是蒋堂的小鬟，吴感作此词以赠之。

《中吴纪闻》卷一说："吴死，其阁为林少卿所得，兵火前尚存。子纯,字晦叔,文行亦高,乡人呼为吴先生。"林少卿其人,不可考,惟朱长文《乐圃馀稿》卷五有挽林少卿诗,不知是否同一人。至于吴纯,恕我眼拙,除此而外,没有更多的记载。

红梅阁毁于建炎兵火,沉寂久矣。惟其故事为人念念不忘,清初顾嗣立《吴城杂咏·红梅阁故址》咏道:"窗纱漏影朝霞东,万枝浓艳梢头红。香翻绣被破昏梦,猩血点点铺屏风。美人晓妆盘髻小,下阶摘花起青鸟。蝶翎蜂翅搭阑干,不上花枝上罗襫。殿丞绮屋贮轻身,歌曲新翻度绛唇。一帘花影摇圆井,桃叶桃根姊妹亲。瓦碎夗央树生蠹,红粉成灰云日莫。莺燕飞飞只隔墙,人面花光几番误。"

直至晚近,张一麐居住吴殿直巷东端,即吴感第宅遗址,他在《古红梅阁笔记》小引中说:"以所居为宋吴感红梅阁旧巷,辄以名之。"斋馆称古红梅阁,自号红梅阁主,尝见胡藻斌为其造像一幅,案上一盆红梅开得正盛。

张一麐字仲仁,吴县人,光绪十一年中顺天乡试,二十九年录取经济特科进士,旋入直隶总督兼北洋大臣袁世凯幕。辛亥后,出任苏军都督府民政司长。民国初年,复入袁幕,任总统秘书、政事堂机要局局长、教育总长,因袁策动帝制而辞职。章太炎将他与蔡锷、梁启超并提为导致洪宪帝制失败的三个关键人物。一九一七年复任冯国璋总统府秘书长,后随冯去位而解职南归。他回苏州后,与张謇组织苏社,与李根源组织吴县善人桥农村改进社,与吴荫培等组织吴中保墓会。"九一八"事变后,号召奋起救亡图存。"一二八"淞沪抗战爆发后,投身抗日救亡活动,以倡组"老子军"和营救"七君子"赢得社会钦重。全面抗战爆发后去重庆,历任国民参政会第一、二、三届参政员,以年高德劭居首。一九四三年在重庆病逝,年七十七岁。去世后,黄炎培、王宠惠、张君劢、梁漱溟、钱基博、郭沫若、千家驹、汪懋祖等均有悼念文章。他留下的著作有《古红梅阁笔记》、《五十年来国事丛谈》、《现代兵事集》、《心太平室集》等。

这位乡贤南归后,里居近二十年,古红梅阁存在的时间,想来也超过吴感的红梅阁,如今记述他的都是生平大节,没有人去追叙古红梅阁里的琐碎,终是让人遗憾的。

二〇一九年七月九日改定

史正志与万卷堂

南宋淳熙初,史正志在城南建万卷堂,陆友仁《吴中旧事》称"在带城桥",洪武《苏州府志》卷七称"在带城桥南"。相传其址即今网师园,钱大昕《网师园记》说:"宋时为史氏万卷堂故址,与南园、沧浪亭相望。"故今网师园正厅悬着"万卷堂"匾额,以追溯悠久的园史。其实,史氏万卷堂坐落带城桥或桥南,只是一个大致方位,网师园究竟是否就是它的故址,至今还没有落实的证据。

史正志,扬州江都县人,居丹阳,字志道,一作守道,号吴门老圃、乐闲居士、柳溪钓翁。绍兴二十一年进士。三十一年,因宰相陈康伯之荐,以左从事郎监行在省仓上界除枢密院编修官。三十二年,以左宣教郎擢司农寺丞。

论御金五事，请筑和州城垒。随高宗视师至镇江，上《恢复要览》五篇，至建康，又奏论三国六朝形势与今日不同，要当无事则都钱塘，有事则幸建康，为高宗采纳。历知建康、宁国、成都诸府及赣、庐诸州。乾道六年，以户部侍郎出任江浙荆湖淮广福建等路都大发运使，置司江州。发运使一职，执掌购买、运输粮食之事，乃是肥缺。正志上任后，就以均输为名，实尽夺州县财赋，不久，就以缗钱三百万贯，为均输籴用钱。因此士大夫争言其害，朝野哗然。当年十二月，正志就以"奏课诞谩"罢职，连发运司这个衙门也给废去了。

在当时士大夫眼里，史正志不是个好脚色，且来看几段当时的舆论。朱熹《右文殿修撰张公神道碑》说："时庙堂方用史正志为发运使，名为均输，而实但尽夺州郡财赋，以惑上听，远近骚然，人不自安，贤士大夫争言其不可，而少得其要领者。公亦为上言之，上曰：'正志以为今但取之诸郡，非取之于民也，何伤？'公对曰：'今日州郡财赋，大抵劫劫无馀，若取之不已，而经用有阙，则不过巧为名色而取之于民耳。'上闻之，矍然顾谓公曰：'论此事者多矣，未有能及此者，如卿之言，是朕假手于发运使，以病吾民也。'旋阅其实，果如公言，即诏罢之。"王十朋《论史正志劄子》说："臣谨按吏部郎官史正志，操心倾险，赋性奸邪，自为士人，时常出入贵人之门，专事交结。乃初登科，遂欲求为秦熺之婿，托平日素所交结者，赂熺乳媪，使之誉己，秦氏闻而薄之，遂不见纳。"员兴宗《上丞相议置发运书》说："某窃闻朝廷得旨，更置江淮诸道发运使，外议既不能深晓，已半疑惑，又欲以史正志者为之。愚不肖不知其所自来，但见其前后奸欺，罔上无畏，始谈攻守，迄无一成，请置水军，徒为百费，听其言则虚谲日进，诘其事则诞妄日彰。居常轩轩，视正人如寇雠（王龟龄），指老成为儿戏（张魏公）。若此异类，长恶不悛，积其宿奸，愚弄国事，自合为大膺诛戮小御魑魅者也。"

杨万里《诚斋诗话》亦记一事："户部侍郎史正志，自请为诸路发运使，遍行州县，凡合起上供，及江上饷师钱谷，尽以为羡馀而献之。寿皇大喜。既而岁暮上供，无一州至者，版曹大窘，奏其事，上大怒，即日罢黜。仲秉行词有云：'多取赢于郡国，无遗算于鸡豚。校数岁之中以为常，本无心计；无三年之畜曰不足，徒有口才。'"

史正志就此罢职，《江南通志》卷一百四十四称其"后忤时相，谪永州，寻复原官，赐文安县开国男"。乾道末休致，归老苏州，开始营建万卷堂。

关于营建万卷堂的故实，陆友仁《吴中旧事》说："史发运宅在带城桥，淳熙初宅成，计其费一百五十万缗，仅一传不能保，僦直十万缗，久不售，后为丁季卿以一万五千缗得之。绍定末，丁又不能保，赵汝櫄来为浙西提刑官，占为百万仓和籴场。故老说，发运初归时，舳舻相衔，凡舟自葑门直接至其宅前，用发运司按纸黏窗，煮黏面六七石。自后仅易目前耳（原案此句语意未明，似有脱误）。万卷堂环列书四十二厨，写本居多。始则论斤买为故纸，其后势家每厨止得一十千，席卷而去。"洪武《苏州府志》卷七说："万卷堂，侍郎史正志所居，在带城桥南，旧有石记，为僧庵磨毁。《施氏丛抄》云，正志，扬州人，造带城桥宅及对门花圃，住处号渔隐，淳熙初落成，费百五十万缗，仅一传不能保。圃废，先宅售，索价十万缗。孙支伶丁，后得一万五千缗，售与常州丁卿昆季。绍定末，丁析为四。其后提举赵汝櫄占为百万仓和籴场。"

由此看来，万卷堂的住宅和花圃是"对门"，住宅号

"渔隐",后来的"网师",即取意于此。圃中多牡丹和菊花,《吴中旧事》说:"吴中花木不可殚述,而独牡丹、芍药为好尚之最,而牡丹尤贵重焉。旧寓居诸王皆种花,往往零替。花亦如之盛者,惟蓝叔成提刑家最好事,有花三千株,号万花堂,尝移得洛中名品数种,如玉盌白、景云红、瑞云红、胜云红、玉间金之类,多以游宦,不能爱护,辄死,今惟胜云红在。其次林得之知府家国,有花千株。胡长文给事、成居仁太尉、吴谦之待制家,种花亦不下林氏。史志道发运家亦有五百株。如毕推官希文、韦承务俊心之属,多则数百株,少亦不下一二百株,习以成风矣。"牡丹有五百株,已相当可观了。菊花的栽植,史正志更是独有心得,他在《菊谱》中说:"然品类有数十种,而白菊一二年多有变黄者。余在二水植大白菊百馀株,次年尽变为黄花,今以色之黄白及杂色品类,可见于吴门者二十有七种,大小、颜色殊异而不同。"他撰《菊谱》的原则就是必须亲眼目睹的,"余姑以所见为之,若夫耳目之未接,品类之未备,更俟博雅君子与我同志者续之"。

史正志《菊谱》一卷,后序署"淳熙乙未闰九月望日,吴门老圃叙",可见作于淳熙二年。陈振孙《直斋书录解题》卷十、《宋史·艺文志》等均有著录。《四库全书总目》卷一百十五说："所列凡二十七种，前有自序，称'自昔好事者，为牡丹、芍药、海棠、竹笋作谱记者多矣，独菊花未有为之谱者，余姑以所见为之'云云。然刘蒙《菊谱》先已在前，正志殆偶未见也。末有后序一首，辨王安石、欧阳修所争《楚词》落英事，谓菊有落有不落者，讥二人于草木之名未能尽识，其说甚详，是可以息两家之争。至于引诗访落之语，训落为始，虽亦根据《尔雅》，则反为牵合其文，自生蛇足。上句木兰之坠露，坠字又作何解乎？英落不可餐，岂露坠尚可饮乎？此所谓以文害词者也。"宋代是菊花栽培史和观赏史的重要时期，谱录亦多，除正志这本外，刘蒙有《菊谱》、范成大有《范村菊谱》、史铸有《百菊集谱》和《菊史补遗》等。其中史正志、范成大之作，尤记录当时苏州的菊花栽培，田汝成《西湖游览志馀》卷二十四说："淳熙间，范石湖著《吴门菊谱》，云得目范村者为三十六种；史正志著《吴门菊谱》，列二十九种。二谱皆以黄为首而白次之，其杂色止胭脂、桃花、孩儿等数名而已。"

除《菊谱》外，史正志的其他著作均已失传，如《清晖阁诗》一卷,陈振孙《直斋书录解题》卷十五著录:"史正志创阁于金陵,僚属皆赋诗。"当是一本总集。《建康志》十卷,晁公武《郡斋读书志》卷五上著录:"右御史正志所修而为之序,乾道五年三月也。"周煇《清波杂志》卷三说:"建康,六朝故都。叶石林少蕴居留日,尝命诸邑官能文者搜访古迹制图经。时石橘林敏若子迈主上元簿,考最详,多以王荆公诗引证,号《上元古迹》。煇先得其书,后史志道侍郎修《建康志》,宛转借去,志成,为助良多。"又据雍正《扬州府志》卷三十五著录,正志还有《保治要略》八卷、《戆语恢复要览》五篇、《大隐文集》三十卷。

史正志与陆游、周必大有交往,关系应该还不错。

乾道六年,陆游出任夔州通判,闰五月十九日自家乡山阴起程,一路舟行,经萧山入临安,沿大运河抵镇江入长江,逆水而上。八月三日抵江州,时史正志已在任上,就与江州官员去琵琶亭迎接,据《入蜀记》记载,"移泊琵琶亭,见知州左朝请郎周昇强仲、通判左朝散郎胡夔、发运使户部侍郎史正志志道、发运司干办公事程坦履道、察推左文林郎蔡戡定夫。始得夔州公移"。四日,"史志道招饮于发运廨中,登高远亭,望庐山,天气澄霁,诸峰尽见。志道出新鼓铸铁钱"。十日,"史志道饷谷帘水数器,真绝品也,甘腴清冷,具备众美。前辈或斥《水品》以为不可信,《水品》固不必尽当,然谷帘卓然非惠山所及,则亦不可诬也。水在庐山景德观。晚别诸人。连夕在山中,极寒,可拥炉。比还舟,秋暑殊未艾,终日挥扇"。

乾道六年四月,周必大由庐陵赶赴临安,五月二十三日,抵上元县新河口,恰逢史正志去江州上任,周必大《乾道庚寅奏事录》记道:"甲戌,风色不可行,黄圮老运使自城中来。史志道侍郎以发运使过九江,伺其出城,以小舟谒之。"当正志被罢发运使,周必大亦有不同意见,《敷文阁直学士陈公良翰神道碑》说:"史正志惮守成都,创发运使。得黄公奏:'祖宗立国于汴,重兵屯西北,故运东南之粟。今军国就食东南,此职安用?'疏累上面□,再三继以求去,上还其奏。公论列不已,正志竟罢。"当正志累疏辞职,周必大还替孝宗拟了一道诏,《赐左朝请郎试尚书户部侍郎江浙京湖淮广福建等路都大发运使史正志乞守本官职致仕不允诏》曰:"朕乃者发官以示四方,庶几大易理财之义,虞书养民之政,复见今日。卿由侍从,首在选中,亦既宣劳,方期底绩,乃因奉计,遂欲告归,是岂朕责成之指哉。《传》不云乎,礼义不愆,何恤于人言。卿其平心审思,使国用足于上,民力裕于下,称朕意焉。所请宜不允。"

与史正志相善的几位,认为他解职闲居,优游林下,也很不错。吴苪《待史志道不至》云:"欲觐英标慰此怀,既推印绶尚裴回。心驰岩壑吾将老,目断云霄君不来。清夜漫劳蝴蝶梦,重阳已负菊花杯。倪能谅此拳拳意,胜似心颜相对开。"李洪《陪史志道侍郎遍览南园北第之胜即席赋诗》亦云:"我公胸次妙陶甄,幻出壶中小有天。地近沧浪占风月,目吞笠泽饱云烟。玉杯金盝开新第,燠馆凉台继昔贤。闻说傅岩通帝梦,遄归黄阁卧貂蝉。"

关于史正志的卒年,周必大《题六一先生与王深甫帖》两条说得很清楚,一是"右同年史志道送欧阳公帖一纸,深甫必王回也,淳熙庚子二月二十九日周某子充";一是"淳熙十五年四月二十八日观旧题,转烛八年,而史志道墓木已拱,太息久之"。淳熙十五年"墓木已拱",则史正志当卒于淳熙十二年前后,年六十。

史正志死,万卷堂"一传不能保",其花圃先住宅而废,丁氏买下住宅后,于绍定末分析,最终成为百万仓和籴场。

应该说明的是，南宋淳熙初史正志建万卷堂，至清乾隆时宋宗元建网师园，其间相隔约五百八十年，忽为仓场，忽为寺庵，沧桑变化，无可细说。万卷堂的住宅和花圃，作南北隔巷布局，并不相连，网师园则作东宅西园布局。万卷堂圃中有两池，环池"植大白菊百馀株"，而网师园中仅有一池。因此，钱大昕说网师园"宋时为史氏万卷堂故址"，还是颇可怀疑的。

二〇一九年七月十二日改定

网师园小史

一

网师园在城内阔家头巷,乃宋宗元始建。宗元字光少,一字鲁儒,号悫庭,又号梅花铁石主人,苏州府长洲县人。乾隆三年举人,纳赀为知县,先后授成安,移良乡,迁知蓟州,再迁知保定府,晋天津道,移清河道。约二十四年告归,奉母养亲。亲亡服阕又出仕,三十三年再任天津道,三十七年兼署长芦盐运使,迁光禄寺少卿,四十年罢归。四十四年卒,年七十。

网师园建于何年,众说纷纭,且看两条史料。

沈德潜《网师园图记》说,宗元"乃年未五十,以太夫人年老陈情,飘然归里。先是君在官日,命其家于网师旧圃筑室构堂,有楼有阁,有台有亭,有沜有陂,有池有艇,名网师小筑,赋十二景诗,豫为奉母宴游之地。至是,果符其愿。既归,循陔采兰,凌波捕鲤。奉太夫人晨餐夕膳,每当风日晴美,侍鱼轩,扶鸠杖,周行曲径,以相娱悦。时或招良朋,设旨酒,以觞以咏。凭高瞻眺,幽崖耸岿,修竹檀栾,碧流渺弥,芙蕖娟靓,以及疏梧蔽炎,丛桂招隐。凡名花奇卉,无不萃胜于园中。指点少时游钓之所,抚今追昔,分韵赋诗,座客啧啧叹羡,谓君遭逢之盛,丘壑之佳,当与子美沧浪、仲英玉山并传"。

彭绍升《仲舅光禄公葬记》说,宗元在清河道时,"总督方公与为昏姻,诸僚属趋走恐后。公家旧临葑溪,至是别起第于网师巷,浚池叠石,台榭崇丽,以太恭人年老乞归。日设饮张伎,履絇交错,填塞家衖。暇则集诸文士,笺诗谱声韵,襞绩故事,成书满箧。居数年,而太恭人卒。既免丧再出,补天津道,时方公已即世"。

总督方公是方观承,乾隆十四年任直隶总督,彭绍升说"至是别起第于网师巷",沈德潜说"先是君在官日,命其家于网师旧圃筑室构堂",都是说宗元在清河道任上建园。又,哈佛大学图书馆藏宗元所著《经巾纂》咸丰五年嘉孚堂重刊本,其序款署"乾隆辛未夏五梅花铁石主人宋宗元悫庭甫识",且各卷目鱼尾下俱刻"网师园"三字,可证园在乾隆十六年前已落成。

网师园的坐落,据乾隆十年《姑苏城图》标识,其南至"扩街头"(今阔家头巷),北至"十泉街"(今十全街),东至"王思衖"(今网师园巷),"扩街头"西口南北向为"带城桥巷"(今带城桥路)。园之大门南向,巷子极狭窄,道光间梁章钜曾游,《浪迹续谈》卷一说:"园中结构极佳,而门外途径极窄,陶文毅公最所不喜。盖其筑园之初心,即藉此以避大官之舆从也。"

宗元旧居濒临葑溪,或就在十全街一带,少年时常去那里游玩,绍升说"公家旧临葑溪",德潜也有"指点少时游钓之所"的话。网师之名,既取于"王思"谐音,又取"渔隐"之意,故德潜说:"园名网师,比于张志和、陆天随放浪江湖,盖其自谦云尔。"

园中有十二景,见宋宗元《网师小筑十二咏》,它们是北山草堂、梅花铁石山房、濯缨水阁、花影亭、丽瞩楼、度香艇、半巢居、溪西小隐、小山丛桂轩、斗屠苏、无喧庐、蹈和馆。时人陆锦《甦叟养疴闲记》卷三所记诸景,则无丽瞩楼、蹈和馆,而有琅玕圃,并记下了当时所见的楹联,北山草堂联曰:"丘壑趣如此,鸾鹤心悠然。"濯缨水阁钱维城联曰:"水面文章风写出,山头意味月传来。"花影亭庄培因联曰:"鸟语花香帘外景,天光云影座中春。"小山丛桂轩曹秀先联曰:"鸟因对客钩辀语,树为循墙宛转生。"斗屠苏陈兆崙联曰:"短歌能驻日,闲坐但闻香。"琅玕圃张照联曰:"不俗即仙骨,多情乃佛心。"六人皆当时名家,惟张照卒于乾隆十年,所悬者当是旧联。

沈德潜就住在阔家头巷西首,《网师园图记》说:"予与君比屋而居,从昕夕过从。"因此,德潜对园内景观十分熟悉,有《宋悫庭园居》诗云:"馆面南城谷枕涯,文园不减洛阳街。词分古本珍金缕,花记先开篆玉牌。引棹入门池比镜(引河水从桥下入门,可以移棹),留宾剧饮酒如淮。蘐庭春永宜男(草名)茁,敦叙天伦乐事偕。""引棹入门"的水门,应该在园之西北,位置约在今殿春簃、看松读画轩之间,引葑溪(今第三横河)之水入园。民国以后,十全街屡经拓宽,沿街建筑格局变化很大,这一景象已很难去想象了。园中又多宜男草,与宗元乏嗣有关,德潜在另一首《题宋悫庭观察杏花春雨图》中也提到，诗云："北阙陈情辞蓟北，南陔补咏返江南。柳秾一路风光润，花湿千村雨意含。归里板舆欢御母，家园芳草树宜男。赠君不用裁新什，红杏尚书句最堪。"

宗元是彭启丰的内弟。启丰字翰文，号芝庭，苏州府长洲县人，彭定求孙。雍正五年进士第一，授修撰，官至兵部尚书。乾隆二十年，启丰疏乞养田归里，有《戊寅岁元夕网师园张灯合乐即事》两首，诗云："试灯佳节卷晶帘，把盏征歌韵事兼。梅圃雪飘封玉树，冰池云散露银蟾。星桥乍架春初转，画舫新移景又添。漫听村南喧鼓吹，家家竹马驻茆檐。""头番花信报芳菲，小筑云房锦绮围。万象眼前抒乐志，一枝尘外对清晖。自将椒酒供春酒，好整莱衣作舞衣。莫怪比邻来往熟，同赓将母赋旋归。""画舫新移"或正是由"移棹入门"而来的。至乾隆三十三年，启丰以原品休致，那时宗元又做官去了。启丰《网师园说》说："予妻弟鲁儒字宗元，筑园于沧浪亭之东，名曰网师园，沈尚书曾为之记。方其以养亲归也，有隐居自晦之志。既亲没终丧，再上长安，授天津道，鞅掌王事，而田园之乐荒矣。适予归里后，徘徊至此，俯仰之间，鸟啄于林，鱼游于沼，而昔时丝竹之声，咏吟之会，不可复得，为怃然者久之。予尝泛舟五湖之滨，见彼之为网师者，终其身出没于风涛倾侧中而不知止，徒志在得鱼而已矣，乃如古三闾大夫之所遇者，又何其超然致远也。鲁儒于斯二者，将何从焉？"

宗元好著述，又好刻书，所刻自著《识字略》、《悫庭慵书》、《巾经纂》、《网师吟草》、《网师园唐诗笺》等，或署"网师园"，或署"尚䌷堂"，都是所谓网师园刻本。《网师园唐诗笺》是有特色的唐诗注本，凡十八卷，乾隆三十二年刊，序云："夫诗以永言，敦厚温柔之旨以自树，其所谓指归者，故不曰选而曰笺。"笺诗，只是对诗中好句有圈点，用双行夹笺形式，在诗句旁偶有评语，评语虽短，颇能点中要旨，如王维《鹿柴》"空山不见人，但闻人语响"，旁批："不必粘题，而幽韵独绝。"李白《春夜洛城闻笛》"此夜曲中闻折柳"，旁批："折柳二字，为通首关键。"凡此甚多，亦为当时批诗风气使然。

乾隆四十四年，宗元卒，嗣子保邦继为园主，因讼事而耗尽遗产，此事彭绍升在《仲舅光禄公葬记》中有记载，说是"自公病笃时，有妾叛去。既卒，遭奸人构讼反覆,保邦懦弱不能支,不五六年馨所遗金,以半宅鬻它姓,而田亦斥卖尽矣"。由于发生了变故,宋家急剧败落,园之颓圮,势在必然。褚廷璋《网师园记》说:"余少通仕籍,于斯园建置之始,不及览观。迨乾隆丁未秋,奉讳旋里,观察久为古人,园方旷如,拟暂僦居而未果。"丁未是乾隆五十二年,"园方旷如","旷"乃荒废、空荡之意,《孟子·离娄上》所谓"旷安宅而弗居,舍正路而弗由",不但"园方旷如",且属宋氏者已仅存其半了。

二

乾隆末,网师园为瞿兆骙所得,审势协宜,增置堂亭轩馆,几乎半易旧规,乾隆六十年竣工,仍循旧名,苏人则俗呼瞿园。

瞿兆骙字乘六,号远村,苏州府嘉定县人。父学南公连璧迁居苏州经商,占籍长洲。钱大昕《瞿封翁墓志铭》说:"翁九岁而孤,哀毁已如成人。后以家计中落,治生为急,吾乡地产木绵,衣被四方,乃于吴门经理贸迁,试计然之术,积其奇羡,遂至饶裕。"兆骙生于苏州,十五岁废学，从父经商。据潘奕隽《瞿君远村墓志铭》说，兆骙"随学南公晨夕持筹握算，学南宫倚之如左右手。中岁交游日广，酬应日繁，君智虑周密，纤悉皆中节不贻"。"晚岁于城南得宋氏网师园故址，经营缔构，又于白堤营别墅，颜曰抱绿渔庄，水竹环绕，亭馆幽靓，一树一石，皆手自位置"。"春秋佳日，延故乡戚友王西沚光禄、钱竹汀宫詹及吴中诸朋友游宴其中，或有吟讽，必以纸索书，装成卷册，披览什袭以为乐。识者爱其性之雅，尤叹其才之优，以为过于人远也"。嘉庆十三年卒，年六十八。

瞿氏在苏州的老屋在阊门渡僧桥，至兆骙，不但购网师园，建抱绿渔庄，在山塘还另辟一处园墅，顾禄《桐桥倚棹录》卷八说："瑶碧山房，在东山浜，本为瞿氏宅，今为赠君陆敦诗别墅，其嗣观察森重葺，面东临流。春秋佳日，尝延文人学士啸咏其中。联曰：'塔影峦光楼阁上，花辰月午画图间。'董国华书。又，盛朝钧赠联云：'秋月春花名士酒，青山绿水美人箫。'上为涵影楼，凭栏遐瞩，烟波渺然。中有微波亭，亭前古桂数株，花时香霏垣外，施南金易其额曰'金粟影'，联云：'延到秋光先得月，听残春雨不生波。'""瑶碧"一作"摇碧"，袁学澜《虎阜杂事诗》有"溪山胜处载行厨,摇碧轩窗倒玉壶"之咏,自注:"瞿远村有花墅在山塘,名摇碧。"瞿氏在苏州的地产,应该还不止这些。

潘奕隽《瞿君远村墓志铭》说,兆骙与"王西沚光禄、钱竹汀宫詹"为"故乡戚友"。他们都是嘉定人,兆骙侄中溶娶钱大昕女为妻,而钱大昕娶王鸣盛妹顺媖为妻,并非如《苏州历代人物大辞典》说的瞿、王是姻亲,钱大昕《西沚先生墓志铭》记王有六婿,无一姓瞿。田家英小莽苍苍斋藏钱大昕一联,云:"玉杯珠树兰成赋,草色落痕梦得名。"上款是"远村大兄亲家先生",所谓"亲家",就反映了钱、瞿的这层关系。

正由于这个缘故,当乾隆六十年网师园重葺竣工后,钱大昕为作《网师园记》。这篇园记有大昕手书刻石,嵌置在今园中万卷堂西廊。园记先介绍环境,追述园史:"吴中为都会,城郭以内,宅第骈阗,肩摩趾错。独东南隅,负郭临流,树木丛蔚,颇有半村半郭之趣。带城桥之南,宋时为史氏万卷堂故址,与南园、沧浪亭相望。有巷曰网师者,本名王思。曩卅年前,宋光禄悫庭购其地治别业,为归老之计,因以网师自号,并颜其园,盖托于渔隐之义,亦取巷名音相似也。"重点写了瞿氏的修葺:"光禄既殁,其园日就颓圮,乔木古石,大半损失,惟池水一泓,尚清澈无恙。瞿君远村偶过其地,惧其鞠为茂草也,为之太息,问旁舍者,知主人方求售,遂买而有之。因其规模,别为结构,叠石种木,布置得宜,增建亭宇,易旧为新。既落成,招予辈四五人谭宴,为竟日之集。石径屈曲,似往而复,沧波渺然,一望无际。有堂曰梅花铁石山房,曰小山丛桂轩,有阁曰濯缨水阁,有燕居之室曰蹈和馆,有亭于水者曰月到风来,有亭于崖者曰云冈,有斜轩曰竹外一枝,有斋曰集虚,皆远村目营手画而名之者也。地只数亩,而有纡回不尽之致;居虽近廛,而有云水相忘之乐。柳子厚所谓'奥如旷如'者,殆兼得之矣。园已非昔,而犹存网师之名,不忘旧也。"由此可见,今网师园中部的总体布局,当是兆骙修葺时形成的。小山丛桂轩、濯缨水阁、蹈和馆、月到风来亭、竹外一枝轩、集虚斋至今依然,梅花铁石山房之名不存,或即今之看松读画轩,惟崖上云冈亭为后来葺园时拆去。

兆骙时,园中芍药甚盛,于沧来《远村主人召集同人网师园看牡丹即席有作》云:"网师园中何所有,半亩牡丹大如斗。美人睡起绣被堆,妃子欲酬小垂手。日照东城霞散绮,双成在前飞琼后。须臾灯上锦屏开,万点明星落窗牖。腰支瘦损倩风扶,薄醉盈盈一回首。主人好客列华筵,琥珀光洁杯上口。如仙如梦洛中花,如金如石人间友。晋卿雅集图长留,太白春游文不朽。名花名园以人传,风流我辈能不负。"潘奕隽《雨中远村招饮牡丹花下》云:"积雨春垂尽,追欢客又来。林亭湿翠合,水槛暝烟开。花气寒犹敛,香云浓作堆。愁城吾欲破,壶箭莫频催。"洪亮吉、张问陶、范来宗等都留下了诗咏。

嘉庆十三年,兆骙卒,其第四子亦庵中灏继为园主,园中景象不衰。二十二年,潘奕隽有《瞿亦陶招饮网师园出示其尊甫远村太守所装园中题赠诸同人诗记册俯仰今昔怃然成咏》,诗云:"城南疏旷多亭榭,大好园林说网师。栏药况能娱客眼,箨龙更喜长孙枝。灯明酒绿欢今夕,嫩蕊浓香又一时。我讽陈编增百感,白头漫与赋新诗。"钱泳《履园丛话·园林》说:"嘉庆戊寅四月,余尝同范芝岩、潘榕皋、吴槐江诸先生看园中芍药,其花之盛,可与扬州尺五楼相埒。范有诗云:'看花车马声如沸,谁问尚书旧第来。'今又归天都吴氏矣。"《履园丛话》最早是道光十八年述德堂刊行。在道光十二年前，梁章钜历任江苏按察使、江苏布政使，都驻节苏州，曾屡次游园，他在《浪迹续谈》卷一中说："苏州之瞿园，即宋氏网师园故址，后归嘉定瞿远村，复增筑之。"未提到吴氏。可见园之易主，在道光十三年至十七年间。吴氏嘉道，仅知其为徽州人，生平无考，或亦以经商为业。自吴氏得园至同治初这段时间内，园主是否更易，亦无文献可证。

道咸间，园中芍药仍盛，梁章钜曾招集郡中耆宿赏花赋诗，《浪迹续谈》卷一说："余在苏藩任内，曾招潘吾亭、陈芝楣、吴棣华、朱兰坡、卓海帆、谢椒石在园中看芍药，其西数十步即沈归愚先生旧庐，尝约同人以诗纪之，且拟绘图以张其事，而迁延不果作。此数君子皆老矻轮，果皆有作，必可以传，今则如抟沙一散，不可聚矣。"袁学澜《苏台揽胜词》卷二《网师园》云："年年向此游，陈迹踏已屡。风景自依然，同来客非故。园桃落小扉，野鸟啼深树。钿车出尚稀，可惜春将暮。栏前斐尾花，红紫乱无数。群僚醉锦茵，题壁留新句。豪夸方丈筵，费过中人赋。连岁际荒歉，饿殍横衢路。欲陈讽喻诗，祛华归朴素。叹息对花丛，吟才少白傅。""豪夸"句下自注："园多芍药,花时官长必宴集于此。"道咸间,官绅宴请,文人雅集,时常在园中举行。

咸丰十年,在乌鹊桥西北隅的长洲县署遭兵燹而毁,至同治十一年方拨公款重建。自平乱后,县署部分机关借网师园内治事。同治三年,蒯德模任长洲知县,《长洲杂诗》之四有云:"当年衙署掩蓬茅,暂寄鸠居借鹊巢。"自注:"县署贼毁,借住网师园,在近郊之地。"又《遣兴》之七自注:"园内有梅花铁石山房,今作判事处。"

同治八年,金兰应长洲知县吴承潞之邀,往园中一游,十年前的咸丰九年,他曾来过,此次重游,不由感慨良多,《网师园歌呈吴长洲承潞》咏道:"城南胜地多园林,网师夙擅幽且深。吴长洲寓此听事,折柬招我重登临。十载前曾一游历,嬉春士女倾人国。满头珠翠张红红,妙手琵琶罗黑黑。岂知极乐旋生哀,饥豺渴虎咆哮来。碧血横流汇成沼,白骨屯积高于台。一旦群妖散如雾,池亭留待双凫驻。萑苻殄灭才几年,桃李栽培又千树。吴侯赋手夙称雄,仙班当列蓬莱宫。一条冰嫌太清冷,赐三公服来吴中。茂苑牵丝暂承乏,牛刀割鸡将毋同。下车未久邑大治,阎闾绥清囹圄空。夜雨草生讼庭绿,春风花发琴堂红。垂帘卧阁静无事,辄思泥饮从田翁。碧螺野老头如雪,短褐忝为坐上客。千秋吏治相讨论,百里疢瘝细陈说。饮须十日例平原,会集群贤多记室。最是萧郎(穗甫)与沈郎(味腴),角诗斗酒皆难当。益令蒹葭少颜色,两行玉树排琳琅。明灯煌煌动宵酌,酌复酌兮嚼复嚼(三字见《后汉五行志》)。粲湌渐亦厌膏腴,家食全忘仅藜藿。深杯百罚终不辞,醉死名园鬼亦乐。"大难之后,居然还活着,多饮几杯又何妨呢,况且又在这竹树幽深的园子里。

三

光绪初,网师园归李鸿裔,因与苏舜钦沧浪亭相近,又称苏邻园或苏邻小筑。

李鸿裔,四川潼川府中江县人,字眉生,号香严,晚号苏邻。咸丰元年顺天乡试举人,入赀为兵部主事,尝入胡林翼、曾国藩幕,官淮徐海河务兵备道。同治六年,简授江苏按察使,因耳鸣重听而辞职,赏加布政司使衔,赐戴花翎,时年三十七岁。致仕后,先住铁瓶巷,后住网师园,直至光绪十一年病卒,年五十五。

黎庶昌《江苏按察使中江李君墓志铭》说:"君既罢官闲居,乐吴中山水,徙家苏州,得瞿氏网师园葺治之。园故有老树怪石、池沼亭馆之胜,积书数万卷,益蓄三代彝鼎,汉唐以来金石碑版、法书名画以自娱,闭门谢客,徜徉物外,身与世不复相关。性内介,无妄交,交必有终始。生平游宴甚广,而其契谊最笃,若吴县潘尚书祖荫、湘乡曾袭侯纪泽、开县李制军宗羲、嘉兴钱太仆应溥、吴县潘方伯曾玮、归安吴观察云、剑州李方伯榕、湖口高大令心夔、独山莫征君友芝,此尤海内其知者,可以观所与已矣。"俞樾《江苏按察使李君墓志铭》说:"其生平寝兴饮食,皆有一定之节,不差寸晷,喜静不喜动。年四十后,杜门谢客,惟以读书为事,毛诗、三礼每年必读一过,旁及金石文字,又流览老庄及释氏之书,皆有所得。于交游尤不苟,所往来者,皆海内名流也。吴中所寓,即宋氏之网师园,有花木之胜,君野服而朱履,徜徉泉石间,见者不知为故廉访使矣。"

鸿裔入住网师园的时间,《苏邻遗诗》卷下有《戊寅十一月朔同李质堂(朝斌)军门乘铁甲舰出巡南洋便道游普陀山登洛伽洞瞻谒观音化身得诗二首》、《苏邻园元日雪和儿侄辈作》前后两首,戊寅是光绪四年,后一首则作于五年元日,有"岁星来去若风帆,林居不觉三年淹"之咏,以此推算,鸿裔之入住网师园当在光绪二年。又,鸿裔得园后,建殿春簃,自为之额,款署"庭前隙地数弓,昔之芍药圃也,今约补壁,已复旧观。光绪丙子四月,香严选记"。丙子即光绪二年。

光绪二年六月二十日,前浙江宁绍台道顾文彬曾往园中观赏荷花,他在日记里说:"香严招往网师园观荷,荷系新栽者,叶已满池,花犹繁茂。中开一莲,未开时,其形如钵盂,放足时,外层莲瓣,中层如牡丹,莲蓬内出,花如芍药,乃异种也。询之种花人,亦不知其何自来。香严请顾若波绘图,复作四绝句以张之。"当时江苏巡抚张之万以拙政园为行馆,前苏州知府吴云居听枫园,前四川按察使沈秉成居耦园,顾文彬的怡园,则正在建造中,这是近代苏州园林史的特殊时期。

鸿裔工诗,精书法。徐世昌《晚晴簃诗汇》卷一百五十三说:"时东南大乱初定,吴中绅宦寓公,胜流接迹,称为极盛。林亭花树,金石图史,各书妙绩,以逮饮馔服玩,靡不妍雅多致。苏邻在幕府久,治事精敏,不废文艺。曾文正称其诗俊伟似牧之。晚习南北朝碑版，又杂治官帖，奄有晋唐风格，惜殁未六十，与其诗皆未竟其学。遗稿散亡，黎氏辑刻，仅据后来手迹杂存，未足为定本也。"所著有《苏邻遗诗》二卷、《苏邻遗诗续集》一卷、《林居杂稿》等。袁行云《清人诗集叙录》卷七十六著录《苏邻遗诗》："此集强汝询序，光绪十四年黎庶昌刻于日本。诗大多作于同光间，仅存二百馀首。鸿裔与潘祖荫、李宗羲、曾纪泽、吴云、高心夔、莫友芝等交往。咏西湖名胜兵后情景较多。《书库抱残图为丁松年大令题》、《读越南志后二十六首》，可为文献之资。《沪上杂诗二十七首》有所采辑，体制亦新。"晚年潜心研究碑帖，李玉棻《瓯钵罗室书画过目考》卷四说："文孙友鹏明府出观所藏碑帖，多存其行楷跋识。"故其摹魏晋碑铭，无不神形毕肖。

值得一提的是，《苏邻遗诗》和《续集》几乎没有关于咏唱园景的篇什。今园中樵风径、琴室西廊壁间有其手书诗文刻石十四方，均作扇形，写于光绪二年至七年间，樵风径之一方录苏轼诗两首，跋曰："光绪丙子，冬乏雨雪，天气温燥，深以明岁蝗子为虑。嘉平之望，祥霁晨布，过午逾密，散糜射鸭廊，微哦坡公此篇，以写庆快之怀。

夜归小窗下,点灯疾书,时园中早梅已花,正四时最好之景象也。东震野褐李鸿裔记于苏邻园。"

鸿裔卒后,嗣子少眉赓猷继为主人。光绪二十一年,《点石斋画报》有一则题为《引人入彀》的报道:"苏垣葑门望思园为某观察旧第,观察故后,遗下珠翠甚多。日前其公子某遇一客于某校书处,相见甚欢,询知为芜湖某大僚信人,系奉命置办住房而来者,彼此倾谈,往来征逐,结为金兰,且下榻焉。倏忽半月,深以一无广厦为恨,公子心动,随曰:'令东若出五万金,敝居可相让也。'客大喜,曰:'君如割爱,当以六万金立券,请先奉二三千金为质,何如?'公子然之,立付庄票三千两,曰:'房已看定,再为小夫人购定珠翠,可回芜覆命矣。'公子闻言,正欲怀宝自献,遂尽出家中珠翠以待品评,内有一珠大如鸡豆,光彩夺目,尤为罕觏。客狂喜曰:'如此奇珍,若得小夫人自择,二三万金不难立致,兄其见信否乎?'公子至此已入彀中,随令取去。自是音信杳然,访之芜人,则某大僚府中实无其人,知已被骗,懊丧欲绝。古称大盗不操弧矛,其是之谓乎。"《点石斋画报》上的新闻,有几种情形,边远地区杜撰者居多,江浙一带则或有其事,但即有其事,也大都道听途说而来,且多臆想和杜撰。在这段新闻中,望思园即网师园,观察即鸿裔,公子即鸿裔嗣子赓獬。当时赓獬有出售园子之想,设骗局者,就以此为由,步步引诱,他不觉入其彀中,被骗去珍稀珠宝。时距鸿裔之殁,已十年矣。

光绪二十二年,赓獬在大厅后建撷秀楼,俞樾为之题额,并跋曰:"少眉观察世大兄于园中筑楼,凭栏西望,全园在目,即上方山浮屠亦若在几案间,晋人所谓千岩竞秀者,具见于此,因以撷秀名楼,余题其楣。光绪丙申腊月,曲园俞樾记。"赓獬卒于光绪二十八年,俞樾《楹联录存》五有"李少梅观察挽联",序云:"少梅乃眉生廉访嗣子,寓吴下蘧园,有泉石之胜。其卒也,以壬寅正月元旦。"蘧园之名,始见于赓獬时,乃依瞿园之谐音。赓獬卒后,其子友鹃继之。

至光绪三十三年,园终于易主,归达桂所有。达桂字馨山,姓崔氏,汉军正黄旗人。光绪二十八年任盛京副都统、黑龙江副都统,三十年为吉林副都统,同年署吉林将军。三十三年三月设吉林巡抚,将军衔裁缺,改任阿勒楚喀副都统,他就辞职不干了,买下此园,他在自撰《网师园记》中说:"丁未嘉平,余始来此园,水木明瑟,池馆已荒,以芟以葺,乃改旧观,颇得庚子小园寂寞人外之意。"达桂住园仅四年,宣统三年转为冯姓所有。

四

民国初年,张作霖以三十万银圆买下此园,于一九一七年赠与张锡銮,易名逸园,黎元洪题额,苏人俗呼张家花园。

张锡銮字金波,又作金坡、今颇,浙江钱塘人,监生。同治间在湖北参军,曾官广东嘉应州知州。光绪元年在奉天讨马贼有功,改授通化知县、锦州凤凰厅候补道等职。二十年任东边道,训练新军,次年在宽甸抗击入侵日军。二十八年招抚张作霖,三十二年又将作霖编入巡防队,充前路统领,故作霖对他十分感戴。宣统三年,锡銮擢山西巡抚,叶恭绰《矩园馀墨》序跋补遗《书张都获诗存后》说:"宣统三年民军起义后,曾任山西巡抚,经唐少川先生之介,早与民军默契,于清室逊位事多所运筹。宣统逊位诏书第一次之稿,即由张拟交余之手者。余置衣袋中月馀,改用他稿,始毁之。各省督抚请清帝逊位之电奏,亦张所主稿也。"民国成立,历任直隶总督、东三省西边宣抚使、奉天都督兼署吉林都督,一九一四年以镇安上将军节制东三省军务,一九一五年任湖北将军,旋改参政院参政。一九一七年退出政界,闲居天津。一说一九二二年卒,享年八十。一说一九二八年卒,叶恭绰《书张都获诗存后》说:"张作霖死,今颇亦不久卒。"则享年八十六。

园归锡銮后,由其子师黄主持园中事务,郑孝胥一九一九年六月十四日日记:"李西字东园,金州人,持张锡銮名刺介绍来访。李以刻印为业,有言金坡已购得苏州网师园,其子今在苏州。"锡銮本人却从未在园中住过,叶恭绰《书张都获诗存后》说:"张有名园曰网师,在苏州,终身未一至,余曾寓焉。"曹聚仁《我与张锡銮》也说:"当年,我在网师园中,真是住他的,吃他的,睡他的;凡是日常生活的一切,都是张老将军的。张老将军买下了这一家名园,却不曾到过苏州,也不曾住过一天。于是,看园的老头儿,把一切准备给张老的都让我们来享受了。我们欣赏那几树绣毯花,和一亩六的芍药花,还看了张老将军所写的'庭前大树老于我,户外斜阳红过墙'。"张氏期间,园中增建颇多,如琳琅馆、道古轩、萝月亭等,尤以十二生肖象形叠石为他处所无,别饶风趣。

一九三二年,淞沪抗战爆发,先是曹聚仁借住园中,不久叶恭绰和张善孖、张大千昆仲等也来作寓客,张善孖一家住殿春簃,张大千及眷属住琳琅馆,叶恭绰住后院,张氏昆仲的画室也在殿春簃。一九三六年,童寯在《中国园林——以江苏、浙江两省园林为主》中说:"今属张氏,园中仍有人居住,为名园中罕例。富有人性的精美细部,给园林增添很多魅力,近池宴亭为总体点睛。是园同其他古园,老树依存。"不久他在《江南园林志·现状》又说:"园东部有宅数进,中部假山荷池,古木参天。西院小筑,乃画师含毫命素之所,园宅兼俱,典雅古洁,别具一格。自李氏迄今,主是园者,间为画家,据林泉之胜,养丘壑之胸,至足羡也。"当时苏州不少私家园林,都属半开放状态,稍有关系,或给看门人几个小钱,就可入园游览。一九三六年七月,朱自清到苏州,就由叶圣陶陪着"到张家花园"(朱自清二十一日日记),叶圣陶还借着这个缘由,写了一篇《假山》,这是苏州园林欣赏史上的名篇,可惜注意者不多。

一九四〇年,园为何澄买下。何澄字亚农,自号两渡村人,晚号真山老人,山西灵石人。早年留学日本,经黄兴介绍,加入同盟会。宣统元年娶苏州怀厚堂王颂蔚、王谢长达之女王季山为妻。武昌首义后,由北京到上海,协助陈其美策动江浙起义,上海光复后任沪军都督府第二师参谋长。民国元年退出军界,归隐苏州。在与怀厚堂一墙之隔的五龙堂东,买下八亩许空地,先盖两渡书屋,又盖灌木楼等,堆叠假山,杂莳花木。一九三三年,吴湖帆、张大千、彭恭甫、陈子清合作《灌木楼图》,罗振玉引首,叶恭绰、张大千、傅增湘、谢玉岑、王蘧等题诗题辞,王蘧诗云:"寻诗读画得欢酬,吴下相携过十秋。尚忆旧村从两渡,今看灌木起重楼。孤怀睥睨能专壑,世业峥嵘本寄讴。庸谓薄吟堪赋物,愿分清景到林丘。"一九四〇年,宣哲又作《灌木楼图》,并题以长诗,何澄作跋。这两卷《灌木楼图》,今藏苏州博物馆。何澄灌木楼故居,即今南园宾馆。何澄在苏州,还先后创办了益亚织布厂和涌源面粉公司。一九二八年,被阎锡山任命为沧石铁路工程局局长,翌年即免职,仍回苏州作寓公。

何澄与张锡銮本就沾亲带故,何澄族兄何厚琦先后娶锡銮长女和次女为妻,何澄买下这座园子,据说也由锡銮次女转让。在未买园之前,何澄就已是园中的常客,子女也常来看画家作画。一九三五年六月,傅增湘、江庸、周肇祥、邢端、邢震同游黄山归来,端午日在网师园雅集,叶恭绰有诗《旧历端阳与亚农善孖大千湄恭甫小集网师园适傅元叔游黄山归同集既为图以志因书此写怀》。一九四〇年园归何澄,至一九四三年,他对园中的山池亭馆作了整修,改竹外一枝轩为敞轩,辟潭西渔隐园门,补植花木,配置家具,点缀古玩字画,并恢复了网师园的旧名。今园中留下何澄的遗迹不多,仅殿春簃圆洞门西的砖额"真意",还有一方砖额"云冈",署"庚辰年真山书",本嵌在云冈假山后的山墙上,何澄与它的合影俱在,可以为证,现在却弄到了假山上,成为摩崖,还将落款去掉,或许修葺者认为明明是假山,何以称"真山"呢?想想也可笑得很。

何澄虽是园主,却从不在园中住过,家人亦不许。只有两次例外,一是一九四一年六月,长子泽明和吴君珊喜结良缘;一是同年七月七日,长女怡贞和葛庭燧在上海结婚后,到园中度蜜月。前来贺喜的亲友和弟弟们在园中热闹了几天。

何澄晚年以养园的费心费钱为累,很想将园子卖了。一九四五年十二月二十五日,他在给小女泽瑛的信里说:"此间有人想买网师园,我亦想卖。此后社会民主化,我不想多有此奢华废物也。拟索黄千两(百条),可与王季勉老伯商之。能有比此数多主,则更妙。"在另一封信中又说:"此间有人想买网师园,余亦嫌此大花园为累甚,欲出手,正论价中。"当时日本已无条件投降,内战随时可能爆发,况且何澄在北平,卖园之事自然没有下文了。

一九四六年五月十一日,何澄因脑血栓卒于北平东交民巷法国医院,年六十七。一九四九年十二月二十三日,夫人王季山被人杀害于苏州灌木楼内,年六十三。一九五〇年,小女泽瑛代表八位子女,将网师园、灌木楼及文物千馀件捐献给国家。一九五八年,网师园经整修后对外开放。

二〇一九年七月十三日改定

狮子林散记

有一点先要说明,在古人记咏中,"狮子林"往往写作"师子林","师"是"狮"的古字,那是不错的。故我在引用时一仍其旧,白文则按习惯作"狮子林"。

狮子林原是禅林,开山者惟则,字天如,俗姓谭,吉安路永新州人,出家后嗣法中峰明本,曾遁迹松江九峰间十二年,道价日增,然而他拒绝住持国立大寺院。至正元年,他来平江路弘禅,见这里古树丛篁,幽僻犹如山中,不由有结屋之想。翌年,弟子们便为他筹资买地,建造禅林。惟则因为其师明本唱法天目山狮子岩,又因为此处原为贵家废圃,遗留许多怪石,有状如狻猊者,故就将禅林名为狮子林菩提正宗寺。惟则在禅学上主要是传播明本的"看话禅",使唯心净土与西方净土沟通起来,让唯心净土也融入极乐世界的内容。他在《宗乘要义》里阐述了禅宗五家宗旨并概括各自特点,所谓"临济痛快,沩仰谨严,曹洞细密,法眼详明,而云门高古也",很受到后来禅史学者的重视。正德《姑苏志》卷五十八称其"自中峰以来,临济一宗,化机局段,为之一变,故多论建"。惟则的著作有《楞伽经会解》、《天如和尚语录》、《师子林别录》等。

至正十四年,欧阳玄撰《师子林菩提正宗寺记》,记述了寺院的缘起和景致:"其地本前代贵家别业,至正二年壬午,师之门人相率出资,买地结屋,以居其师,而择胜于斯焉。因地之隆阜者,命之曰山;因山之有石而崛起者,名之曰峰,曰含晖、曰吐月、曰立玉、曰昂霄者,皆峰也,其中最高,状如狻猊,是所为师子峰,其膺有文,以识其名也。立玉峰之前,有旧屋遗址,容石磴可坐六七人,即其地作栖凤亭。昂霄峰之前,因地洼下,浚为涧,作石梁跨之,曰小飞虹。他石或跂或蹲,状如狻猊者不一,林之名亦以其多也。寺左右前后,竹与石居地之大半,故作屋不多,然而崇佛之祠,止僧之舍,延宾之馆,香积之厨,出纳之所，悉如丛林规制。外门扁曰菩提兰若；安禅之室曰卧云；传法之堂曰立雪；庭旧有柏曰腾蛟，今曰指柏轩；有梅曰卧龙，今曰问梅阁；竹间结茅曰禅窝，即方丈也，上肖七佛，下施禅座，间列八镜，光相互摄，期以普利见闻者也。大概林之占胜其位置，虽出天成，其经营实由智巧，究其所以然，亦师之愿力所成就也。"危素也写了《师子林记》，记叙了寺中诸景及惟则其人。

虽然狮子林不是大丛林，但由于惟则禅学真实谨密，前来参禅问道的人很多，一时名动京师。至正十年，李祁在《师子林诗序》中说："余尝观其地之广，不过十馀亩，非若名山钜刹之宏基厚址也；屋不过一二十楹，非若雄殿杰阁之壮丽焜燿也；其徒众仆役不过十数人，非若高堂聚食常数千指也。若是而能得名于当时之士大夫，无乃以其人而不以其地欤。"

至正十四年，惟则示寂，卓峰立公继之。二十三年，朱德润为作《师子林图》，高启曾见之，后来湮没了。惟存缀于图后的《师子林图记》尚在，德润回忆了惟则的交接谈论，最后归结到石上去，他说："虽然，观于林者，虽师石异质，一念在师，石皆师也；一念在石，师亦石也，然不若师石两忘者耶。"

相传至正十六年至二十六年,张士诚据苏期间,狮子林被士诚婿潘元绍所占,清人朱象贤《闻见偶录》说:"予考旧迹,昔潘元绍曾居于此,前后左右,皆其第宅园林,至今名为潘氏巷。潘乃张士诚之婿,张踞苏州,潘为伪浙江行省左丞,富贵奢靡,近代罕有,元季有名文墨之士颇为罗致。此园原非僧寺,邻伊第宅,必为所踞。按其时正在结屋之后,由是复归豪家也。"按朱德润《师子林图记》及明初诸家记咏,于此都未曾提及,潘之所居或毗邻狮子林,但狮子林是未被占用的。

元明易代之际,四围硝烟战火,城内兵荒乱,但狮子林未遭毁坏。洪武五年,高启在《师子林十二咏序》中说:"夫吴之佛庐最盛,丛林招提,据城郭之要坊、占山水之灵壤者数十百区,穹台杰阁,甍栋相摩,而钟梵之音相闻也,其宏壮严丽岂师子林可拟哉?然兵燹之馀,皆委废于榛芜,扃闭于风雨,过者为之踟蹰而凄怆,而师子林泉益清,林益茂,屋宇益完,人之来游而纪咏者益众。"人们看到的,依然是"清池流其前,崇丘峙其后,怪石嶙崒而罗立,美竹阴森而交翳,闲轩净室,可息可游,至者皆栖迟忘归,如在岩谷,不知去尘境之密迩也"。所谓"十二咏",即咏寺中十二景,作者凡八人,人各十二首,高启乃发起者。当时已是第三代住持如海因公,高启在序中说:"迨今因公,高昌宦族,弃其膏粱而就空寂,又能保持而修举之,故经变而不堕也。"

当年秋七月,王彝作《师子林游记》,详细描写了寺中的景致:"苏城之东北区,有林若干亩,佛者居之曰师子。师子者,林之一峰如其形,故名。而其地特隆然以起为丘焉,杂植竹树。丘之北,洼然以下为谷焉,皆植竹,多至数十万本。始升其丘之南麓,便仰见师子峰,高仅若干尺,如舞且踞,两傍复各有峰亚匹之。东曰含晖,作人立,左腋下有穴一,腹枵然有四穴,日始出,则其晖映暖相射;西曰吐月,颇峭且锐,稍夕,月即见其上。师子之北,有室曰禅窝。含晖之东有隙地逾寻,甃以石子,为环坐者之所藉,曰翻经台。傍有峰特出,曰立玉,然其状嵌空,若刀剑划作四五叶者,或曰以地肺名之为宜。吐月之西有涧,自竹谷中来,因架石为梁,曰飞虹。逾飞虹以西而下,其西麓乃北入竹谷中,委蛇东来,折以南,出立玉后而上。其东麓复折而南,且西出师子前而下。其南麓凡丘之巅踵,自三四峰外，诸小峰又十数计，且丛列怪石，什伯为群，而所取道往往经纬其间。既下南麓有二道，其循麓而东者，至立雪堂，方堂之南为卧云室，又南为指柏轩；其循麓而西者，至问梅阁。问梅与指柏相直，梅与柏各一，皆相结为蛟虬，其寿几二百年。柏之南有池，曰玉鉴，若鉴影以自媚者。梅之西有井，曰冰壶，初凿井时得古壶鳟地下，而其泉冽且甘，以瀹茗，味尤胜云。余在昔于斯游也，盖屡焉而不厌。"

洪武六年，倪瓒应如海之请，作《师子林图》，并题诗云："密竹鸟啼邃，清池云影闲。茗雪炉烟袅，松雨石苔斑。心静境恒寂，何必居在山。穷途有行旅，日暮不知还。"款署"余与赵君善长以意商确，作师子林图，真得荆关遗意，非王蒙所梦见也，如海因公宜宝之。懒瓒记，癸丑十二月"。张丑《清河书画舫》卷十一下著录："书法娟秀，跋语清真，所画柴门梵殿，长廊高阁，丛篁嘉树，曲径小山，以及老僧古佛，无不种种绝伦，止墙角一株梅，似属累笔，《春秋》责备贤者，予为作此品题，正使瑜不掩瑕，方是迂翁真相知耳。"孙承泽《庚子销夏录》卷二也著录："予寤寐此卷有年，南征之兵从鞬橐中带至北地售之。因后有南中年号及马瑶草题跋割去，前后断烂，幸画体不伤，乃于癸巳腊月重装之。云林传世手卷，惟此图及鹤林图，鹤林图无人物，狮子林图上有一僧；又不用印章，余质得祥符人一设色山水，上有云林子印。"倪瓒作画，向无人物，惟此卷有之，让人格外珍视。倪瓒真迹已佚，所见者皆为临橅。

洪武七年，徐贲亦应如海之请，作《师子林图》。卷后有永乐十五年姚广孝跋，云："余友徐贲幼文洪武间为师林如海师作此十二景，极为清妙，余尝题其上，逮今四十馀年矣。今庵上人继师林之席，今年春来京师过余，出示此卷观之，真若隔世事。幼文、如海皆已谢世，余耄独存，不能不兴感于怀也。上人复征余识其后，故书此以纪岁月云。时永乐十五年仓龙丁酉春三月望日，太子少师吴郡姚广孝识。"又，嘉靖二年陆深《跋师子林图咏》云："此卷师子林图，徐幼文作，凡十二段，段有题名，以古篆隶写之，独损缺其一，按图当是雪堂云。各系以五言诗，凡十二首，不书名氏，词翰皆简健。后有少师姚荣公跋尾，荣公称余友幼文为师林如海作十二景，极为清妙，予尝题其上，则卷中诗当是荣公手迹，郡志之所宜有也。"姚、陆均记其为卷,后分割重装成册。朱彝尊《跋师子林书画册》说,狮子林十二景,"当时留题八子,高启季廸、张适子宜、王行止仲、谢徽玄懿、申屠衡仲权、张简仲简、陶琛彦行、僧道衍斯道。而兹册惟斯道用小楷书其诗,诸公不与焉。考师林初建,朱德润泽民图之,赵元善长、倪瓚元镇商榷续图之。幼文写此册,在洪武七年三月,自言用图写意,初不较其形似。盖欲别开生面,不同乎朱、赵、倪三子尔"。徐贲原作今藏台北故宫博物院,一九二八年上海商务印书馆曾刊珂罗版行世,最近古吴轩出版社将之重印。

就在洪武年间,狮子林归并承天能仁寺,渐渐颓败,成弘间称狮子林庵,至嘉靖间,仅存弥陀院一区。江盈科《敕赐重建狮子林圣恩寺记》说:"昔所称含晖、吐月、立雪、昂霄、栖凤亭、小飞虹、指柏、问梅诸境,一切沦没于荒烟野草、残霞落照间。久之,折入豪门,构为市居,佣保杂作,错处其上,如是者数十年,而狮子林之额几不可识。"万历十七年,释明性持钵化缘,拟恢复狮子林。二十年,得慈圣皇太后赐《大藏经》一部,并敕赐"圣恩寺"额。时江盈科任长洲知县,他说:"不佞按旧志渐为稽复,其佣保杂作,量给粮赀,使处别境,恢复故址。明性乃自捐衣钵，遍募诸缘，创置佛殿，并经阁、山门各一，殿上新设金像，庄严慈愍，而奉赐经其中。盖天如道场颓废二百馀年，一朝悉还其故。"此次修建，新建了山门、普光明殿和藏经阁，原来怪石林立、乔木扶疏之区，成为圣恩寺的后花园。又据《百城烟水》卷三记载，"释明性具奏追复一隅，敕赐圣恩寺额"，则修复之区，乃旧时狮子林的一部分。

至明末，狮子林又荒废了，顾嗣立编《元诗选》卷六十八"天如禅师惟则"小传说："今其地大半废为民居，湫隘嚣尘，无复昔时之胜矣。"张大纯《过师林寺有感》云："当日天如至，师峰石最尊。禅窝穿月窟，法座驻云根。莫怪飞虹小，如何玉鉴昏。残僧随废圮，依旧作邻园。"寺院虽废，但后园的峰石依旧，水池石桥无恙，这正是当时狮子林的实情。

明末清初，寺与园就分析了。张大纯"残僧随废圮，依旧作邻园"之咏，透露了其中消息。又，康熙中松园老人张翁买光福潭西查山山地，自营生圹，并建六浮阁。在查山之麓建六浮阁，本是李流芳的一个梦想，未能实现，却由张翁完成了。朱彝尊《六浮阁记》说："翁生居吴北郭,即元时师子林,而井桯于山,得无后艰之幽宅,且建阁以表其胜,则李君所愿而不获遂者,翁克有之。"汪份《六浮阁考》说:"长蘅没后七十年,而籲三之尊人文萃买兹山,始见阁缘檀园雅意,而袭其名,且治生圹。"李流芳卒于崇祯二年,后推七十年为康熙三十六年,彝尊另有《二月朔查山探梅集六浮阁分韵得覃字》,诗云:"清河有一老,于此开径三。诗垒黄篾楼,生圹金粟龛。"此诗作于"重光大荒落",即康熙四十年辛巳,时间差不多。彝尊说"翁生居"狮子林,可能张翁从小就生活在那里,则寺园分析的时间,断在明末清初,应该无疑。彝尊又说:"翁讳某字某,自号松园老人,其行义,详今礼部尚书同里韩公菼所为志铭,及处士睢州田君兰芳墓表。"惜乎韩菼《有怀堂文稿》未收其墓志铭,田兰芳《逸德轩文集》亦未收其墓表,否则或有更多资料,反之,则墓主乃团团富家翁,谀墓之作不入文集,也属常例。据汪份《六浮阁考》所记,张翁字文萃。

寺园分析后,寺门南向,在狮林寺巷;园门北向,在潘儒巷。据《南巡盛典》卷九十九插图描绘,寺之建筑主要有山门、大殿、藏经阁,在南北中轴线上,东南部多附房,藏经阁后有东西向墙垣一道,与园相隔,辟一门,可以入园;园中湖石嶙峋,古木参天,楼台、厅堂、石桥等散置,标识的建筑仅"御诗楼"和"御碑亭"。这一格局,一直持续到晚清。

康熙二十五年,厉鹗来游,竟然吃了闭门羹,有《元僧惟则师子林今为齐门某氏园泛舟往访阍者以闺人居此辞焉怅然有作》云:"名僧遗石在,迢递访前尘。北郭图难觅,东林社未湮。不逢浇竹叟,偏住散花人。怊怅回船处,温风荡绿蘋。"

张翁卒后,其子张士俊继为园主。士俊字籲三,一字景尧,号六浮阁主人,监生。康熙四十三年至五十三年,尝刊刻自辑《泽存堂五种》,即《大广益会玉篇》、《广韵》、《佩觿》、《字鉴》、《群经音辨》,凡五十五卷,均据宋本翻刻,以精良著称。赵执信《因园集》有诗两题,卷七《师子林赠主人张籲三士俊》作于康熙四十四年,云:"高亭擅一丘,怪石拥四面。坐疑夏云起,顾觉秋山乱。初窥惟嵞岈,渐历有登践。区分涧壑成,径纡尺咫变。深洞转地中,飞梁出檐畔。前行鸟投巢,后至狖缘栈。峰峦入衣袖,松桂吹霜霰。犹被元时苔,复充目前玩。我本岩穴士,茧足攀跻惯。羡尔市廛居,闭门恣幽窀。"乃咏园中假山。卷十《南村移居师子林是故人张籲三宅》作于康熙六十一年,记友人王煐借居园中之事,时士俊已物故。另,梁迪有《雪中宴集师子林赠主人张籲三先生兼呈汪武曹前辈》,李果有《师子林诗为张籲三先生赋》等。

再说圣恩寺,清初住持僧海翔、会稽居士陈大贤领众重修。顺治十年,李模《敕赐圣恩古师林寺重建殿阁碑记》说:"虽师林旧观尚待扩辟,而现在新模已足炳蔚。"且无一字提及园中水石,可证当时寺园分割已成格局。康熙十五年,缪彤撰《敕赐圣恩师林禅寺重建碑记》,也只提修建寺院事。康熙四十二年,圣祖南巡驻跸,赐"狮林寺"额,并赐联曰:"苔涧春泉满,萝轩夜月闲。"朱彝尊、王煐、文点、潘耒、顾嗣立、金侃、张士俊等作《狮子林联句》。

乾隆初,园归衡州知府休宁黄兴仁,易名涉园,又名五松园,朱象贤《闻见偶录》说:"园有松五株,皆生石上,故以为名。"当时"园中位置,东半多山,西半多杉,山用太湖佳石磊成,幅员不甚广,而能使之幽深曲折,虽咫尺而有遥远之致,诚一绝境。相传为倪高士云林堆叠,乃不知者之讹传，但非出自后世凡手耳。伪称为狮子林者，缘怪石状若狻猊，参差林立而名之也。至郡城内外，或旧存，或新造，除前述外，尚有可观之地，独此山石之佳，堆叠之妙，超出于众，聊为识之"。

高宗自乾隆二十二年第二次南巡起，每次必游此园。二十二年赐"镜智圆照"额，二十七年赐"画禅寺"额，三十年赐"真趣"额，先后有御制诗十首。三十六年，高宗谕苏州织造舒文，将狮子林的建筑、山池按比例做成硬纸模型送京，用银十三万两仿建于长春园，仍称狮子林。三十八年御制《狮子林八景》，《狮子林》一首小序说："狮子林之名，赖倪迂图卷以传，此间竹石丘壑皆肖其景，为之冠，以旧名志数典也。"诗云："最忆倪家狮子林，涉园黄氏幻为今。"自注："吴中狮子林，故址虽存，已屡易为黄氏涉园。丁丑南巡，曾访其胜，因邮倪卷证之。壬午、乙酉后再至，前后并有诗，题卷中。"过了两年，又用银七万两在承德避暑山庄再建一座狮子林。三十九年，高宗御制《题文园狮子林十六景》诗，小序说："向爱倪瓒狮子林图，南巡时携卷再至其地，摹迹题诗。昨于长春园东北隙地规仿为之，即仍狮林之名，初得景八，续得景亦如之，皆系以句。然其亭台峰沼，但能同吴中之狮子林，而不能尽同迂翁之狮子林图。兹于避暑山庄清舒山馆之前度地复规仿之，其景一如御园之名，则又同御园之狮子林，而非吴中之狮子林，且塞苑山水天然，因势以位置，并有非御园所能同者。若一经数典，则仍不外云林数尺卷中所谓言同不可，何况云异。如此则二亦非多，一亦非少，不必更存分别，见懒道人画禅三昧，或当如是耳。既落成名之，曰文园，仍随景纪以诗。或有以同不同为叩者，惟举倪迂画卷示之。"高宗在诗中，屡屡提到黄氏涉园，如《虹桥》云："一再仿涉园，虹桥驾波起。"《假山》云："山庄之内多真山，而何堆石肖其假，求真不足假奚为，徒以涉园有此也。"又四十年御制《文园四咏》之《松》云："涉园松参天，文园松齐肩。"自注："吴中狮子林今属黄氏，为涉园。"

黄兴仁有子三人，长腾达，字筠居，号斗槎、云衢，乾隆二十八年进士，曾官湖广道御史；次轩，字日驾，号小华，三十六年进士第一，授修撰，擢川东道，卒于任；次腾骧，字北墅，号春衢，五十一年举人。兴仁卒于乾隆四十四年，黄氏兄弟相继为园主。潘奕隽有《春日偕郭匏雅学正陆谨庭孝廉宋香岩刺史奕岩观察游狮子林感怀黄斗槎小华兄弟》,赵翼有《同蓉溪芷堂游狮子林题壁兼寄园主同年黄云衢侍御》,吴蔚光有《狮子林访黄四春衢》,记下了黄氏涉园时期的故实。

自乾隆朝至咸丰兵燹前,狮子林清明开园,纵人游览,裙屐麇集。钱泳《履园丛话·园林》说:"每当春二三月,桃花齐放,菜花又开,合城士女出游,宛如张择端《清明上河图》也。余二十许时,尝往游焉,作《狮林竹枝词》云:'兰雪堂前青草蕃,蒋家三径亦荒园。寻春闻说狮林好,借问谁家黄状元。''虬须园子倚门边,分得秋娘买粉钱。入门疑到天台路,且避前头两少年。''苍苔新雨滑弓鞋,斜倚阑干问小娃。曾记飞虹桥畔立,不知谁拾凤头钗。''一双绣袜污泥溅,日暮归来空自怜。不是贪游生小惯,明朝还上虎丘船。'"袁学澜《苏台揽胜词》卷下《狮子林》云:"九曲峰峦访旧游,啼莺林际唤春愁。石飞云气迷苔碣,松泻涛声过佛楼。池鹤倒窥人影立,蘋鱼仰唼鬓花游。倾城士女咸来赏,笑说倪迂画意幽。"咸丰六年三月初一,郭嵩焘来游,他在日记中说:"石林二座,一置平地,一置水中。丁未冬游此,两山皆完善,今水林倾塌过半矣，陆林犹如旧。叠石成围，中构一亭。石林中分上下两层，盘旋转折，忽深入洞底，忽高跻林杪，或开一门，或架一桥，无不入妙。每至隘处，常别通一径，以便行者之相避，四路出入，不相妨也。然每入一游，必曲折穷林之境而后出，不能中止。四隅高处，各置一亭，而恰不板滞。立石或尖或圆，或巨或细，皆布列有致。俗传七十二峰、二十四桥，虽未能如许之多，而方广逾亩，随意转变，实一奇也。"

狮子林经咸丰兵燹，虽遭残毁而遗规尚在。同治四年暮春，袁学澜偕潘锺瑞、亢树滋来游，他在《游狮子林记》中说："郡城东北隅任蒋桥畔，有五松园，叠石耸峭，峰峦起伏，岩洞奥窔，玲珑透辟，阳开阴阖，妙绝端倪，五松岁久枯朽，石之奇为吴中冠。庚申之乱，粤寇据城，几阅四载，园林残毁不知凡几，而此园遗构尚存。"又，《乙丑三月廿七日同子杰游狮子林》有云："拙政山茶摧作薪，沧浪亭观飞灰尘。师林独有神物护，奇石自得天真趣。记经寇乱阅四载，到处鏖兵井邑改。苏台麋鹿走荆榛，此间遗构依然在。"虽然山石依旧，但确乎荒凉了不少，又因有太平军兵丁死在假山洞里，更有一点阴森可怕，冯应图《拙政园山茶花用吴梅村原韵》有云:"我闻狮林假山石,天阴雨湿腥且殷(贼匿假山洞中多被搠死)。洞中野花亦间发,根株渍血常斑斑。"可见园已很荒芜了。

民国元年,黄氏后人将狮子林卖与上海闻人李锺钰,李未事修葺,买园事也不见《李平书七十自述》记载。一九一八年,这处废园被贝仁元看中,他在《重修狮子林记》中说:"戊午之岁,因事旋里,时固有建祠之议,胥宇度地,辄以询诸邑人,而旧家宅第,与夫荒墟故址,足以当我意而适于用者,殊不数觏。或有以师林告,曰是休宁黄氏之废园也,久而莫能售,迨至民元,始归玉峰李氏,拟修葺而未果,今待价可沽焉。仁元心识之,未几晤李,举以询,慨然允诺。"仁元字润生,在上海经营颜料,第一次世界大战爆发,因以囤积进口颜料,价格翻了数倍,一举成为富豪。仁元得园后,大事营造,在园东建贝氏祠堂和承训义庄,在园北建族校,在西部扩充之地则沿墙叠筑假山,上置人工瀑布。在园中浚池植花,重构厅堂亭榭,并悉循旧名原址。在北、西、南三道长廊壁间嵌置《听雨楼藏帖》及文天祥诗碑、乾隆御诗碑,增建了燕誉堂、九狮峰、湖心亭、石船、荷花厅等。在修建过程中,采用了当时比较昂贵的水泥、彩色玻璃、铁铸构件等时兴材料。整个工程在一九二五年初告完事,就让人进来参观了。

一九二六年,陈稼轩《苏州旅行记》说:"狮子林,在潘儒巷,与拙政园距甚近,为贝润生氏新购之别墅,改建尚未竣工,余等致函先容,故得入观。园中房屋,悉为新筑物,华美有致。荷池中有石舫一,略仿颐和园中石舫之形式,基础纯用水门汀制成。然斯园胜处,在于假山,分水陆二部,成大一环形,在陆地者尤佳,峰峦峥嵘,洞壑宛转,而山洞布置,尤极曲折之妙。余与王君信昌环游一周,觉登降不遑,目眩神迷,俨如置身鱼腹浦,而游武侯八阵之图也。"

一九三三年,王叔明《苏州名胜纪游》说:"车到狮子林,仍由向导密斯陈和守门的人交涉了一番,这才允许我们有团体组织的参观。据说这狮子林是某银行经理私人产业,陌生人是不容易进去的,不知是否?我们由向导领着进去,只见围栏曲折,亭榭院落,有大假山宛如狮形伏卧于地,此园命名,或者就是为了这座假山吧。出围栏过吊桥,又见垂杨树阴下一沟流水,直通一池,池方亩许,中有假山凉亭,有石板小桥可达。在亭稍坐,清风徐来,颇能怡人心志。沿荷池而进,有水门汀做成之石船,船上装潢间隔,与南京秦淮河之画舫一般无二。俯视池中游鱼数尾,历历可数,极活泼有趣。再沿荷池而上,有亭如翼,上雕山水花卉,嵌巧玲珑,当中悬有横额,上书'真趣'二字,镌有'乾隆御笔'方印一颗,想来这遗迹殆有百年以上了。从亭后旁门而入,迳至一厅,中悬名人书画,长台靠椅,极其清洁雅致,稍憩品茗,觉清快气爽,颇为畅适。设留客夜饮,良宵美景,飞觞醉月,真不知漏转几更了。"

一九四三年,张扬《人间的天堂苏州》说:"在这别墅中,见到玲珑的一座假山,几乎占据全园三分之一。据称这假山当年堆叠的时候,曾经倪云林高士的设计,所以曲折有致,走了进去,如入孔明八阵图,一时使你不容易走出来,非走得你脚酸腿软不可。这座假山,可以说是园中的特点。此外,水榭风廊,也装点得十分幽趣。在东部有一个荷花池,池子里很特别地造下一艘石船,这是仿照北京颐和园内的石船式样造的,可惜池子太小,放着这样庞大的石船在池子里,有些不称配,而且这石船是用水门汀造的,非常恶俗。"

民国时的狮子林,游人已多,作记录的也有不少,好恶之评,皆由知识结构和审美观念决定的。就在贝氏重修之前,对狮子林也有不同看法。

乾嘉时沈复是郡人,大概不止一次去过,他在《浮生六记·浪游记快》中说:"其在城中最著名的之狮子林,虽曰云林手笔,且石质玲珑,中多古木。然以大势观之,竟同乱堆煤渣,积以苔藓,穿以蚁穴,全无山林气势。以余管窥所及,不知其妙。"道光时梁章钜亦有同感,《浪迹续谈》卷一说:"客有招余重游狮子林者,余笑谢之。盖余于吴郡园林,最嫌狮子林之逼仄,殊闷人意,故前官苏藩时,亦曾偕友往游一次,而并无片语纪之。"俞樾《游狮子林作歌》也咏道:"书生立论怕随俗,偏向美中求不足。虽然山势喜空灵,未免游踪愁偪促。"园中假山是否如"乱堆煤渣",暂不说他,但置景的"逼仄"、"偪促",就不能让人满意了。

但他们还没有看到贝氏之大兴土木,将这本来隙地无多的园子塞得满满当当,不知又当作如何感想。

我看到过一张同治九年,即一八七〇年拍摄的照片,山石磊叠,乔木蘢绥,楼台间相对还算空旷。贝氏重修之后,就有点不堪了。范烟桥虽然并不同意沈复的看法,对贝氏之举,却大有意见,他在《没遮拦·狮子林》中说:"我不禁为狮子林叫屈。所谓假山者,本来与真山意味不同,能曲折有致,起伏有势,已称绝技。盖如小品文字,究非燕许大手笔也。狮子林石多嵌空玲珑,而盘旋迂回,须走一小时许方能毕尽其妙,苏州人称'穿假山',即此一'穿'字,已可想见其丘壑之深邃玄奥矣。其间尤多石笋,有高逾旬丈者,他处所未见,若在其他园林,有一二橛,已视同瑰宝,此中无虑数十挺,洵如雨后春笋焉。初为狮林寺附庸,后划为黄氏园。辛亥光复,李平书以数万金易之,不十年归贝润身,以其多金,重加润饰,其断缺处,欲觅太湖石补之不得,以金山石充之,石质粗粝,石色庸俗,与旧石至不相合,仿佛宋元画卷上涂以西方油画彩色,其损美观可知。复多置楼阁,益减空灵之气,诚杀风景也。使三白生今日,睹此恶札,不知更当作何语。"曹聚仁在《吴侬软语说苏州》中也说:"城中名园,游客艳称狮子林,乃是富商的家园。古代狮子林,不知是否这样的铺排。在我们眼前,总觉假山太多,拥在一堆,什么都舒展不开,一个'逼'字足以尽之。"

二〇一九年七月十五日改定

木渎钱氏三园

在苏州四郊古镇中,木渎的历史最悠久,春秋时的吴国都城就在那里。木渎的得名,也与都城的营造有关,《木渎小志》卷一说:"相传昔时吴王得越贡神木,将筑姑苏台,积材三年,连沟塞渎,木渎之名由此始也。"木渎的位置,正处于苏州西郊诸胜的中心,乃游湖入山的交通枢纽,故很早就繁荣起来了,如苏舜钦《游山》诗云:"朝餐下木渎,市物俗所宜。"据《元丰九域志》卷五记载,当时苏州一府五县,除常熟县领福山、庆安、梅里三镇外,就仅吴县领木渎一镇,既为吴邑首镇,实可抵北方一县。

镇上园林也多,如今所知道的,都建于明清时期,如吴铨的遂初园、徐士元的虹饮山房、陶篠的怡园等。嘉道年间,有钱氏兄弟三人,分别建了三个小园,即潜园、端园、息园,人称钱氏三园。

潜园,在虹桥之南,本是明人李氏小隐园,多老树奇石,久已圮败,歙人汪氏卜居于此,买石栽花,经营数年。汪氏殁后,园亦乏人料理,池馆稍陊。嘉庆十八年,钱炎得之,葺为别业,构亭榭池阁,题名潜园,也称桂隐园。钱炎号杏圃,家故殷富,好读书,不乐仕进,道光元年征举孝廉方正,辞不就试,士论高之。沈钦韩《木渎桂隐园记》说:"桥之南颜有园焉,垣衣映水,披榛得路,入其门,望不数亩,而间架疏密,一一入画。有凉亭,可以企脚北窗;有奥室,可以围炉听雪;有山阁,掇烟云于帘幕;有水榭,招风月于坐卧。老树扶疏,浓荫覆庐,红莲蓝藕,清袭衣裙。岂非仲长乐志之地,兴公遂初之干乎?"主人在园中畦菊百馀本,韦光黻《闻见阐幽录》说:"木渎钱杏圃征君,家有小园,极精雅,奇花异卉,甲于郡中,种菊数百,尤有不经见之种。"钱炎是艺菊名家,《光福志》卷四说:"数十年来,光福许氏、木渎钱氏皆购觅细种,许氏之池上草堂,钱氏之潜园,俱植万本。许氏著有《东篱中正》,品题菊之幽格,惜其主人物故,菊亦荒芜。今钱氏尚盛,但种逊于许氏耳。"主人不但好艺菊,又好植兰,袁学澜《苏台揽胜词》卷二有《潜园》两首,一首云:"闲扣幽栖处,园林傍水涯。绿波新郭市,乔木旧人家。瓷斗春兰素,萍茵乳鸭花。一轩红睡足,留客瀹新茶。"自注:"园有红睡轩,主人杏圃征士喜养名兰。"

同治初,冯桂芬移居潜园,同时将编纂《苏州府志》的书局也设在园中。金兰《潜园同潘锡爵明经叶昌炽王颂蔚两茂才夜话》云:"水阁轩窗对月开,良朋三五共裴回。炙儿策策堂堂出,蚊子吆吆喝喝来。新采遗闻重考核,旧传曲说拟删裁。草茅末议终无当,去取全凭众妙才。"自注:"时郡志局移在园中。"叶昌炽《香溪好》也曾咏及,诗云:"卜宅香溪好,当年尺蠖居。红闱搜逸乘,绛帐问奇书。沂水春风座,潜园夏屋渠。学僮今老矣,头白一蟫鱼。"自注:"冯林一先生修《苏州府志》,昌炽年甫弱冠,奉手受教,亲侍笔削,中间一载,自校邠庐移居潜园,今园已废为墟矣。"

端园在王家桥畔,乃钱炎仲弟钱照葺于道光八年。钱照字栋成,号端溪,不乐仕进,以诗文自娱,有《端园诗草》等。园多楼台廊庑之胜,有环山草堂、友于书屋、眺农楼、延青阁诸构。袁学澜《潜园》诗云："况与西潜近，联吟草满池。"自注："主人弟端溪，有园名西潜，相隔一水。"可知端园又名西潜。袁学澜《苏台揽胜词》卷二又有《端园》两首，诗云："暖风吹散雨廉纤，园以端名结构严。篔覆庭山蹲虎豹，门喧村市集鱼盐。亭台此地宜鸣屦（地近灵岩），杨柳今朝记插檐（是日值清明）。令节携家寻胜赏，踏青苔绿上鞋尖。""芳林犹未侧金鸦，买看名园卓画车。絮暖莺声全在柳，讨春人影半依花。楼延野色迎孤塔，障列诗篇近百家。也欲平章风月景，苦无奇句似刘义。"又郭昆焘《端园》诗云："晓发金阊城，扁舟泛沧漪。行行指木渎，有园临水湄。结构缭而曲，垒石相蔽亏。路从石洞转，亦于石顶歧。一转一丘壑，一歧一嵚崎。乍见眩所向，细观却非奇。初至涉其藩，谓是寻常为。深入境屡易，始觉布置宜。佳处在善隐，恍若无端倪。遂使数亩间，升降力欲疲。往时战伐秋，兵燹未及兹。花木延古意，亭榭存昔规。主人旧藩侯（潘伟如方伯时僦居园中），养疴白云陲。爱此园林好，借供心目怡。雅兴与人同，游客许来窥。到门不通刺，得径任所之。佳节惬胜践（是日为天中节），浪迹惭天涯。仰攀树挺挺，俛视水弥弥。五岳空蟠胸，小筑良可思。"

息园距潜园西百馀步，乃钱炎季弟钱煦所葺。钱煦号子舟，得薛氏旧圃十馀亩，重加修葺，凿石筑亭，种竹莳花，以憩息其中。息园所建最晚，存世时间不长，文献记录亦少。范广宪托于想象，在《木渎櫂枝词》中咏道："络墙薜荔托幽栖，地近潜园咫尺迷。怀旧分家谁作主，未妨息影一留题。"

潜园、端园在道咸之际颇具胜观，袁学澜《吴郡岁华纪丽》卷三就说："木渎有钱氏端园、潜园，地接灵岩，春时游人毕集。"张应昌《木渎游钱氏二园》诗云："乍见灵岩塔，已至沪渎村。临水好田舍，打桨便到门。钱氏哲昆弟，二难两名园。萧疏与绚烂，各自成奇观。潜园如古画，菊篱菜花樊。端园如时妆，绮榭白石栏。匠心斗九曲，人巧成千般。如仙山楼阁，并眩银海澜。尤爱端溪翁，看山三面环。吴宫峙其后，众峰罗其前。山前至楼下，麦田如绿天。层轩眺千亩，稻屋输此宽。凭楼不忍去，夕阳俄在山。出门但平野，蓬莱隔云端。"

咸丰十年，木渎遭太平军兵燹，潜园、息园被毁，惟端园独存。乱后金兰来游，有《端园》诗云："复道重梦曲折通，麠廆掩映翠玲珑。壁间遍览地符石，云外忽闻天圣铜。花馆环山团野绿，竹炉受雨煮渠红。不知谁是园林主，没字碑横碧草中。"园子虽然还在，但已破败不堪，连主人也不知哪里去了。

光绪二十八年，富绅严国馨买下端园，由姚承祖率良工修葺一新，更名羡园，俗称严家花园。羡园北临田野，登楼凭窗，远瞩天平，近望灵岩，极游目骋怀之致。园内布置疏密曲折，高下得宜，结构之精，不让城市，况且邻近山林，更得自然之趣。民国初年，镇上艺兰人家在园中举行春兰会，与都人士竞胜，深秋则又有菊花会。

一九一六年早春，在吴江同里教书的钱基博，去光福探梅，舟过木渎，尝一游之，《邓尉山探梅记》说："遂便道游端园，园地不甚大而构筑颇精，用五色砖砌地成花，蹊径曲折可念。循途入，亭台楼阁，靡所不有，惜其匠心太密，如人眉目不疏朗。其中尤胜者曰环山草堂，面堂堆假山，中有一石，植立作斧扆形，颇奇，殆所谓石之透瘦者耶。下堂，循阶折而左，拾级登望山亭。亭倚园墙，昧知乃攀危登，指示天平、灵岩诸山，嶂者崒者，历历自北而西南，迤环墙外，如拱如瓶，此环山草堂之所为名也。博考园故钱氏物也，旧主人曰照，字端溪，胜清嘉道时人，工诗，隐居不仕，有高致，士大夫尤重之。既殁，子孙不振，园为阎姓有矣。阎富绅也，颇为当地所引重，或亦称曰阎园。然而士大夫间仍以端园目之，不忍没旧主人草莱之功也，不亦足以证千乘万骑之隆赫，无以愈于蕨薇之高风也哉，相与太息。眺览久之，乃拾级下，出园。"基博说的阎氏，当是严氏，"严"、"阎"两字同音，钱氏未加辨别。时羡园所悬诸额，仍端园之旧。

一九一六年冬，商务印书馆编辑庄俞来游，《邓尉山灵岩山游记》说："既下山，循山塘行，道路修洁，屋宇整齐，水陆巡警咸备，可见木渎之繁盛，不下于城市。过严氏花园，马君导入，楼台亭榭，备极曲折，惜尘埃满积，久无居人。见联语题志，知是园旧属钱氏，后归严氏，而名之为羡园，分东西二部。东园占地不及西园之宽广，西园尤以环山草堂为最胜，堂临池，池之四周，假山崇叠，花木幽深，炎夏至此，可避却溽暑不少也。"

一九二六年四月十二日，在苏州作寓公的李根源，开始遍游西郊山水，第一天就到了羡园。《吴郡西山访古记》卷一说："游羡园，园旧名端园，钱端溪旧筑，清末归严氏,改今名。'友于书屋'额,石韫玉书;'环山草庐',陈夔题。乏人经纪,渐榛芜,殊可惜也。"当时羡园已开始颓败,景象是很荒落的。

抗战之前,童寯考察江南园林,也将羡园作为调查对象,他在《江南园林志·现状》里说:"木渎故有潜园、息园,咸丰兵燹,俱成灰烬。惟端园独存,旋归严氏。光绪二十八年,重葺一新,号为羡园。今之友于书屋及延青阁等处,皆端园旧胜。北临田野,登楼凭窗,远瞩天平,近望灵岩,极游目骋怀之致,园内布置,疏密曲折,高下得宜。木渎本多良工,虽处山林,而斯园结构之精,不让城市。惟失修已久,日就颓败。"

今之严家花园已易地重建,虽然已非羡园旧规,但在建造时,参考了童寯《江南园林志》中的羡园平面图和若干照片,故尚存遗意,在新建的苏派园林中,不失为上乘之作。

二〇一九年七月十六日改定

王宠的越溪庄

拈出这个题目,先要简单一下介绍王守、王宠兄弟。王守字履约,号石湖漫士等,嘉靖五年进士,官至大理寺少卿,南京都察院右副都御史,二十九年卒,年五十九,著有《石湖集》。王宠字履吉,号雅宜山人、楞伽居士、越溪病子等,诸生,以年资贡入太学,嘉靖十二年卒,年仅四十,著有《雅宜山人集》。徐显卿《石湖集序》说:"昔在正嘉间,王子履吉名籍甚,海内知有王履吉者,履吉诗篇清矫,书法遒逸。其伯氏履约默然藏名,人若不知履吉有兄者。"兄名虽不及弟,但有理干才,与物无忤,时人器之。

两人的父亲王贞,本姓章,吴江同里人,因嗣于王氏,遂为吴县人。王贞在阊门外南濠开设酒家,而王氏又有祖传田庄在石湖之滨,广八十馀亩。故王氏兄弟早年,在城居南濠,在乡居石湖。正德五年,王守十九岁,王宠十七岁,始师事蔡羽。明年,随师游学于洞庭西山,前后三年。此后,王氏兄弟又与汤珍在石湖治平寺读书多年。这一期间,他们常与文徵明、蔡羽、吴爟、陈淳等相聚,蔡羽《春夜话别序》说:"暇之日必就佳山水,游息临观焉,以石湖之治平寺为多。"王宠还经常招邀友人前去那里游玩,如卞永誉《式古堂书画汇考》卷二十六著录《王履吉与子重札》:"石湖风景颇佳,芦荻渔舠,点缀秋色,足下何不拉徵仲丈过我,况菱角鸡头可供也,一笑。"他们的游踪几乎都在石湖一带,这自然与王氏田庄有关。

这个田庄,王氏兄弟都称它越溪庄。当王守出仕,王宠直接管理庄中事宜,经常写信给兄长,报告收成、水灾、赋税诸事。如嘉靖八年十二月十五日,王宠在信中说:"越溪庄之事,今岁始完得。缪老欠他一百两,又加利银十五两,昨已卖米得此数,且夕就送去也。其馀债务却是逼迫,难处非书可达。今岁弟自在庄居,颇处置得规矩,可常守者。旧岁自种五十四亩田,甚费甚费。饭米吃了一百有馀,酒蔬之类想如之,种得七十石有馀米,可笑可笑。

如今我都与人租种,止剩十亩有馀,与两仆分种,又留两人种桑并园地,裁去冗食,每月有妻者给他酒蔬银一钱有馀,无妻者半之,米人各一升,到夏天长日稍益之。一年只该五六两银,五六十石米,比旧省太半。今岁庄上收成亦好,因朝廷免粮,有五百米入,已还缪氏、陈子鱼五十石,陪旧庄上粮三十石,庄上饭米五十石,一粒已无馀矣。还有三四十两零碎债该还者,无从处置,正在焦烦之际。袁四官人又拖他到下年,甚是亏他,吾兄有书与之,可一见我感谢之意。日夜在此算画,直嘉靖十年收成方可完各处债耳。何日偿此逋,把一杯浊酒,对山临流,伺乐如之。"(上海博物馆藏王宠《致长兄札》)

兄弟在石湖所居之处,在湖之东北隅越城下。嘉靖八年,王宠就开始将它们拓地增建,他在给李原策的信中说:"欲买杉木几株,庄上用,特令小童到宅,烦为指引,价要贱些,木要好,才见盛意。"(北京故宫博物院藏王宠《与原策札》)九年七月,他在给王守的信中说:"昨日我用七两银拆买了庄上船,坊边新栽四五十竿竹,皆活了,外有一墙障之。欲于竹之北、小山之南作三间书堂,旁作二间书室,前作一露台对竹。但不知明春成得否,莫计亦须二十两银，又恐难成耳。此事正在此摆布，俟后报也。"（上海博物馆藏王宠《致长兄札》）没料想，这个修筑工程当年岁暮就竣事了，中有芙蓉滩、采芝堂、御风亭、小隐阁、西斋诸构。自此，王宠及友人所称越溪庄，都指这处院落。

这是王宠多年的心愿，终于实现了，欣然作《越溪庄十绝句》，咏道："湖上堂开桑竹林，山人日坐翠岩阴。百年落落皇王事，一壑冥冥迟暮心。""山水回环隐者栖，丹青画出越来溪。千重柳色鸳难见，夹岸桃花客到迷。""勾吴名山如锦屏，百里合沓迥青冥。龙翔凤跱尽奇态，日夕岚光朝户庭。""星桥南挂象天河，春水桃花涌漫波。一曲渔歌江海调，不知清庙有云和。""翠柏丹枫参政祠，衣冠宾从想当时。惟馀天镜楼中月，还与山人照酒卮。""古丘盘屈卧龙长，何似蓝田华子岗。落日登临一长啸，却惊空谷有鸾皇。""吴台越垒屹相参，锦绣山河几战酣。千古霸图狐兔穴，野人长弄百华潭。""草堂正面湖之阳，白日千帆明镜翔。丹崖绣壁芙蓉坼，锦浪文鸳杜若香。""茶磨楞伽倚翠微，雨花长共白鸥飞。东林为设渊明酒，狂客时过舞衲衣。""越王城边高柳阴，中有幽人涵道襟。酒杯书卷林间乐,煮石餐霞尘外心。"可见王宠对越溪庄是满意的,明年二月在给王守的信中说:"家事虽贫落,越溪风景日增日胜,望之如图画,独此一事慰怀耳。"(上海博物馆藏王宠《致长兄札》)

越溪庄既落成,去那里的友人更多了,在《雅宜山人集》中留下诗纪的,就有文徵明、蒋山卿、袁袠兄弟、文彭兄弟、王庭、陆治、毛锡畴、朱浚明、董宜阳、张之象、彭年、陆芝、金用、杨伊志、薛与忠、张之象、吴封、何良俊兄弟等。何良俊在《四友斋丛说》卷十五中回忆往事:"王雅宜自辛卯秋在东桥处见余兄弟行卷,是年秋南归,卧疴于石湖之庄,连寄声于张王屋、董紫冈,欲余兄弟一往相见。余与舍弟叔皮即移舟造之,雅宜相见甚欢,饭后送至治平寺作宿。寺距其庄三四百步所,寺有石湖草堂,乃蔡林屋与雅宜兄弟读书处也。适陆幼灵芝亦在寺中,遂相与盘桓数日,每日必请至庄中共饭。尔时雅宜虽病甚,必起坐共谈。雅宜不喜作乡语,每发口必官话,所谈皆前辈旧事,历历如贯珠,议论英发,音吐如钟,仪状标举,神候鲜令,正不知黄叔度、卫叔宝能过之否。可惜年四十而卒,今眼中安得复见此等人。"

嘉靖十二年，王宠病卒，其子王阳年仅十四岁，王守抚养若己出，稍长继承家业。王阳一作子阳，字玄静，号龙冈，曾供职福建提刑按察使司，娶唐寅女，与彭年、张凤翼、王世贞、袁尊尼、冯时可、屠隆、黎民表、文肇祉等交善。他于越溪庄又断断续续葺治数十年。张茂贤曾绘《越溪庄图》，王世贞为作《越溪庄图记》，其中记道："桥之左迂回可数百步，有乔木榆柳之属，沟水湾环清泚，桑圃数亩蔽其阴，而王子玄静之庄据其阳。一衡门自西入，稍东折而南，为舍三楹，客至可以茶；又进之，舍亦三楹而稍宽洁，可以酒；其又进而小东偏则为亭，可以憩；折而西，傍为书屋，可以宿；亭与书屋皆修竹数千竿环之，亡论寒暑雨月，往往助其胜。而最后因地势成小圃，杂树三之，杂花果二之。大堤樊其背，高二十尺，而時长莫知纪极，不石而岩，不甓而垣，记云隋越公素所筑新郭，睥睨也。其树木大皆数拱馀，竹益茂，萝薜灌莽，郁然深山家矣。"时有不少王宠的仰慕者前来拜谒，如王穉登《过王履吉先生故居》诗云："水木清华地，千峰紫翠明。野人过竹屋，公子出银罂。遗像风云动，残碑翰墨清。虚堂读书处，一种不胜情。"

约万历末天启初,越溪庄开始败落了,徐𤊹《过王履吉石湖故庄》诗云:"蘋叶青青蓼叶残,旧庄零落墨池干。百年谁继风流迹,猿鹤不来烟水寒。"天启六年,姚希孟来游,《石湖泛月记》说:"复登舟至越溪庄,乃履吉先生读书地,荒芜甚矣,缅怀昔人,徘徊久之而出。"没想到的是,崇祯九年,文震孟卒,即择地葬于越溪庄故地,徐籀《金明池·石湖雅宜庄》有"深深树、雅宜旧处,相国墓、宿草摧矣"之咏,自注:"今相国文公墓即雅宜旧庄。"文震孟何以会葬在越溪庄,其墓又何时徙竺坞,就无可稽考了。

二〇一九年七月二十日改定

徐鸿胪与拙政园

正德三年或四年，王献臣在永嘉知县任上，送父母归居苏州，开始营建园林。五年，献臣迁高州府通判，同年父卒，丁忧归，服阕未再出仕，悉心营构植艺，终成胜甲吴下的一大名胜。这个园林，后来题名拙政园。

至明末清初，关于拙政园的故事在社会上流传起来，说王献臣如何侵占佛寺造园，如何因果报应，其子又如何一夜豪赌而失园。徐树丕《识小录》卷四就说："拙政园在娄门迎春坊，乔木参天，有山林杳冥之致，实一郡园亭之甲也。园创于宋时某公，至我明正嘉间，御史王某者复辟之。其邻为大横寺，御史移去佛像、赶逐僧徒而有之，遂成极胜。相传御史移佛像时，皆剥取其金，故号'剥金王'。御史末年患身痒,令人搔爬不快,至沃以沸汤,如此逾年,溃烂见骨而死。其子即贫,孙某至以吊丧为业,余少时犹识之。当御史殁后,园亦为吾家所有。曾叔祖少泉,以千金与其子赌,约六色皆绯者胜,赌久,呼妓进酒,丝作兼作,俟其倦,阴以六面皆绯者一掷,四座大哗,不肖子惘然叵测,园遂归徐氏。故吴中有'花园令'之戏,实昉之此。后人于清朝之十年贱售与海宁陈阁老,仅得二千金云。"

徐树丕说的"大横寺",当为大弘寺。正德《姑苏志》卷二十九说:"大弘寺在城东北隅,元大德间僧判筌友兰建,净法师开山,延祐间奏赐今额。名僧馀泽居此,尝别创东斋,斋前有井,因自号天泉。元末寺毁,相传毁时,见红衣沙门立烟焰上久之乃没。寺既荡尽,而东斋独存。"《姑苏志》初纂于弘治中,成书于正德元年,乃在献臣造园之前。可见当时大弘寺已废,献臣建园于寺之遗址,可能其地尚属寺产,巧取豪夺或有之,但移像逐僧当是传闻无疑,"剥金王"更是附会出来的。至于其子赌园,应该与真实情况相差不远。顺治十七年,吴伟业《咏拙政园山茶花》有云:"歌台舞榭从何起,当日豪家擅闾里。苦夺精蓝为玩花,旋抛先业随流水。儿郎纵博赌名园,一掷留传犹在耳。"康熙十八年,徐乾学更一本正经写入《苏松常道新署记》:"侍御有子,弗克负荷,以樗蒲与里中豪士徐君决赌,一掷失之。"

赌园的双方,一是园主王献臣之子锡麟,一是徐树丕的"曾叔祖少泉",即徐佳。

王锡麟,文徵明曾为之起字,《王锡麟字辞》说:"侍御王君敬止,尝被麟服之赐,名其子为锡麟,昭君恩也。锡麟既冠,余字之公振,而申之以词。"古人一般在二十岁举冠礼,《礼记·曲礼上》说:"男子二十冠而字。"郑玄注:"成人矣,敬其名。"文徵明在何年为王锡麟起字,周道振等纂《文徵明年谱》缺记,故其生年无可稽考。

徐佳字子美,号少泉,更号古怀,苏州府长洲县人。徐熵第三子,徐圭、徐封弟。监生,援例授鸿胪寺序班,故人亦称其徐鸿胪。万历三十五年卒,年八十三。申时行《鸿胪寺序班徐君暨配胡硕人合葬墓志铭》说:"君少习博士家言,已辄弃去,曰:'吾不能株守觚翰为老儒生,丈夫即不雄飞,宁甘雌伏,相如释之,不赘郎进耶。'乃援例授鸿胪序班,然非其好也。念母刘且老,不能违膝下色养,乃以奉使便归省，遂不复出，朝夕奉甘旨，颜其堂曰颐寿，以见志。得名园，益复营之，有池亭花木之胜，与客相过从，觞奕留连，甚适也。"徐佳有男三，伯誉徵，仲与回，季用徵，孙男孙女满堂。墓志铭自然不会将墓主赌园并作弊的事写进去，就以"得名园"三字一笔带过。

这场豪赌发生在何年呢，那就只能从王献臣的卒年来推算。献臣卒年，文献无征，据其《拙政园图咏跋》说："罢官归，乃日课僮仆，除秽植楥，饭牛酤乳，荷臿抱瓮，业种艺以供朝夕、竢伏腊，积久而园始成，其中室庐台榭，草草苟完而已，采古言即近事以为名。献臣非往湖山、赴庆吊，虽寒暑风雨，未尝一日去，屏气养拙几三十年。"如果献臣造园是在正德三年或四年，"几三十年"，则嘉靖十八年前，其尚在世。据郁逢庆《书画题跋记》卷七著录，嘉靖二十四年，文徵明在正德三年为献臣所作《烟江叠嶂图》题云："嘉靖乙巳腊月，重观于玉磬山房，回首戊辰，已三十八年矣，抚卷慨然。徵明。"徵明既"抚卷慨然"，则献臣已不在人世。故其卒年，可推为嘉靖二十年前后。这场豪赌就在献臣卒后不久，徐佳年约十八岁，王锡麟则年约三十岁。

园既归徐佳,"与客相过从,觞奕留连"。隆庆四年,江西参政郭谏臣罢归,就成了园中的常客,有《秋日与袁太常顾水部蒋高凉同集徐鸿胪园亭》云:"水国新秋日,园亭欲暮时。渚莲香荏苒,烟树影参差。林际月生早,花间客去迟。疏狂晋山简,日醉习家池。"《集徐鸿胪园林》云:"雷声起天末,骤雨忽倾盆。径引奔泉落,林栖断霭昏。残阳催去客,暝色带清樽。醉拂罗衫袖,淋漓半酒痕。"《与袁太常顾水部蒋郡守同登徐鸿胪后苑层楼》云:"丛林架层阁,缥缈插青天。远送千山雨,平吞万井烟。杯传残照里,人醉白云边。贤主时邀客,频来下榻眠。"

王世贞《古今名园墅编序》说:"徐鸿胪佳园,因王侍御拙政之旧,以已意增损而失其真。"世贞生于嘉靖五年,"拙政之旧",想也未曾见过,大概是从文徵明等所绘卷册得以感受,那是并不可靠的。徐佳之园,总体来说,还是古木清池,风景宜人。袁宏道《园亭纪略》说:"拙政园在齐门内,余未及观,陶周望甚称之,乔木茂林,澄川翠干,周围里许,方诸名园,为最古矣。"

徐佳子孙繁衍,园为徐氏所有凡五世,历一百馀年。清顺治二年,苏州陷落,拙政园也成了清军将弁驻扎的地方。主人一点办法也没有，与其让花木糟塌、家人惊恐，不如将园子卖了，与其卖给毫不相干的他姓，不如卖给有点姻亲关系的新贵，那就是降清不久的陈之遴，因为陈之遴继室徐灿是徐氏族人。徐家是个大族，徐灿曾祖徐泰时，就是阊门外下塘榆绣园的主人；祖姑徐媛适范允临，也就是天平山庄的女主人。正由于这个缘故，卖价虽然低一点，有些事也好商量。拙政园易主的事，赵士履《唇亭杂记》说："余姐适苏城监生徐树启，所居临顿里，有拙政园，为吴中名园，居之五世矣。清朝后武弁占居其家，不得已，得价二千金，售与海宁陈之遴，值止五之一也。姐言其曾祖性泉，光禄寺典簿，造基竖楼时，梦二麟，至（是）故题其楼为致麟楼。今始知为'之遴'二字，事之前定如此。"

关于这段园史，需要作点说明。徐树丕说："后人于清朝之十年贱售与海宁陈阁老。"园归陈之遴，并非顺治十年，之遴为徐灿《拙政园诗馀》制序，款署"顺治庚寅长至，素庵居士书"，庚寅是顺治七年；更早在顺治五年，钱谦益、柳如是入住园中，就因吴伟业的关系，而伟业与之遴是亲家。也就是说，园归之遴，或在顺治二年其投诚新朝不久。赵士履提到徐树启的"曾祖性泉",很有可能是徐佳的长子徐誉徵,曾官光禄寺典簿,应该是徐树启的祖父。魏嘉瓒先生《解开拙政园第二代主人之谜》认为,"性泉"是徐佳的长兄徐圭,且入住拙政园。关于徐圭的材料很少,未见其官光禄寺典簿的记载,再说高门大族自有它的规矩和制度,兄弟既析居,各立门户,即使去兄弟家小住,也不可能去做"造基竖楼"的事。况且徐圭、徐封、徐佳三兄弟关系微妙,申时行《鸿胪寺序班徐君暨配胡硕人合葬墓志铭》说:"伯仲两兄有所睢眦,于闾里狺狺不相下,君以言色柔之,砉然而解。其为家率先雍睦,人各厌其意;其所与交必惇明有行者,便辟喜事之徒,辄谢不见。"徐佳"事伯仲两兄尤谨,两兄或阋于室,君从中调剂,和洽如初",因此也不可能与长兄走得太近。

二〇一九年七月二十一日改定

王长安与拙政园

顺治十五年四月,陈之遴的拙政园遭籍没,徐乾学《苏松常道新署记》说:"海宁得祸入官,而驻防将军以开幕府。禁旅既还,则有镇将某某者迭馆焉。无何,而前兵备使者安公以为治所,未暇有所改作。"安世鼎任分守苏松常道在康熙四年,五年调榷浒墅税关,六年苏松常道裁省。就在那年,吴三桂之婿王永宁从天而降,成了拙政园的新主人。

王永宁,字长安,山西太原人。关于他的身世和经历,钱泳《履园丛话·旧闻》作了介绍:"苏州王永康者,逆臣吴三桂婿也。初,三桂与永康父同为将校,曾许以女妻永康,时尚在襁褓,未几父死,家无担石,寄养邻家。比长,飘流无依,至三十馀犹未娶也。一日,有相者谓永康云:'君富贵立至矣。'永康自疑曰:'相者言我富贵立至,从何处来耶?'有亲戚老年者知其事,始告永康。时三桂已封平西王,声威赫奕。永康偶检旧箧,果得三桂缔姻帖,始发奇想。遂求乞至云南,无以自达,书子婿帖诣府门,越三宿乃得传进。三桂沉吟良久,曰:'有之。'命备一公馆,授为三品官,供应器具,立时而办,择日成婚,妆奁甚盛。一面移檄江苏抚臣,为其买田三千亩,大宅一区,在今郡城齐门内拙政园,相传为张士诚婿伪驸马潘元绍故宅也。永康在云南不过数月,即携新妇回吴,终未接三桂一面。永康既回,穷奢极欲,与当道往来,居然列于公卿之间。后三桂败事,永康先死,家产入官,真似邯郸一梦,吴中故老尚有传其事者。"

在这段记载里,"王永康"显为王永宁之误。此外,还可补说几点。王父死后,永宁并非"寄养邻家",而是随母徐氏生活;其投奔吴三桂,约在康熙三年或四年,时三桂据昆明,署理云南军政事务,拥兵自重,权倾一时;永宁时年"三十馀",与三桂女订婚约都"尚在襁褓",两人年当相若,当时三桂女不可能仍在闺中,此为一疑窦,或有李代桃梗之事，三桂似又不必；三桂既不爽前约，复言重诺，亦颇可见其性格和作派；因三桂封平西王，故永宁有额驸之尊；永宁偕新妇到苏州，并未直接入住拙政园，因道署需善后，园子需修治，或暂居官舍，或间去扬州，永宁在扬州也有园墅，惜已无可稽考。

永宁的际遇，很有传奇色彩，但与事实相去不远，吴伟业《王母徐太夫人寿序》说："惟我国家剖符定功，封亲王以镇抚南夏，其尊宠人臣莫比。独太原王氏于亲为睦，揆厥所自，盖王氏之先公同官为寮，在军中用气谊相推重，比王贵，而公先以封疆著忠节，王是以惠顾前人之好，而施及其子孙，申以昏姻，厚其汤沐。嗟乎！先王亲亲仁厚之道，余盖未之见也。上下数百年，其有结平生之分，定骨肉之亲，分之以宠禄，被之以文章，和之以声音，镇之以彝器，如王氏之所遭者乎？虽然，家门当荼苦之日，藐诸在襁褓之中，微太夫人辛勤黾勉，鞠育教诲，则不足以及此。"又说："母夫人追念先公生长艰难，与兵终始，不及见其家富贵，喟然于车马威仪之盛，以为吾提三尺之孤以入关，窃不自料赖朝廷厚德，克有今日。"

永宁出身武人之家，又历经贫困，虽然识字，文化水平不高，想不到否极泰来，一步登天，自然就穷奢极侈、造作无端起来。他在拙政园中新建或改建若干楼台厅堂，就是一个例子。

康熙十二年十一月，清廷下诏撤藩，吴三桂反，报闻京师，三桂子应熊下狱，籍没吴氏家产，拙政园亦在其中。园被籍没不久，毛奇龄前往一游，他在《西河集》卷二十三《杂笺》中说："平西额辅构园亭于吴，即故拙政园址也，因旧为之。凡长林修竹，陂塘陇坂，层楼复阁，雕坪曲圮，极崇闳靡漫之胜。予入观时，方籍入，毁拆非盛时矣，然一步一境，移人性情。但记其一名楠木厅者，大概九楹，皆楠木所构，四向虚栏洞槅，轩敞高辟，中柱百馀，柱各有础，其础纵横絜量，通约三尺，而高齐人肾，墨石如鉴，雕镂之巧，龙盘凤转，锦卉错杂。询之，皆故秦晋楚豫诸王府物，而车徒辇载，所费不亿，不足则复取具区石，购工摹仿以补之。其奢丽皆此类。"徐乾学《苏松常道新署记》说："既而归于永宁，凡前次数人居之者，皆仍拙政之旧，自永宁始易置丘壑，益以崇高雕镂，盖非复图记诗赋之云云矣。滇黔作逆，永宁与凶渠有连，既先事死，而园屋犹以藩本入官。其最侈僭，则楠木厅柱础皆刻升龙，今已撤而辇至京师，供将作矣。"阮葵生《茶馀客话》卷八也说："既而为平西婿王永宁所有，益复崇高雕镂，备极华侈，滇黔作逆，永宁惧而先死。康熙十七年，改为苏松道署，缺裁，散为民居。其梓楠瑊瑚，皆输京师供将作。"

今所知者，当永宁时，园中有潇碧堂、瞻近堂、斑竹厅、娘娘厅等。园籍没后，僭度之物，均拆除后运载京师，部分建材也移作他用。如徐崧等《百城烟水》卷二记尹山崇福寺，"至康熙壬戌，里人顾士祯倡建"，夹注："时王额驸娄门潇碧堂籍没，购为殿材，以始其事。"一说拆斑竹厅移建西斋堂，袁学澜《尹山崇福寺》诗注："拙政园斑竹厅，吴三桂女所居，后拆修崇福寺西斋堂。"

拙政园一带，相传为元末张士诚婿潘元绍府邸遗址，清中期曾有石础出土，被认为是潘氏所遗。其实不然，王献臣建园于大弘寺废地，且潘之所居向无落实的记载，因此出土石础当是永宁园中之物。钱泳《履园丛话·阅古》说："嘉庆二十年春三月，偶同潘榕皋、畏堂两先生及其令子理斋户部、树庭中翰游拙政园，园西有粉墙，露出桃花几枝，因问两先生为何家所居，曰程氏也。遂通知主人，并往游焉。见后园有石础八枚，制作奇古，每一础上蟠螭六面，下列三兽穿于螭首之下，高二尺许，围圆四五尺，心窃喜之。主人曰：'此元时潘元绍家中物也。'隔三四年，闻此宅已为他人所有，遂从程氏购归，置之履园报春亭下。余所得者仅四础，其馀四础为榕皋先生取去，亦置之须静斋中。"与钱泳同时的张紫琳，在《红兰逸乘·呬述》中则说："又白石雕龙凤鼓墩，亦王长安故物。"今尚存其一，高二尺许，俗称"九狮墩"，在拙政园盆景园内。

永宁在时，园中景致，少人记咏，惟见徐釚《王氏园林四首》，诗云："几折烟萝暗，林塘一径迷。红泉回翠壁，绿树间丹梯。扪石人行倦，分巢鸟乱啼。遥知歌舞歇，可有旧乌栖。""兴废成今古，登临一怅然。危楼馀宿草，片石起苍烟。荷叶田田出，藤梢故故牵。辋川遗迹在，图画总堪怜。""忆昔屯兵日，清秋散橐驼。至今饶苜蓿，空使向藤萝。白鹭低飞急，青山入望多。来朝好乘兴，载酒复相过。""比舍朱楼好，波光望里悬。已知行乐地，曾费买山钱。绿野情何剧，清尊兴枉然。翻令悲绝塞，有梦引平泉。"诗收入《南州草堂集》卷一，此卷作于"自壬寅至丁未止"，即康熙元年至六年，诗后自注："此舍为海宁相国拙政园,相国在政府十年不归,旋遭迁谪,今废为公署。"就诗题来看,此时园已归永宁,但入住未久,徐釚吟兴所寄主要还是在陈之遴的遭遇上。

当时永宁家乐的清歌妙舞,让人沉醉在豪门浮侈淫泆的晚风里。康熙十年,余怀、李渔、尤侗等在拙政园里观剧,余怀、李渔各填倚声记事。

余怀《玉琴斋词》有四阕,《鹧鸪天》题注:"王长安拙政园晏集,观家姬演剧。"词曰:"秋水芙蓉绕画廊。朱楼缥缈半斜阳。参差鹤舞阶前树,宛转桥通竹外墙。 披翠被,拥红妆。柳欹花醉恼襄王。笙歌院落人归去,归路犹骑白凤皇。"又《鹧鸪天》题注:"丽人演《牡丹亭·惊梦》、《邯郸梦·舞灯》,娇艳绝代,观者消魂。"词曰:"戚里风流拟晋卿。西园重集阆间城。清歌妙语红红丽,细骨微躯燕燕轻。 惊梦杳,舞灯明。疏桐缺月挂三更。温柔乡里神仙降,十斛真珠满地倾。"《玉楼春》题注:"王长安拙政园宴集。"词曰:"华堂列炬堆红雪,碧串玲珑摇片月。海山初涌见蓬莱,楼阁新开疑太液。 轻绡十尺遮罗袜。洛浦流波惊落叶。素娥几队出银屏,绛树双声横宝瑟。"又《玉楼春》词曰:"只应天上闻斯曲。何处人间攒碧玉。灯前袅娜闻腰肢,画里分明传竹肉。　红丝步障围金谷。十二巫峰犹恍惚。歌成白雪妒周郎,唤起紫云留杜牧。"

李渔《耐歌词》有《花心动》一阕,题注:"王长安席上观女乐。"词曰:"此曲只应天上有,今日创来人世。听有馀音,看有馀妍,演处却全无意。当年作者来场上,描写出、毫端笔底。虽爱饮、只愁忽略,不教沉醉。　我亦逢场作戏。叹院本虽多,歌声尽沸。曲止闻声,态不摹情,但使终场而已。焉能他日尽如斯,俾逝者、常留生气。借君酒,权代古人收泪。"

永宁在家乐的享受上,可谓朝歌暮弦,穷日落月,竭尽其极。刘献廷《广阳杂记》卷二说:"吴三桂之婿王长安,尝于九日奏女伎于行春桥,连十巨舫以为歌台,围以锦绣,走场执役之人,皆红颜皓齿、高髻纤腰之女。吴中胜事,被此公占尽,乃未变之先,全身而没,可谓福人矣。"

永宁在苏州时,可谓炙手可热的人物,他的权势气焰之盛,钱泳《履园丛话·旧闻》举了一个例子:"康熙初,有阳山朱鸣虞者,富甲三吴,迁居申衙前,即文定公旧宅。其左邻有吴三桂侍卫赵姓者,混名赵虾,豪横无比,常与朱斗富,凡优伶之游朱门者,赵必罗致之。时届端阳,若辈先赴赵贺节饮酒,皆留量。赵以银杯自小至大罗列于前,曰:'诸君将往朱氏,吾不强留,请各自取杯一饮而去,何如?'诸人各取小者立饮,赵令人暗记,笑道:'此酒是连杯偕送者。'其播弄人如此。朱曾于元宵挂珠灯数十盏于门,赵见之愧,无以匹,命家人碎之。朱未敢与较,商于雅园顾吏部予咸,顾唯唯。乃以重币招吴三桂婿王永康宴饮,席散游园,置碎灯于侧。王问曰:'可惜好珠灯,何碎不修?'朱曰:'此左邻赵虾所为,因平西之人,未敢较也。'王会其意,语家人连夜逐赵出城另迁,一时大快人心。鸣虞之子后入翰林,常与王往来。王居北街拙政园,俱先三桂死。今申衙前尚有阳山朱衖之名,问所谓朱鸣虞、赵虾之号,竟无有知者。"

关于永宁的死,阮葵生《茶馀客话》说是"滇黔作逆,永宁惧而先死"。其实不然,吴三桂反是两年后年的事。据王抃自撰《王巢松年谱》记载,康熙十年八月,王时敏八十寿庆,"王长安祝大人寿,携小优来演剧,里中颇为倾动。尔时,梅村夫子亦与集,岂知于冬底,两公同时并去,真可骇也"。可见王永宁和吴伟业都死于康熙十年十二月。

永宁死后两年多,拙政园被籍没,康熙十八年重建为苏松常道治事之处。徐乾学《苏松常道新署记》说:"分守苏松常道驻苏州,故时道署在城之西南隅,隘庳敝陋,不足以称三府一州十六县之守令受教承事,及缙绅耆老来观政令之和布,及部曲将校所以走趋奉指麾者。康熙十八年,参议某使君因王永宁入官园产为新署,增置堂三楹、重门三楹,甍栋墉闑,皆中程度,赋财庀徒,不日而成,乃揆辰日而移治焉。其地在娄、齐二门之间,所谓拙政园者是也。"

至此,拙政园就又进入另一个历史时期。

值得一提的是,王永宁是清初的大收藏家,拙政园也是当时江南风雅生活的舞台。当时所谓风雅生活,仍是晚明的遗风,如沈德符《万历野获编》卷二十六说:"嘉靖末年,海内宴安,士大夫富厚者,以治园亭、教歌舞之隙,间及古玩。"屠隆《鸿苞》卷二十一也说:"余见士大夫居乡豪腴,侈心不已,日求田问舍,放债取息,奔走有司,侵削里闬,广亭榭,置器玩,多僮奴,饰歌舞,终身劳冗,略无休息。"永宁自然也将收藏作为风雅生活的重要内容，而书画则较"古玩"、"器玩"更有风雅的意味。

康熙五年八月，王时敏在给王抃的信中说："滇中王额驸初在郡中，今住维扬，广收书画，不惜重价。玉、石亦未能鉴别，好事家以物往者，往往获利数倍，吴儿走之者如鹜。石谷力劝我不可蹉此好机会，决宜摒挡物件，过江与作交易，渠愿身往。有阊门孟君在扬，寄字二兄，所言亦然。但闻近日额驸公以陈定为眼，去取贵贱悉凭判断，被他一手握定，截断众流，他人遂不得进。定在彼已获二万馀金，即近日昆山得李家二、三房书画几件，价止三百，到彼即卖千四，可为明证。所冀者，彼系官身，有时入省，若侦他不在扬时，庶可乘骊龙之睡，不然必无幸也。"（《西庐家书》丙午七）可见当时时敏并不认识永宁。此后识荆，论交渐深，六年在给王翚的信中说："一入新春，王长翁又将北归，必当邀致。恐弟朝菌夕阴，遂无复接清光之日，深切瘐怀。"下一通信说："麓婢学制馎饦，比更勤习，已大胜前，再两月度必精熟，一俟长翁归，当即送去。因彼中无善此者，聊以充用，何言报乎。敝城馔品，惟寒家最恶，一二俗庖不过官厨排当，岂足供炼珍之役，容徐徐广觅以报。使若辈闻之，料无不奔走如鹜者,未知何人有此福也。"(《王时敏集辑佚》)则两人交往已超出一般社交范畴,进入了日常生活层面。至七年,《王巢公年谱》说:"额驸王长安渴慕大人非一日,五月初特遣使持书币相迎,情不能却,遂买舟渡江,款洽经旬而返。"时永宁当住扬州。当王母徐氏寿诞,王时敏和王鉴请吴伟业写序,《王母徐太夫人寿序》说:"吾友王太常烟客、王郡伯玄照,为余道其宗盟之长、额驸王公长安之贤,而盛推其能孝也。曰,公为人敦尚儒雅,好古博物,深自折节,以交天下之英俊,其为贤也藉甚,君子以为此不足以尽公也。"进而又说:"自古世禄之家,鲜不怙其势位。以公才地,托属王家,上可以筹枢机,次可以奉帷幄,乃优游不进者,二十年于兹矣。风流娴雅,举止如儒生,世之赫然要近者,视之漠如,非其好也。家居盛治风亭月榭,尝具数百人之饩,扁舟过江,载其图书万卷,清商两部,修承平王孙之乐,天下闻而慕之。"十年八月,时敏八十大寿,永宁带了家班来太仓祝嘏,这自然更让时敏心怀感激。

王时敏、王鉴都在拙政园中欣赏过永宁的收藏。《王奉常书画题跋》卷下著录《题自仿云林溪亭山色图》:

"云林《溪亭山色图》,旧为吾郡王文恪公家藏,云间董文敏公亟称其为倪画第一,余想慕有年,恨未得见。今秋长安公憩拙政园,余偶因过从,幸获寓目。笔墨高奇,纸素完洁,洵是希世之宝。"又著录《石谷临巨然烟浮远岫图》:"巨然《烟浮逮岫图》,余一生想慕,未得寓目。辛亥秋,获观于拙政园,惜如庆喜见阿閦佛,一见更不再见。"上海博物馆藏王翚康熙八年作《山水图》十二条屏,第七条自题:"叔明《关山萧寺图》,向为王文恪公家珍藏,乃其生平得意之作,今秋得见于拙政园中,遂仿此法。湘碧鉴。"北京故宫博物院藏王鉴康熙九年仿倪瓒《溪亭山色图》,自题:"云林溪亭山色,乃其生平得意之作,向藏吴门王文恪家,今为王长安所收,此图上有云林书此三绝。余雨坐染香庵,绿梅初放,兴与境合,因涤砚漫仿其意,并录三诗于左。时庚戌二月朔,王鉴识。"又藏王鉴于永宁卒后另仿的一轴,自题:"倪高士有溪亭山色,向藏吴郡王文恪公家,后归王长安,余时得纵观,今不知流落何处。闲坐红梅花下,风日晴美,涤砚伸纸,漫师其意,不求形似也。染香遗老王鉴。"

永宁的收藏活动不过五六年的时间,但凭借他的势力和财力,在收藏家和鉴赏家的协助下,俨然已成一大巨豪。经他收藏的法书名画,有王羲之《瞻近帖》、颜真卿《鹿脯帖》、杨凝式《神仙起居法》、宋徽宗《六高士图》、马和之《荷亭纳爽图轴》、米友仁《潇湘图卷》、《宋名贤宝翰册》、《集古图绘册》、赵孟頫书《道德经》上下二卷、《赵孟頫遗墨册》、《历代名绘册》、元人《仿米氏云山轴》等等。且抄录几条清初的著录。

刘体仁《七颂堂识小录》:"颜鲁公《鹿脯帖》真迹,在常州一旧家,今为王长安购得,纸墨如新,精神奕奕,能摄人于十步外。""褚河南《儿宽赞》真迹,为王长安所得,岁丁未冬见之京师,楷书方寸馀,后书褚遂良《应被诏》,所书二帖皆希世之宝。"

恽寿平《南田画跋》:"徽庙题大年小幅用右丞'夏木黄鹂'、'水田白鹭'两句,景不盈尺,笔致清远,今在维扬王氏所藏宋元册中。""宋时人物衣褶,多宗李龙眠。石谷子为余言,向在贵戚王长安家观宋徽庙《高士图》,倜傥有出尘之度,行笔巧密,与龙眠《豳风图》略同。""向在王长安家见燕文贵《长江图》,其山岚汀渚,树林篱落,人烟楼阁,水村渔舍,帆樯舟楫,曲尽其妙。"

高士奇《江村书画目》:"元钱舜举《秋江待渡图》一卷,真迹,上上品,自跋,王长安之物。"

顾复《平生壮观》卷一:"《景福殿赋》,白麻纸,完好坚结。因潢入水过多,墨气黯黮,十存五六而已。王长安得之,重其装饰,为裱工朱启明所润色,觉精彩索然矣。"

从以上著录,永宁书画收藏的富赡,亦可窥豹一斑。

在传世的永宁旧藏中,分钤"王永宁印"、"王长安父"、"王永宁"、"长安王永宁"、"太原"、"长安"、"瞻近堂"、"瞻近堂收藏印"诸印,未见有题跋,可见他的诗文水平、鉴赏能力都有限。正由于这个原因,收藏中的赝品应该也不少,顾复《平生壮观》卷六就记了一件事:"新安吴氏世传大李将军《明皇幸蜀图》立轴,二尺六,绢本,什袭甚谨,索值甚昂,携至广陵王长安所。斯时也,宾朋满座,如瞻景星庆云,未开展即有赞叹其妙者,及纵观,颂美若蚊聚声,卷轴后,指摘佳善犹聚讼,询之于予,予哑然曰:'谚所谓宋板大明律,今始见之。'举坐骇然。"

更有一个关于黄公望《秋山图》的故事,恽寿平《记秋山图始末》记之甚详。大意谓王时敏年轻时在润州张觐宸家见过《秋山图》,叹为神品,魂牵梦绕,不能去怀,惜主人不肯出让,及后再访,则画已杳然不知去向,倏忽数十年过去,王时敏仍念念不忘,便写了信,托王翚去寻访。"石谷携书往来吴阊间,对客言之,客索书,观奉常语,奇之,立袖书言于贵戚王长安氏。王氏果欲之,并命客渡江物色之。于是张之孙某悉取所藏彝鼎法书,并持一峰《秋山图》来。王氏大悦,延置上座,出家姬合乐享之,尽获张氏彝鼎法书,以千金为寿。一时群称《秋山》妙迹已归王氏。王氏挟图金阊,遣使招娄东二王公来会。时石谷先至,便诣贵戚,揖未毕,大笑乐曰:'《秋山图》已在橐中。'立呼侍史于座取图观之。展未半,贵戚舆诸食客皆觇视石谷辞色,谓当狂叫惊绝。比图穷,惝恍若有所未快。贵戚心动,指图谓石谷曰:'得毋有疑?'石谷唯唯曰:'信神物,何疑?'须臾,传王奉常来。奉常舟中先呼石谷与语,惊问王氏已得《秋山》乎?石谷诧曰:'未也。'奉常曰:'赝邪?'曰:'是,亦一峰也。'曰:'得矣,何诧为?'曰:'昔者先生所说,历历不忘,今否否焉,睹所谓《秋山》哉?虽然,愿先生勿遽语王氏以所疑也。'奉常既见贵戚,展图,奉常辞色一如王郎气索,强为叹羡。

贵戚愈益疑。又顷,王元照郡伯亦至,大呼《秋山图》来,披指灵妙,缅缅不绝口,戏谓王氏非厚福不能得奇宝。于是王氏释然安之"。在这段记述里,王翚"唯唯",王时敏"强为叹羡",王鉴则表演得更圆滑一点,神情如画,各见性格。一九二○年,日本作家芥川龙之介根据这段记载,写了小说《秋山图》,下半场说:"我便行李也不带,急忙到金阊王氏府,去拜观《秋山》了。现在还记得很清楚,这正是王氏庭院的牡丹花在玉栏边盛放的初夏的午后。"(楼适夷译本)那应该是在拙政园里。

永宁的收藏,不仅是书画,还有古玩。当永宁迎母徐氏于汾阳,在拙政园内为其做寿,铺张炫目,吴伟业《王母徐太夫人寿序》说:"鱼轩重锦,玉斝瑶甏,载以筐筐,列诸两阶。""其用玉,则璧羡肉好,温润清越,有夏后氏之璜、鲁侯之双琥焉;其陪鼎,则云螭雷纹,丹青斑驳,有商癸父之尊、周孟姜之敦焉;其陈图,则缥缃玉轴,摹写装褫,有唐昭陵之遗迹、宋御府之秘本焉。"刘体仁《七颂堂识小录》也记录了他的收藏:"王额驸长安又出一玉杯,卧蚕纹内有血斑,初视之玉情暗然,酒满则浸色外见,若出水芙渠,亦异物也。""子父鼎,今在额驸王长安家。"

永宁自康熙三或四年来江南,或住扬州,或住拙政园,享尽荣华富贵,到康熙十年岁暮病殁,不过六七年时间,真好像是黄粱一梦,只是他是死在梦里的,比起"及醒,黄粱尚未熟"来,那要有福得多。

二〇一九年七月二十二日改定

归田园居往事

今拙政园东部一区,旧是王心一归田园居,起建于崇祯四年,子孙相守,一直持续到同治初,这在园林史上是罕见的。不但如此,园址范围,前后二百三十多年变化不大。按乾隆十年《姑苏城图》标识,"王家花园"南临迎春坊(今东北街),北至平家巷,东临百家巷,西隔道观徘与"蒋家花园"(即拙政园)相邻。

王心一,苏州府吴县人,字纯甫,号玄渚,一作玄珠,又号半禅野叟。万历四十一年进士,除行人。天启元年擢江西道监察御史,先后上疏,黜客氏,弹魏进忠,纠崔呈秀、倪文焕等数十人,降江西布政使都事。起复河南道监察御史,巡按广西,六年因保荐刘大受被削籍。崇祯元年起为山西道监察御史，因劾辅臣冯铨，擢太仆寺少卿，督饷两粤，事竣，请终养。丁艰服阕，八年起应天府丞，寻迁府尹，擢大理，转通政，晋少司寇。十二年升刑部右侍郎，旋转左。十三年以定逆案旧怨中危法，冠带闲住。清顺治二年卒，年七十四。其死因，或说南都失守，悲郁而殁；或说牵连明故宗室玉哥案，被清吏逮治，死于狱中；或说纠集义军在陈湖抗清，事败被获，饮鸩自尽。其工画山水，仿黄公望，得其神髓。著有《兰雪堂集》、《兰雪堂烬馀集》等。

崇祯十五年，王心一自撰《归田园居记》，这是一篇翔实而真切的园记，收入《兰雪堂集》卷四，为后来园林研究者所重视。

首先交代了建园的缘起："予性有丘山之癖，每遇佳山水处，俯仰徘徊，辄不忍去，凝眸久之，觉心间指下，生气勃勃，因于画事亦稍知理会。辛未，以先府君年高，弃官归田，敝庐之后，有荒田十数馀亩，偶地主求售，予勉力就焉。地可池则池之，取土于池，积而成高，可山则山之，池之上，山之间，可屋则扉之。兆于是岁之秋，落成于乙亥之冬，友人文湛持为余额之，曰归田园居。"可见园居动工于崇祯四年冬，落成于八年秋，历时近四年，文震孟为之题额，取陶渊明《归田园居》诗也。

其次介绍了全园的布局，略谓，入门不数步，有长廊，归世昌额曰"墙东一径"。廊尽为秫香楼，每当夏秋之交，家田种秫，俱在望中。自楼折南，有池广四五亩，种有荷花，杂以荇藻，修廊蜿蜒，架桥而渡，为芙蓉榭，为泛红轩。轩前丛桂参差，蒋伯玉额曰"小山之幽"。其西有堂五楹，文震孟额曰"兰雪堂"。东西桂树为屏，其后有山，皆种梅花，梅之外有竹，竹邻僧舍，旦暮梵声，时从竹中来。其前有池，名曰涵青。诸山环拱，广植花木。池南有峰特起，名曰缀云。池左两峰并峙，名曰联璧。峰下有洞，曰小桃源。南出洞口，为漱石亭，为桃花渡。折北磴而上，为夹耳岗，为迎秀阁，为红梅坐，直接竹香廊，以至山馀馆，渐与居室相近。洞之上为啸月台、紫藤坞，洞东有池，曰清泠渊。池上有屋三挑，竹木蒙密，陈元素额曰"一丘一壑"。兰雪堂以西，石磴重叠，梧桐参差，竹木交荫，一径可通聚花桥。东折，诸峰攒翠，下临幽涧。渡试望桥，即至缀云峰，北望兰雪堂，又隔盈盈一水矣。山径逶迤，从高趋下，上接缀云峰，俯瞰涵青池者，为连云渚。涧上有石如螺，故名螺背渡。又折而东，为听书台，以可听儿子辈读书声也。西折为悬井岩，有洞幽邃，蹈水傍崖，四面悬崖直削。又西为幽悦亭，亭左有石高丈馀，夭娇如龙。由此而下，溪涧相连，植有杨梅数树，名为杨梅隩。又北折，竹林中有屋半楹，曰竹邮。又西折从南，为饲兰馆，庭中有旧石数片，玉兰、海棠高可蔽屋。北折则回廊曲折，廊半有小径，斜通石塔岭。廊尽，由南折西，皆架山茶，有亭曰延绿。亭之北有石如玉，拱立檐际，曰玉拱峰。插篱成径，至梅亭、紫薇沼。北临漾藻池，遥望紫逻山，飞翠扑面。有桥横跨池面，曰卧虹。桥东有石如云，曰片云。过桥有石可憩，曰卧虹渚。转径而北，依山傍水，曰小剡溪。有石横亘如门，停水一泓，古杏覆其上，曰杏花涧。渡涧盘旋而上为紫逻山，以言其石之色也，山有紫盖、明霞、赤笋、含花、半莲五峰，又称五峰山。有亭曰放眼，西与拙政园连林靡间，北则望见齐门雉堞。又有一亭，叶廷秀额曰"流翠亭"。亭南有路，东折为拜石坡，水石俱备，梅杏交枝。左有花红果树，扶疏如盖，资清阁耸立树杪间。阁下为串月矶，设柴扉。环山有濠，从水中央结草亭，架梁而登，可通濠北，皆种柑橘，故名其亭曰奉橘。至此则山尽水穷，有长廊，曰想香径。廊尽则已在兰雪堂矣。

最后归纳了园居的叠山特点："东南诸山采用者湖

石,玲珑细润,白质藓苔,其法宜用巧,是赵松雪之宗派也;西北诸峰采用者尧峰,黄而带青,质而近古,其法宜用拙,是黄子久之风轨也。予以二家之意,位置其远近浅深,而属之善手陈似云,三年而工始竟。甲戌,予复流连尘网。庚辰归田,又为修其颓坏,补其不足。予无间阴晴,散步畅怀,聊以自适其丘山之性而已。所谓此予宜置丘壑中,予实不能辞避。"陈似云乃叠山高手,与张南垣同时,惜无事迹可考。

崇祯十六年,心一尝自绘《归田园居图》,潘奕隽《题明少司寇王玄珠山水长幅》说:"王玄珠先生丁明末造,文章风节,为世所仰,而翰墨流传者罕。余尝过先生之居,登兰雪之堂,先生玄孙晓叔出示所藏《归田园图》,获瞻先生遗像,摩挲卷轴,俯仰林泉,为慨然者久之。今晓叔亦作古人,阅其图,又不胜慨然也。图乃先生所自作,晓叔以畀其女夫陈君沛霖者,笔墨苍秀,在北苑、仲圭之间。图作于崇祯癸未,去明社之屋仅一年,先生之归田盖已久矣,其自题云'风波吾道稳,垂钓一舟安',不胜身世之感焉。沛霖其宝藏诸,勿为巧偷,勿为豪夺,庶无负妇翁珍重相付之意也欤。"

园落成后,心一或举上巳修禊,或招友朋游宴,归庄《秋日过王玄珠先生园居见有上巳雅集唱和诸作依韵追和》云:"我来王公园,秋清卉木稠。俯仰恣登瞩,景气高以幽。遥知暮春时,芳菲蔽林丘。桃花破浪生,深涧如龙湫。联翩集词客,觅句玄思抽。玉麈纷纵横,羽觞叠飞浮。何以追嘉会,诸咏悬高楼。修竹与清湍,君家旧风流。赏玩有同趣,异代终相谋。乐事无时无,安问春与秋。"沈德潜祖父钦圻,也应邀往游,《游王玄渚司寇园留饮兰雪堂园即事》云:"郊园宛似小江潭,洞壑幽深次第探。玉树亚檐疑点雪,春塘漾藻欲施蓝。酒杯传处风生坐,奏疏破馀剑有镡(阅弹客魏奏疏稿)。即席送人成乐府,好将新句付何戡(司寇成《送人远游》绝句)。"心一自作诗更多了,如《放眼亭观杏花》云:"浓枝高下绕亭台,初染胭脂渐次开。遮映落霞迷涧壑,漫和疏雨点莓苔。低藏双燕人前舞,密引群蜂花底回。安得庐山千树子,疗饥换有谷如堆。"他对家园自然格外爱惜,钱泳《履园丛话·园林》说:"余少时尝见侍郎与蒋伯玉手札,其时在崇祯十六年之十二月廿四日,书中言小园一花一木皆自培植,乞分付园丁时加防护云云。其明年,侍郎即归道山,宜一灵之不泯耳。"

就在心一去世之前,他于园之经丧乱而未损,感到十分欣慰,《和归田园居五首序》说:"予有园数亩,林木茂密,石藓苍然。遭乱以来,幸双鹤无恙,亭榭尚存,然而衡门之外,耳目皆非,掩扉半榻,苟延馀喘,相知过者,对酒相娱,旋多感慨。读靖节此诗,匪直高韵不及古人,抑且今昔遭遇异时,漫次其韵,情见乎词。"

园居自心一殁后,子孙相承不替。康熙三十五年,曾孙遴汝请柳遇绘《兰雪堂图卷》,今藏南京博物院。柳遇字仙期,吴县人。张庚《国朝画征录》卷中称其"工人物,精密生动,布置树石栏廊,点缀幽花细草,以及玩物器皿,色色佳妙,亚于仇英"。宋荦任江苏巡抚时,延其摹顾闳中《韩熙载夜宴图》等,均为艺林称赏。此卷后归吴湖帆收藏,《清柳仙期画兰雪堂图咏卷》跋曰:"王氏归田园兰雪堂故址,在今吾郡城北之园,其西今属拙政园及张氏补园。此卷乃康熙间吾乡画家柳仙期所作,中坐者即园主人像也。仙期画宗十洲,工细绝伦,此卷尤其刻作。况前有曝书亭之中(原文如此,当为曝书亭之引首——引者注),后有宋商丘、尤西堂、惠红豆、沈归愚、潘三松等诸家题字,尤为名园臻重。旧装已零落,廿年前付之潢池。

今当吾吴有文献会之举,假沧浪亭图书馆展览,因检携苏陈列馆中。由吾友陈子清来征,爰缀数言于卷尾。"图前有朱彝尊引首"兰雪堂图"四隶字,潘奕隽"兰雪堂图"四楷字。图后有宋荦、尤侗、陈学洙、陈学泗、张大受、毛今凤、惠士奇题诗。

惠诗以后,有沈德潜《兰雪堂记》,作于雍正六年,距柳遇作画已时隔三十二年,此记与收入《归愚文钞》者略有不同,有曰:"兰雪堂,明少司寇王公玄珠所构归田园居之一也。园有山有池,有台有阁,有轩有馆,有桥有亭,矗者为峰,平者为坡,级而上者为磴。扳历易倦,有坐以休之;岩壑易尽,有洞以深之。堂在园中央,名兰雪,取太白'春风洒兰雪'句也。总为拙政园东邻云。曾孙遴汝先生命工图之,凡园中山池亭榭之属,暨古藤奇木、名葩异草、山禽怪兽,种种备焉。而大中丞商丘宋公以下皆系以诗,而记犹阙如也,属予补成之。""而是堂成于崇祯乙亥,迄今九十四年,子孙保而有之,且蕴而崇之,王氏之世德正未有艾也。试与其披其卷轴,览林泉之殊状,挹主人之风裁,即不必登高临深,而欣感于中,有慨然而赋者矣。画手柳遇亦可观,画成于康熙丙子,记成于雍正戊申,作记者为树屋佣人沈德潜。"

沈记之后,有嘉庆十二年潘奕隽跋曰:"嘉庆丁卯夏四月,余偕张子性之过城北,访王君朴园于归田园。朴园出所藏《兰雪堂图》见示,堂为朴园六世祖明少司寇玄珠先生所筑归田园中最胜处,司寇之孙兰圃先生绘图,属友人咏歌之,一时名人若尤西堂、朱竹垞、宋牧仲、惠红豆、张匠门、沈确士诸老辈皆有诗文题记。堂筑于崇祯乙亥,迄今嘉庆丁卯,盖一百七十二年。图作于康熙丙子,迄今盖一百十二年。今堂虽存而就颓,图则粉墨如新。读诸君子题咏,恍然想见一时风流文采之盛,翰墨之可贵,不信然耶。吾吴自明季迄今,旧时园林甲第尠有存者,其存者亦往往数易其主,又安能问其中之所藏哉。独朴园以名人后裔守先人之故宅,诵累叶之清芬,闭户绝尘,葆真养素,盖司寇公与兰圃先生之遗泽孔长矣。余既获观名迹,私心窃幸,因题识岁月,属性之书于卷末。性之名桐,朴园之戚。"在这段跋中,兰圃是遴汝之号,乃心一曾孙;相园,即上文提到的晓叔;图为柳遇作,非遴汝所绘。

遴汝在时,还复举上巳修禊之事,《兰雪堂图卷》拖尾有康熙四十六年顾绍敏跋:"丙戌之春,余在北城王氏归田园，林壑幽邃，溪堂窈深。值上巳朋来，禊饮于此。登紫逻之山，濯清泠之渊，烹溪鲂，烧苦笋，坐兰雪，望缀云。山鸟喈喈，拂帘上下，如会稽山阴时也。余乐之，因仿兰亭四言，集右军叙字，足成十章，以致俯仰兴怀之意。同集者为秀水朱检讨竹垞、睢州宋公子维丰、昆山徐参议自强、宗老维岳、主人兰圃先生父子也。"乾隆时上巳修禊仍在继续，顾诒禄在《三月三日归田园修禊序》中说："因思自有斯园，名流接踵，司寇公集胜国之衣冠，遴汝先生联两朝之耆旧，相与锵金戛玉，投辖衔杯。无何埋白骨于青山，检赠诗于残箧，风景不殊，并为异物。"感慨是颇深的。

康熙五十二年秋，曾有虎入园。朱象贤《闻见偶录》说："苏州城距山甚远，即吴县境内诸山，居人多而樵采频，绝无禽兽潜藏。康熙五十二年十月十八日，有巨虎潜于城北王氏之归田园中，其时俱谓于齐门城垣上跳进，然绝无见者，更无形迹。王为王心一之后人，园亦为郡中名园。忽闻有此猛兽，好事者争先往观，伤及二十馀人，官兵搏捕，驱至园傍一茅屋中击杀之。时吴县令张廷弼罢任居郡，作诗纪事，中二句云：'昔闻渡河去，今见入城来。'"张紫琳《红兰逸乘·咫述》说："王园山石仿峨嵋栈道，后有虎自太湖来，以此负隅，遂为枪炮攻毁。至今乱石塞途，游人莫入。"两说不同，即使炮击叠山，修复不难，"乱石塞途"则是以后的事。

归田园居的开始颓败，约在乾隆中叶。吴蔚光《素修堂诗集》卷二十三收乾隆五十九年诗，有咏拙政园之作，小序有云："园东偏居王氏，水石较胜，已废为圃。"废为菜圃的是园北部。潘奕隽嘉庆十二年四月往游，同时填《兰陵王》一阕，小序云："城东归田园，明王侍郎心一故第，园有兰雪堂，堂额为文徵仲书。余家藏侍郎招友饮园中札，有'人事虽殊，清光如故，既是悲愁，不可无酒以浇之'语。今岁春仲，复游园中，则额已无存，堂亦颓圮，询其后人，无复函墨留存矣。因感昔游，重翻旧札，漫填此调，以写幽情。"兰雪堂额乃文震孟所题，榕皋当是误记了。词曰："柳荫碧。风暖吹箫巷陌。城东路，坊过迎春，闲向荒园散吟屐。归田缅陈迹。留得、筠廊旧刻。平桥外，林密径幽，叶底莺声尚延客。　前朝事能忆。想月榭飞笺。风磴移席。花明兰雪香凝笔。看叠叠浓霭，鳞鳞微涨，波光岚翠旦暮色。又何异今昔。　小立。憩磐石。慨剩水残山，草没苔积。云仍世守还遗宅。认零落残简，萧疏淡墨。飞来双燕，似为我，诉楚恻。"二十二年，潘奕隽再去，曾于园中得一石，置之三松堂园中，《三松堂续集》卷四有诗一首，题作"于明王元珠先生归田园中得一石，古朴可爱，移置撷芳亭外，题曰米友，余作八分书属汤警斋镌其上，招同改七芗、夏羽谷、黄尧圃小饮，以诗纪之"。

这样一个破圮荒落的大园子，王氏子孙既力无修葺，只好听之，也很想将其卖了，但有违先祖的意愿，钱泳《履园丛话·园林》记了一个故事："相传王氏欲售于人屡矣，辄见红袍纱帽者隐约其间，或呼啸达旦，似不能割爱者，人亦莫敢得也。"就这样一直延宕着。咸丰十年遭兵燹，仅存基址。至同治初年，园宅大部遂归贝氏。

王心一在灵岩山西麓另有秀野园，康熙年间，韩荬弟韩暻改建后，易名乐饥园，韩是升《乐饥园记》说："园为明司寇王公玄珠别业，名秀野草堂，堂有图，张元举笔，从祖尝得之骨董肆中，藏于家。"张元举字懋贤，号五湖，吴县人，诸生。画得外祖陈淳之传，气韵生动，临文徵明画逼真，尤善花鸟、山水，远近购其缣素以为珍玩。秀野园之建，或早于归田园居，此事尚有待查考。

二〇一九年七月二十三日改定

金阊门外徐氏园

明代阊门外徐氏,乃苏郡大族。约永乐年间,有徐渊者由太仓直塘徙居长洲武丘乡彩云里。徐渊有子徐朴,徐朴生两子,徐焴和徐燿,由此而分两大族。范允临《诰封奉直大夫尚宝司少卿芝石徐公行状》略记了徐氏的阀谱:"其先为洪都南昌西陇人,宋淳熙中有名寿者,以贤良征,典教常熟县,县有直塘里,因家焉,故又为直塘徐氏。国初隶直塘于太仓,子孙遂守其丘陇,世世勿绝。十一传而至拙庵公渊,始徙家于长洲之采云里。渊生朴,朴雄于赀,富而好行其德,是为寻乐公。寻乐公生焴与燿。燿以其子贵,封通议大夫,世所称雪井公者也。焴任南府幕,以书礼起家。有丈夫子三,长曰圭,季曰佳,其仲曰封,是为墨川翁，公之父也，配缪氏，公所自出。墨川翁豪迈俊爽，有侠士风。其家自寻乐公而下，世修计然之策，赀累钜万，墨川公修其业而息之，家益以裕。"又《明太仆寺少卿舆浦徐公暨元配董宜人行状》说："朴善计然之策，废著鬻财于郡，为富人。朴生燿，燿多心计，修业而息之，家日以裕，所谓雪井公者是也。雪井生履祥，嘉靖辛丑进士，仕为尚玺卿，号古石。"由此可知，徐氏数世皆经商，遂至钜富。

徐树丕《识小录》卷四说："余家世居阊关外之下塘，甲第连云，大抵皆徐氏有也。"顾公燮《消夏闲记摘抄》卷下也说："万历年间，尚宝徐履祥同侄奉天府尹申并居阊门下塘，富甲三吴，宅大而广。如长船浜，即其帐船所泊处。又江西会馆、陶家池、花步十房庄、六房庄、东园、桃花墩诸处，皆其宅基也。尚宝孙工部溶复造西园，后舍为戒律禅院。"

徐氏在阊门外所造之园，大致可分两区，一在上津桥南的上塘，即东雅堂系统，乃徐封始建；一在上津桥北的下塘，即榆绣园系统，乃徐履中始建。

东雅堂·紫芝园

徐封字子慎,南康公徐焴次子,号墨川,一作默川。生而颖秀,稍长继承先业,能操奇赢,既入太学,从容诗酒文会,厌薄世氛,以风雅自居。范允临《太学生墨川徐翁暨配缪孺人传》说他"生平雅好艺文,床上积书与屋齐,尊彝绘素,悉钓致以供玩弄"。拿他自己的话来说:"吾拥此如南面百城,作老蠹鱼游万卷中,甚快,安能交贾人富儿,持筹握算为阿堵奴者。"万历十五年卒,享年八十五岁。

东雅堂起建于嘉靖二十四年,徐封四十三岁,那年正值吴中大旱,太湖水缩,稻麦全荒,人食草根树皮,灾后又遇大疫,水中浮尸相籍。范允临《太学生墨川徐翁暨配缪孺人传》说:"会岁大祲,行道多菜色,翁计以工得食,贫者输其力,而我授之飧,不且两利,貤于大人施乎。于是仿筑堤建塔遗意,出囊中装,为园城西,备泉石之致。役兴,邑籍以无殍。"这是另类的慈善,既赈了灾,又为自己造了园,"以工得食"固然不错,惟营造的人工开支大大降低了。

东雅堂本是徐封的斋馆，嘉靖二十一年，文徵明作楷书《千字文》，据《石渠宝笈》卷三十一著录，款署"嘉靖壬寅岁春二月九日徵明书于东雅堂"。至嘉靖二十五年，园落成后，即以东雅堂题名主厅，亦代指整个园子。徐封曾覆刻廖莹中世彩堂本《昌黎先生集注》，世称"东雅堂韩文"，收入《四库全书》，即名《东雅堂韩昌黎集注》。章学诚《东雅堂校刻韩文书后》说："此书于韩集虽未为至，而剞劂精良，款识古雅，置之案间，摩挲赏玩，盖亦不可少之物也。"东雅堂外，后人亦以主人之号，称为墨川园。

徐封与当时名流都有交往，范允临《太学生墨川徐翁暨配缪孺人传》说："乃以东雅颜其堂，尝谓孟尝多侠客而乏文，梁园饶文士而未雅，吾所愿歌于期聚于斯者，其大雅君子乎。以故一时名胜，若文徵仲父子、王履吉兄弟，逮王子禄、汤子重辈，咸雅慕之，日登斯堂，相与啸歌竟日，或至丙夜，犹闻敲灯落子声。客有不韵者，辄拒之户外，毋溷乃公为也。"以文徵明为例，早在嘉靖十九年，即为他题诗两绝于陆治画，据潘奕隽《潘氏三松堂书画记·陆包山治山水》著录，款署"嘉靖庚子秋八月既望，徵明似默川先生政"。他造园时，徵明偕仇英为之布画藻绩，且题诸额，如东雅堂、永祯堂、五云楼、白雪楼、遣心槛等。嘉靖二十九年三月，同游光福虎山桥，徵明作《虎山桥纪游卷》，题曰："嘉靖庚戌春暮，偶同默川诸公游虎山桥，时落花满迳，归而图之，以纪兴尔。徵明。"六月既望，徵明为作《万壑争流图》，题曰："比余尝作《千岩竞秀图》，颇有思致，徐默川子慎得之，以佳纸求写万壑争流以配。余性雅不喜作配幅，然于默川不能终却，漫尔涂抹，所谓一解不能如一解也。是岁嘉靖庚戌六月既望，徵明识，时年八十又一。"又为作《山园图》，张丑《清河书画舫》卷十二著录："太史公又为默川先辈作《山园图》长卷，绢本，大着色。前后位置，泉石楼阁，极古雅，中间杂写桃杏芙蕖、拒霜橙橘之属，一图皆备，尤为斐娓绝伦。识者称其远师右丞遗法以成之，真仙品也。"由此可见两人交谊之深。

当时园中景致，范允临在《诰封奉直大夫尚宝司少卿芝石徐公行状》中作了介绍："聚巧石为山，奇峰峙立，列嶂如屏，环以曲池，涟漪清泚。池阴有堂，颜曰东雅，公所宴息处也。地方十许亩，而楼横堂列，廊庑回缭，栏楯周接，木映花承，无不妍稳。位置区画，皆出名公目匠心营，故逶迤衡直,闿爽宏深,皆曲有奥思。"园以叠山奇石著名,故郡人有"假山徐"之称。

徐封有子三人,伯谅,仲简,叔谦。仲简字可之,号芝石,因子贵封奉直大夫尚宝司少卿。其子徐元正,字景文,举万历三十年进士,官太仆寺少卿。徐元正邀当时名士王穉登游园,并请撰记,王为题名紫芝园,徐树丕《识小录》卷四引录了王记的全文:

"紫芝园者,太仆少卿徐君召景文家园也。太仆家在上津桥,负阳而面阴,右为长廊,数百步以达于园之南向,前临大池,跨以修梁,曰紫芝,梁成而朱草生,故园因以名。循梁而入,有门翼然,堂曰永祯,文太史手书。堂东西各有门,其东西各有门,中门曰揽秀,余所名也。堂西有楼,曰五云,题亦自太史。凭栏矫首北望,三台子牟安能忘魏阙哉。再入为友恭堂,许元复先生书额。友恭而后,深房曲室,接栋连枊,沉沉莫可窥矣。紫芝桥南,叠石为峰,曰五老,余易名仙掌,巨灵奇迹,纵非蜀道移来,亦仿佛汉宫承露铜仙人五指排耳。左轩右楼,楼小于轩,轩之名迎旭,楼名延薰,轩在东,楼在南也。稍西折而南,经一门,名入林。梁石而渡,名卧虹。堂曰东雅,文太史书,栋宇坚壮，闳丽爽垲，题斗拱簩，雁齿鱼鳞，夏屋渠渠，可容数百人。堂后小山二古松，一虬枝偃蹇，盖数百年物。堂西书室，余名为太乙斋，火光荧荧，出于杖首，主人于此修中垒之业乎。循池而右，楼名白雪，水槛名遣心，皆出太史公。绿波鳞鳞，房廊倒影，何必太液影娥，乃祢仙境池。右折汇于东雅之前，岩岫参差，磴道屈曲。而登一亭，临池三峰环列，曰浮岚。左折而上，有峰如屏，下俯石洞，曰窥壑。由洞右折而上，亭北向，曰瞻辰。渡石，一峰秀出，拾级而下，为钓台，天目奇松覆之，清风时来，枝间声谡谡，如秋江八月涛，可以洗心，可以濯足，悠然有桐江一丝之想。俯而西，过石门，曲径临流，飞岩夹道，峭石巉岏，钩衣而刺目者林立。南行入一洞，峰石皆锦川，双洞若环，名曰联珠，清旷通明，可罗胡床十数，石如天成，流丹染黛，欲上人衣。其上为台，曰驰望，山之最高处也。东望城阗，千门万户；西望诸山，群龙蜿蜒。美哉山河之固！遐想吴越霸图，不能不动英雄一慨矣。峰之最高名曰标霞，其他群石，或如潜虬，或如跃兕，或狮而蹲，或虎而卧，飞者伏者，走者跃者，怒而奔林，渴而饮涧者，灵怪毕集，莫可名状。每当朝霏夕晖，烟横树暝，池光澄澄，冰轮浸魄工，若深山大泽，含气出云，又如仙家楼阁，雾闼云窗，与琪花瑶草相映带，非复人间世矣。山势正与东雅相向，右过石门，名排云。石径折而下，古木奇峰，左右森列。过小石梁，临以碧沼，傍皆峰峦岛屿，大小凡五六。径尽有亭，名隔尘。逶迤而入，修篁蔽日，暑气不到，楼在竹中，曰留客，取杜少陵诗'竹深留客'句也。竹尽处一轩，名浮白。过此北穿，径入水洞，广可三五寻，下临幽涧，束胐仄趾而渡，名浮波。折而上，东向一亭，三峰在侧，曰清响亭。西皆竹也，石梁琴台在焉，山水清音，绝胜丝竹，于焉持螯，于焉醉月，何惜梁州一石耶。园尽处，杰阁嵯峨，曰玄览，登兹四望，一园之胜悉在眉睫，无复隐形。大都紫芝桥之内，宫室楼宇为政，政在靓深；桥之外，峰峦洞壑，亭榭池台为政，政在秀野。此则经营位置之大概也。园创自太仆之祖默川翁，翁为人疏直坦衷，豪举好客，维席先世之业，号称素封，然不屑持筹铨核，乐义好施，置田免里人之役，多蓄法书名画，古鼎尊彝，与名流贤哲文酒过从。以岁方大祲，营土木以食贫者。园初筑时，文太史为之布画，仇实父为之藻缋，一泉一石，一榱一题，无不秀绝精丽，雕堉绣户，文石青铺，丝金缕翠，穷极工巧，江左名园未知合置谁左。默川翁晚岁,家渐旁落,台省郡邑诸公,登临燕集,祖饯交会,钟鼓干旄至者,往来出入,不问主人,使泉石薜萝,厚颜蒙耻凡若干年。丙戌以后,太仆君登高华,涉清要,游者不敢阑入,而后园始复为徐氏有矣。当是时,翁尚然黄髪,犹及见其孙贵显然后圽,其得于天者厚哉。园初未有名,余名为紫芝,纪瑞也。九茎三房,自昔表为祯祥,惟有德者当之。徐自默川翁而上,代多长者,翁又培且滋之,造物将以兹园奇丽非凉德所能堪,故必俟其后人之贤者,而后如太仆君之忠雅宽平,与物无竞,其勋名未可量也。昔平泉花石,赞皇不能保之,易之辋川图咏,中允乃获,垂之千秋,文之不可已也如此。此太仆君所以索余记也,惜余暮年衰飒,不能陆离其辞,为兹园增胜耳。园凡若干亩,屋室三之,池二之,山与林木蹬道五之,峰三十六、亭四、洞三、津梁楼观、台榭岛屿不可计。创于嘉靖丙午,修于万历丙申。太仆索记之意,非徒侈游观夸钜丽,盖欲不忘祖德,使后之人世守先业,无若赞皇氏之子孙云耳。太原王穉登撰。"

徐树丕卒于康熙二十二年,享年八十八岁,目睹了紫芝园的盛衰,《识小录》卷四说:"年来式微,十去七八,惟上塘有紫芝园独存，盖俗所云作假山徐，正得名于此园也。因兄弟构大讼，遂不能有，尽售与项煜。煜小人，其所出更微，甲申从贼，居民以义愤付之一炬，靡有孑遗，今所存者，止巨石巍然旷野中耳。园创于嘉靖丙午，至丙戌而从伯振雅联捷，至甲申正得九十九年，不意竟与燕京同尽，嗟乎，嗟乎！"

项煜其人，计六奇《明季北略》卷二十二"从逆诸臣"有小传："项煜，字仲昭，号水心，南直吴县人。天启乙丑进士，官少詹兼侍读，伪太常寺丞。贼党黎志陞，其甲戌所取士也。《国难录》云：'时京师传言黎为贼腹心，荐煜大拜，煜即昌言于众曰，大丈夫名节既不全，当立盖世功名，如魏徵、管仲可也。乃授太常，意气沮丧。'奉伪命祀泰山，驰驿过山东，始变服遁，迳走南都，欲入班，被逐。煜素巧宦，初在魏党，旋媚东林求脱，遂复故物。家起荜门，骤致奇富，所居为假山徐氏名产，捐万二千金得之。以词林清修之席，而一居之侈已如此，其品可知。种怨里闬，化为煨烬，哀哉！"

虽然园子被毁于火，然项氏子孙仍居之。清嘉庆三年，范来宗《寒碧庄记》说："金阊门外，旧多名园，前明徐太仆之东园，项宫詹之芝园，其最著者。自物换星移，烟云变灭，芝园仅留故址，子孙居之，无复曩昔亭馆之胜。"以后情状，无可细说，咸丰十年又遭太平军兵燹，所存建筑大概圮废殆尽了。据光绪三十四年《苏州巡警分区全图》标注，其遗址在汀州会馆、武陵会馆一带，后皆为北兵营所占。

榆绣园·东园·西园

徐履中字子本，号岩石，雪井公徐燿子，履祥同父异母弟，与顾曾唯、袁尊尼亲家。监生，例授光禄寺大官署丞。万历二十七年卒，享年七十四岁。

履中所建之园，即在今留园址，约起造于嘉靖后期，初无榆绣园之名，钱榖为绘图卷，张凤翼《处实堂集》卷六《徐氏园亭图记》说：

"此徐氏园亭图也，园在阊门外新桥之北，桥去城二里而遥，园去桥半里而近。入门，花屏透迤，中围小山，山嶙峋多奇石，杂树松桧，森焉若真。遵麓而东，东有小渔梁，逾梁有小亭，命之曰天香，桂丛在焉望，素而芬，宛乎淮南招隐之境也。亭前有小池，池广植莲，当朱而荣，烨乎若耶采芳之区也。池通大池，大池之上有堂临之，堂居园之中央，命之曰水木清华，觞酌恒于斯矣。堂西有小斋，斋外有桥，桥西复有斋，斋后植蕉，咸可憩焉、谈焉、藏焉、修焉，委乎禅房之奥也。自桥北望重屋耸矗，飞甍入池，俨如倒景，池即大池。折而北，北南长可百步，沿池而北，历台至楼。登斯楼也，左城右山，应接不暇，而虎丘当北窗，秀色可摘，若登献花岩，顾瞻牛首山然，俯而视之，则平畴水村，疏林远浦，风帆渔火，荒原樵牧，日夕异状，命之曰寰胜，谅乎其胜也已。地于园最后结亭，于诸构亦最后。楼之西有丛竹，结茅亭其中，故末及之。主人子本，乃好行其德者，又敬爱客，嘉隆间尝与寿承、休承、孔加、公瑕、鲁望诸名胜嬉遨其间，至信宿忘返，殆若不知园之非吾有者。当时未有图也，已而钱山人叔宝为之图，图成而子本之伯子孝甫装潢之，属予为之记。予惜夫风景具存而人物非昨，遂不得与寿承、孔加、鲁望分咏其胜，不能无山阳闻笛之感，其又何以记斯。顾孝甫翩翩能世其高雅，实重违其意也，遂僭书卷端，且为休承、公瑕先驱云。"

这篇图记，需要作点说明。徐氏园亭"在阊门外新桥之北，桥去城二里而遥，园去桥半里而近"。新桥即今上津桥，谢时臣《金阊佳丽图卷》标作"上新桥"。履中在"嘉隆间尝与寿承、休承、孔加、公瑕、鲁望诸名胜嬉遨其间"，寿承是文彭，休承是文嘉，孔加是彭年，公瑕是周天球，鲁望是袁尊尼，张凤翼写这篇图记时，惟文嘉、周天球尚在世，那必在万历二年后，万历十年前。张凤翼《处实堂集》卷三另有一首《郝刘二令招饮徐氏园亭》，诗云："双凫欣见两王乔，绮席叨承郭外招。燕濯入筵疑鼓舞，莺声出谷杂歌谣。政觞亦自花惊眼，下士宁辞礼折腰。不是神君勤采择，座中那得有刍荛。"吴县知县郝国章，万历三年到任，八年调知封丘；长洲县知县刘怀恕，万历六年十月到任，十一年召为御史。故此次招饮，必在万历七年。从诗题来看，郝、刘两知县在徐氏园亭招饮张凤翼，主人自然是陪席的，很有可能就在这次宴会上，主人请他为钱穀所绘《徐氏园亭图》写了这篇记。

万历十七年，雪井公徐燿嫡孙、履祥第三子、履中侄泰时解组归来，履祥早卒于嘉靖三十六年，时履中已六十四岁，泰时俨然而成这处园亭的主人。

泰时原名三锡，字叔乘，更名后改字大来，号舆浦。

万历八年进士,授工部营缮司主事,督工修复慈宁宫有功,擢郎中,复督修寿陵,加衔光禄寺少卿,转太仆寺少卿,故人称"徐冏卿"。据《明神宗实录》卷二百五十七记载,万历十七年,泰时被劾"受贿匿商,阻挠木税","旨令泰时回籍听勘"。二十六年卒,年五十九。

范允临是泰时之婿,他在《明太仆寺少卿渔浦徐公暨元配董宜人行状》中说:"公遂挂冠归里门,归而一切不问户外,益治园圃,亲声伎。里有善累奇石者,公令累垒为片云奇峰,杂莳花竹,以板舆徜徉其中,呼朋啸饮,令童子歌商风应蘋之曲,其声歇云。公饮可一斗而醉二参,酒后耳热,歌呼呜呜。曰:'人皆谓我老孝廉,而我已进贤冠;人皆谓我青毡死,而我章已得紫金。人生如驹过隙耳,吾何不乐哉。'于是益置酒高会,留连池馆,情盘景遽,竟日忘归。"

万历二十四年,长洲县知县江盈科应主人之邀,往园中一游,他在《后乐堂记》中说:"太仆卿渔浦徐公解组归田,治别业金阊门外二里许。不佞游览其中,顾而乐之,题其堂曰后乐,盖取文正公记岳阳楼义云。堂之前为楼三楹,登高骋望,灵岩、天平诸山,若远若近,若起若伏,献奇耸秀,苍翠可掬。楼之下,北向左右隅,各植牡丹、芍药数十本,五色相间,花开如绣。其中为堂凡三楹,环以周廊。堂墀迤右为径一道,相去步许,植野梅一林,总计若干株。径转仄而东,地高出前堂三尺许,里之巧人周丹泉为累怪石,作普陀、天台诸峰峦状。石上植红梅数十株,或穿石出,或倚石立,岩树相得,势若拱遇。其中为亭一座,步自亭下,由径右转,有池盈二亩,清涟湛人,可鉴须发。池上为堤长数丈,植红杏百株,间以垂杨,春来丹脸翠眉,绰约交映。堤尽为亭一座,杂植紫薇、木犀、芙蓉、木兰诸奇卉。亭之阳修竹一丛,其地高于亭五尺许,结茅其上,徐公顾不佞曰:'此余所构逃禅庵也。'公蓄两娈童,眉目狡好,善鹳鹆舞、子夜歌。酒酣,命施铅黛、被绮罗,翩翩侑觞,恍若婵娟之下广寒,织女之渡银河,四坐宾朋无不凝盼解颐,引满浮白,饮可一石而不言多。噫嘻,乐哉堂乎!"

这篇《后乐堂记》是晚明小品名篇,流布很广,起首"太仆卿渔浦徐公解组归田,治别业金阊门外二里许"一句,让人误以为园是泰时始建,至今《留园志》等均持此说,却不知园早已有了,泰时只是做了补缀增成的事,包括请周时臣叠石、移入瑞云峰等,而范允临说他"益治园圃",则来得比较准确。

江盈科是父母官,徐氏园亭是去过多次的,《雪涛阁集》就留下不少诗咏,如《叶民部集徐园观灯》、《陈进士召集徐园》、《徐少卿园赏牡丹》、《雨中徐园看牡丹》等,古风《徐同卿席上赋》颇可见园中景致和园主生活,咏道:"徐公弱冠妙词赋,献策金门俘际遇。须眉未皓登上卿,九列班高人所慕。斗大黄金指顾间,尊鲈忽忆江东路。金昌城畔构亭台,叠石引流临古渡。名花杂植数百茎,四时常得教春住。樽中有酒多如渑,折简要予笑相赴。撞钟伐鼓声振天,海错山肴不知数。况有龙阳安陵来侑觞,妙舞清歌莽交互。歌喉嘹亮青云遏,舞袖飘飖彩霞布。乍疑赵燕掌中飞,更讶秦娥屏外度。令人酣畅不知归,那识栖鸦啼晓露。君不见,姑苏昔日霸吴王,十万水犀如虎怒。一朝麋鹿忽来游,英雄竟作罝中兔。西施国色属何人,楼阁荒基栖雁鹜。世事茫茫如弈棋,番来覆去成新故。所以古达人,荷锸无回顾。酒在杯中且莫辞,醉乡深处无朝暮。会须撇却肘间铜,与君共泛沧溟雾。"《雪涛阁集》卷十三还有致徐泰时尺牍两通,一曰:"拙制自写意兴，比之蝉蚓天机可也，乃辱明公勒之名园，音律既卑，书法更拙，恐飞泉溅沫，难为江生洗恶诗耳。"一曰："两过名园，山形水色，总非人寰中物，岂六丁为老丈从海上驱而来也？他禽鱼花竹，种种会心，乃知三岛飞仙，谪居尘世，方能消受此景。不肖碌碌簿书，坐此间一刻，便欲蜕去，偶得拙作一章，书扇请政。"从前一通尺牍来看，主人已开始征集书条石诗文，这是园林书条石起自晚明的一条记录；从后一通尺牍来看，江盈科对这个园子十分欣赏，这也是与当时苏州其他园子的比较中得来的。

江盈科同年，时任吴县知县的袁宏道，也曾往游，他在《园亭纪略》中说："徐冏卿园在阊门外下塘，宏丽轩举，前楼后厅，皆可醉客。石屏为周生时臣所堆，高三丈，阔可二十丈，玲珑峭削，如一幅山水横披画，了无断续痕迹，真妙手也。堂侧有土垅甚高，多古木，垅上太湖石一座，名瑞云峰，高三丈馀，妍巧甲于江南。相传为朱勔所凿，才移舟中，石盘忽沉湖底，觅之不得，遂未果行。后为乌程董氏构去，载至中流，船亦覆没，董氏乃破赀募善没者取之，须臾忽得其盘，石亦浮水而出，今遂为徐氏有。范长白又为余言，此石每夜有光烛空，然则石亦神物矣哉。"《锦帆集》卷四有万历二十五年致徐泰时尺牍一通，袁宏道说："东吴两载，罪过丘积。惟足下若以为可教也者，每至名园，则谈笑移日，丝肉竞作，不肖亦每每心醉而归。不意一病，遂至睽别，朱华绿池之约，竟落梦境。人生离合，信有制哉。吏道如网，世法如炭，形骸若牿，可以娱心意悦耳目者，惟有一唱一咏一歌一管而已矣。过此则有太上之至乐，穷天地之奥妙，发性命之玄机，究生死之根源，别儒佛之同异，足下倘有意乎？不肖愿执鞭策而从事矣。"泰时罢官，宏道厌官，两人有不少共同语言。

泰时做园主不到十年，园中以周时臣叠石、瑞云峰及四时花木之盛闻名遐迩。同时，徐氏家班也给人留下深刻印象，袁宏道《锦帆集》卷三有致袁宗道尺牍一通，就说："吴侬可与语者，徐参议园亭，徐少卿歌儿耳。何物灵异，出此三物，奇哉怪哉。"

泰时卒于万历二十六年三月初三日，当年九月二十日，冯梦祯来游，《快雪堂日记》卷十记道："是日，婆娑范长倩斋中，候徐文江年兄，长倩开筵相款。游榆绣园中，规制甚宏而少宛曲清远之致。独朱勔所遗花石纲石三枚为最奇，一大者铭'瑞云'，修二丈，广丈许，尤奇之奇者。

其时,堕湖中不能出,本朝陈祭酒、董宗伯与太仆公俱得之而不能竖,当有待也。晤朱文中,方病疟,强起,徐生滋胄以家乐至,演《蔡中郎》数出,甚可观。夜半始登舟。"

冯梦祯提到此园称榆绣园,应该是正式园名,究竟是履中时已有,还是泰时时才题,已无可推考。今人称泰时园亭为"徐氏东园",那是不确切的,东园是相对西园而言的,泰时在世时,还没有西园,西园乃泰时子徐溶所建。

泰时卒后,徐申继为园主。徐申初名申锡,字维岳,号文江,履和子,履祥侄,泰时堂弟。万历五年进士,除广东海阳知县,官至南京太常寺少卿、南京通政使。四十二年卒,年六十七岁。徐申仕有政声,详李维桢《南京通政司通政使徐公神道碑》、叶向高《嘉议大夫南京通政使文江徐公墓志铭》。下津桥东的"殿中执法"坊,即为其所立,且入祀乡贤祠。

徐申卒,泰时子徐溶继为园主。徐溶字清之,泰时侧室童氏所生,生七月,泰时去世,托孤于婿范允临。徐溶全赖姐夫范允临、姐徐媛抚养成人,历官工部屯田司员外郎。据《明史·魏忠贤传》记载,当忠贤盛时,徐溶也"佞词累牍,不顾羞耻",故当崇祯初罢黜阉党,就削职归里。

范允临为他向凌必正说情,《为清之上凌圣功书》说:"清之中落,往往有侮之者,不肖受先妇翁托孤之命,井救无补,致遗地下之憾。所望通好如台翁者,时时提之携之,使死者永切九泉之颂,生者欲矢千秋之报。"崇祯九年,徐溶四十岁,范允临作《寿内弟徐清之四十初度序》,一字未及其官履政声,只是说:"父所授产未折一箸,视昔有加焉,堂之构之者有人矣,播之获之者有人矣,春秋祠而踵而拜跪者有人矣。"

徐溶继为园主,年已十八岁,生长锦衣玉食之家,难免纨袴习气,曾恋一妓,为之死去活来,范允临作《与徐清之书》进行规劝。天启间,徐溶另起一园,在冶坊浜东,距榆绣园西里许,故称西园。徐溶既有榆绣园,为何又另起一园,范允临有诗《内弟清之构金屋重楼以居其宠姬九娘子且当笄旦适值帨辰诗以贺之》,隐隐透露了其中消息。另有一首《重过西园再晤六一怅念前惟感而赋此效李义山体》,应该作于徐溶落职以后,由西园而回想昔年榆绣园的盛况,诗云:"重上当年歌舞筵,不分啼笑各凄然。悲吟团扇羞憔悴,惜彩丝麻怨弃捐。金椀漫夸幽冥会,玉环虚拟后生缘。欲援锦瑟传心语,断肠清商五十弦。"

徐溶罢归后，自知仕途已绝，转而向佛，就将西园舍为复古归原寺，崇祯八年延报国茂林律师开山，改戒幢律院。钱谦益《吴郡西园戒幢律院记》说："郡城阊门外，一拘卢舍而近，有招提曰西园戒幢律院，故工部屯田司员外郎徐君溶之别业，房宇靓深，树木古秀，员外慕古人舍宅，斥之以供佛也。"明末，这个寺院兼园林，游屐络绎不绝，东园、西园的说法，也是这时开始流行的，如汪琬《过西园》云："松路榛门接细岑，水清石瘦却幽寻。潜龙尚有为霖势，倦鸟初无择木心。聊借闲身供啸傲，略扶病脚试登临。远公倘值莲华社，不敢攒眉向法林。"徐崧《过西园作》云："西园跬步近，日晚偶过从。不料清歌地，还瞻古佛容。露光千树月，风响一声钟。惘惘人间世，谁能识苦空。"

惜乎早期西园，未见具体的文献记载，整体布局不得而知，今戒幢律寺西花园，应该还稍存当年西园的遗迹。

二〇一九年七月二十五日改定

《生花梦》中的"东园"

《生花梦》十二回,署"古吴娥川主人编次"、"古吴青门逸史点评",卷首有序,末署"时癸丑初冬古吴青门逸史石仓氏偶题"。第一回有一段入话:"待我如今先说件最初近的新闻,把来当个比喻。这节事不出前朝往代,却在康熙九年庚戌之岁。"由此可以考知,序所署"癸丑",当为康熙十二年,《生花梦》即作于是年。

这部小说的情节,说的是明嘉靖间,湖广黄冈有贡鸣岐者,历官山西驿盐道副使,正告病在家,膝下有一子一女。时浙江平阳有少年康梦庚,父母双亡,至南都纳监。在镇江闻知当地恶少屠一门谋害良善,愤恨不平,将屠刺死。适逢鸣岐升山东观察使,携家赴任,于渡口相遇,嘉其侠义，经周旋得释，并携之同船赴任。鸣岐见梦庚有诗才，拟招为婿，而梦庚见贡小姐之诗，亦甚倾慕，乃互以诗为聘。至山东后，济南府通判之子钱鲁，贪求贡小姐，而贡小姐之兄玉闻亦妒梦庚之才，两人合谋，使丑婢假冒贡小姐。梦庚以为贡小姐原来无才无貌，被鸣岐所骗，遂不辞而别。时山西大盗沈昌国占王屋山起事，潞安府参将冯雨田接战，大败，被系于狱。冯女玉如文武双全，代父出战，刺死沈昌国，冯雨田免罪，降调苏州卫指挥使，不久病故，玉如独居东园。再说梦庚至金陵，乡试中式，旋至苏州，一日入东园游玩，见壁间题诗，遂和之，由是两厢爱慕，由冯父旧属葛万锤在东园开诗社，招梦庚为玉如夫婿。成亲前一日，梦庚被捉拿进京，乃一场误会，经会试，举进士，旋归苏州，欲娶玉如。时鸣岐赴任福建布政使，途经苏州，入住东园，于是贡小姐和玉如皆知梦庚聘而又聘之事。因玉闻至园中闹扰，玉如与婢女男装投葛万锤，不料为沈昌国弟定国引至盗贼寨中，玉如化名马玉，被迫与定国妹成亲，因佯称守父丧，不行夫妻事，众皆不察。马玉（即冯玉如）恐梦庚迎娶贡小姐，将其掳至寨中。梦庚至苏州，访玉如不得，及见鸣岐，言及往事，皆知为流言所坏。梦庚复至京中殿试，中一甲二名，授翰林修撰，告假归娶。途经淮安，复为马玉引至寨中，使之与贡小姐成亲，两人相见，惊喜交加。时鸣岐升任江南巡抚，统兵讨伐沈定国，定国战死，马玉则率军归降。最后，众皆至苏州，马玉主持梦庚与贡小姐再度成婚，次日，葛万锺主持玉如与梦庚成婚，至此，众方知马玉即玉如。不久奏明圣上，封鸣岐为工部尚书，梦庚为东阁学士，贡、冯两夫人为三品淑人，后又皆升迁，世代簪缨不绝云。

在小说中，苏州东园是重要的人物活动场景，相关描写文字，主要集中在第八回《东园赓雅调自许同心，南国有佳人再谐连理》里。

话说玉如将父亲的丧事料理完了，"便托人在阊关外赁了东园一所房屋，搬出衙门住下。小姐虽是女流，居丧守墓，哀毁骨立，一如男子无二。自此谨守闺门，将诸男子仆妇尽行分遣，止留二三女婢，并六十多岁一个老苍头，叫他种些园地，觑有机会，便图回籍"。

正在这时，梦庚来到苏州，"却在山塘上，虎丘相近，叫做白公堤，寻了一个幽静寓所安顿行装。正值深秋天气，菊花盛开，游人往来不绝。康梦庚终日携尊挈榼，恣意流连。见山塘七里,画楼雀舫,箫管蔽天,游女如云,万花若绮,康梦庚叹道,人说吴俗繁华,金阊富丽,果不虚传。便一意儿沉酣觞咏,寄兴林泉,花市调筝,珠楼走马,也不拜客,故此地人只认他是外方游士,并不知是个新科孝廉。一连住了两月,城里城外一应名山胜水,柳巷花街,品题殆遍。虽红妆满前,翠袖盈目,并没个可意人儿,不觉游情顿懒,闷闷不乐"。

然而东园之游,让梦庚的心情柳暗花明起来。"一日,独自个闲步出门,走过山塘,转至郊外,看看田间风景。绕岸沿堤,千纡百折,穿出一条小弄,见有重楼叠宇,曲水茂林,碧石嶙峋,丹枫绚熳,旁边一带石墙,里头花木蒙茸,另有一种幽雅之致,虽不比玉楼金谷,却清清淡淡,颇似山林景象。康梦庚见景致不俗,甚可消遣,只管流连瞻眺,久而不去。欲待走进一观,却无门径可入,只得湾湾曲曲,循溪旁柳,转过石墙左侧,一带短篱,修竹掩映,秀色可餐。步到竹篱尽头,却有个小小门径儿,门外画桥绿水,鸟声上下,高低树木,枝干扶苏,却双扉紧扣,满阶落叶,积而未扫。康梦庚在门隙里一瞧,见里面高棚短架,瓜蔬满园,宛似武陵溪头,只少个渔郎问渡"。

只见有个白须老儿在浇灌菜蔬,梦庚便以扇柄叩门,经一番交涉,老儿让他入园,园中景物固然幽妍,因问那老儿:"这座园子实是谁家所构,却有这般幽雅?"老儿道:"苏城之外有东西两园,都有绝妙景致。此间便叫做东园,一向原有这些游人往来,挟妓张筵,寻芳拾翠,终日玉人檀板,稚女清歌,四时不绝,相公不见《千家诗》上有个'东园载酒西园醉'么?只因旧年将这一带院子赁与人家居住,故把园墙砌断,只留这两扇小门在此僻静去处,杜绝了这些闲人往来,繁华境界已萧条大半了。"梦庚道:"清雅些正好,何必尚此纤秾俗态。不知可还有甚出尘去处,并烦引我去走走。"老儿道:"我同相公沿这一带石墙走去,转过曲水桥,有座玩花亭,亭的四围,种植四时花卉,倒也可观。"于是梦庚"便同着那老儿缓缓步至亭下,只见那亭子有数间广阔,回廊四绕,台沼空明,碧窗玲珑,朱梁藻耀,以及茶铛翠几,无不点缀精妍,而画箧诗筒,到处生花相映"。老儿向梦庚说道:"这亭子四时景物不凋,每逢春日就有山茶牡丹,碧桃红药,燕子双飞,莺声睆睆;夏则荷蕖莲叶,沼沚鸳鸯,茉莉纷披,荼藤掩映;至于秋景则有海棠金粟,篱菊芙蓉,曲榭迎凉,高台邀月;到冬日梨花赛雪,梅蕊含春,远山尽列琼瑶,远树皆发珠玉。所以我家小姐极爱这亭子,常常到此闲游,竟日不去,屡屡吟诗寄兴,写满壁间。只因往来游玩的人,没一个和得他来,故此尽情刷去,不留一字。"这"我家小姐"即玉如,一段姻缘由此开始。

就书中的叙述来看,这个"东园"应该就是阊门外徐氏东园。梦庚客寓山塘,沿街而西,至半塘寺折南,过彩云桥迤南,就是田野风景了,"绕岸沿堤,千纤百折,穿出一条小弄",那就是花埠,清代这一带均属彩云里。花埠最大的园子就是徐氏东园。东园本名榆绣园,当徐溶在园西一里许再建一园后,才有东园、西园之说,故那老儿说:"苏城之外有东西两园,都有绝妙景致。"

如果从园史上考察,东园在清初已析为民居,范来宗《寒碧庄记》说:"东园改为民居,比屋鳞次,湖石一峰,岿然独存,馀则土山瓦阜,不可复识矣。"这是嘉庆初刘恕重修为寒碧庄前的情景。《生花梦》写于康熙十二年前,当时东园虽已开始败落,主人亦不能落实,但景观尚在。《生花梦》的作者娥川主人是苏州人,这处名园,自然是游过的,就其描写来看,园墙之外,较为具体,似也接近当时的情形,园内则已分割,"赁与人家居住",故书中只写了"玩花亭"一隅。小说家言,不可据为典要,娥川主人只是借着园子说事,很难说书中描写的,就是东园实景。有一点则可以肯定,当时东园已析为民居,尚未颓废,仍可居可游,也应该是事实。

二〇一九年七月二十七日改定

瑞云峰故事

瑞云峰,玲珑高耸,相传朱勔采自洞庭西山,未及启运而朱勔败,弃置荒野,至明万历年间,辗转而为苏州榆绣园主人徐泰时所得。凡游园者,都对这一石峰留下深刻印象。姜埰《秋日游徐氏东园》四首之一云:"徐氏园林在,招寻独倚筇。三吴金谷地,万古瑞云峰。宿莽栖寒雁,澄潭伏蛰龙。西园花更好,香陂起南宗。"徐崧《题瑞云峰》云:"一片玲珑石,神功讵琢成。瑞分芝草秀,奇合夏云生。未肯随朱勔,还应傍冏卿。至今荒垅上,剑水气英英。"

瑞云峰乃花石纲之遗,几经辗转,至万历间归徐泰时,但这个辗转过程,说法很不一样。更让人惊叹的是,在运输瑞云峰时，舟过太湖，峰盘俱堕落水中，又失而复得，说法也很不一样。但这个神奇故事，流传很广，增添了瑞云峰的神秘和诡异。

一说先为陈霁所有，正嘉间置于横泾上堡园中，转归徐泰时岳父董份，再归徐泰时。潘永因《续书堂明稗类钞》卷十引周玄暐《泾林续记》："祭酒陈霁，家东洞庭，资累巨万。造房，厅事拟于宫殿。辟花园，广百亩，累石成山，极具巍峨。市一主峰，高丈许，阔三丈，载以木筏，重弗能胜，沉太湖中。筑堰壅水，百车共戽，几一月，水涸石露，曳之登筏，非原石也。复捞之，乃获。先所得石，乃其坐盘，若天作之合者。陈置园中，巨伟无匹。后裔式微，转售董浔阳，广用工费，运抵南浔，未及竖立，浔阳没，子孙相继夭折。其婿徐舆浦，掩为己有，载归阊门。"徐树丕《识小录》卷三说："瑞云峰，出自西洞庭，为朱勔所采，上有'臣朱勔进'四字，会靖康乱，未进，弃诸河滨云。先王母之祖陈司成公，讳霁，家于吴县横泾之上堡，治第宏壮，按经藏数，凡五千四百八十间。堂前峰石五座，其最巨者曰瑞云，层灵叠秀，挺拔云际，诚巨观也。青鸟家或言类火形，不利宅主，遂断去六七尺，犹高三丈馀。初，司成公采自西洞庭,渡河舟坏,沉一石,并沉一盘,百计不能起。土人云,以泥筑四面成堤,用水车车水令干。凡用千有馀工,石始出,盘竟弃,不能举。其后归之湖州董宗伯份,舁石至舟。或教以捣葱叶覆地,地滑省人力,凡用葱万馀斤,南浔数日内葱为绝种。载至前坏舟处,石无故自沉,乃从湖心四面筑堤,如司成沉石时,筑岸成堤,架木悬索,役作千人,百计出之,乃前所沉石盘,非峰也;更募善泅者,摸索水底,得之一里之外,龙津合浦,始为完璧。咸怪异,以为神。计司成公沉石时,恰甲子一周。会宗伯罢官,遂讫宗伯之世,置而未垒者二十馀年。家囧卿,讳泰来,宗伯婿也,载以归吴之下塘,所坏桥梁不知凡几。"

一说先为王鏊所有,弘正间置于吴县洞庭东山园中,后归徐泰时。姜绍书《韵石斋笔谈》卷上"瑞云峰"条说:"震泽洞庭之麓,产奇石焉。宣和中,朱勔得神运峰于鼋山,广百围,高六仞,殚东南民力运入汴京,为艮岳群峰之长。今姑苏徐氏园之瑞云峰,亦其流亚也,峰峦秀拔,岩崿嵌空,苍润嶙峋,耸立林表。初在王文恪别墅,后归太仆徐君,徐营菟裘于吴门,移置此石,联舟载之。既至湖心,风狂浪涌,舟败石沉。于是寒波万顷,遥浸月华;素练千层,倒沉云影。狰狞渊底,恒惊跃浪之鲸突;兀波心长,为秋水之骨犀。然牛渚孰窥水府神奇,剑入龙津,莫测波臣变化。徐君素有平泉之癖,反为望石之夫。广募渔人,泅于浩淼,若蜑户之探珠,类舟人之求剑。忽觉洪涛中崔巍影现,仿佛似之,乃编巨筏、设绞车,千夫竞拽,登之水湄,则块然如盘,非复故物。就而视之,即斯石之座也。徐君得鱼思筌,仍百计旁求,冥搜于蛟阙。渔人复于深潭,揣得石骨,越壑穿岩,足指几裂,益以千寻绲索挽而出之,如巨鳌载山,横截波面,宛然原石也。乃知神物会集,确有机缘,云峰不沉,盘石不出,珠还璧合,夫岂偶然。"

一说瑞云峰即小谢姑,先为董份所得,再归徐泰时。张岱《陶庵梦忆》卷二《花石纲遗石》说:"大江以南,花石纲遗石,以吴门徐清之家一石为石祖。石高丈五,朱勔移舟中,石盘沉太湖底,觅不得,遂不果行。后归乌程董氏,载至中流,船复覆。董氏破资募善入水者取之。先得其盘,诧异之,又溺水取石,石亦旋起。时人比之延津剑焉。后数十年,遂为徐氏有。再传至清之,以三百金竖之。石连底高二丈许,变幻百出,无可名状,大约如吴无奇游黄山,见一怪石,辄嗔目叫曰:'岂有此理,岂有此理!'"

金元理《太湖备考》卷五说:"小谢姑,在大谢姑旁。"自注:"按旧志云,有若二女,娟好相对立者。今二山低与水平,无山之形,娟好何在?相传朱勔采石时,二山一空,其主峰即艮岳之昭功神运石,封为盘固侯者也。"又卷十录吴庄《谢姑山》诗云:"闻说凌波大谢姑,装成艮岳一峰孤。瑞云飞入西园去,谁写浔阳载石图。"自注:"宋朱勔花石纲,采大谢姑顶峰入汴,置御苑艮岳。明季董尚书份购归南浔,其婿徐某乞之,移置阊门外之西园,名曰瑞云峰。今园废而石犹存,四面皆踏布房,石已嵌砌入墙。"

以上三种说法,先陈霁后董份再徐泰时一说,来得比较合理。

陈霁字子雨,号苇川,苏州府吴县人。弘治九年进士,官至国子监祭酒,正德十三年被诬劾,自陈致仕,嘉靖十八年卒,年七十五。据张邦奇《明故国子监祭酒进阶中宪大夫苇川陈公墓志铭》记载,其家"世以赀雄",故有庄园在家乡水东横泾上堡,规模宏大,见前引《泾林续记》、《识小录》。

董份字用均,号浔阳山人,又号泌园,湖州府乌程县人。嘉靖二十年进士,官至礼部尚书兼翰林学士,万历二十三年卒，年八十六。有园在南浔，申时行《寿大宗伯董师六十序》说："居有园池台榭、禽鱼花木之胜，吟啸偃仰，与高旷玄逸之士为胶漆，其致远矣。"

瑞云峰先后在陈霁、董份园中，但都没有见到第一手资料。按徐树丕《识小录》卷三的记载，约正德八年前后，陈霁得瑞云峰于洞庭西山，"恰甲子一周"后为董份所得，是在万历初，董份"置而未坚者二十馀年"。董份卒后，才归女婿徐泰时，故当在万历二十三年后。二十四年，江盈科作《后乐堂记》，未曾提及；二十五年，袁宏道作《园亭纪略》，瑞云峰已赫然在园中。

相传瑞云峰是不祥之物，为防其作祟，故都不竖起，冯梦祯《快雪堂日记》卷十说："本朝陈祭酒、董宗伯与太仆公俱得之而不能竖，当有待也。"据袁宏道《园亭纪略》记载，"堂侧有土垅甚高，多古木，垅上太湖石一座，名瑞云峰，高三丈馀，妍巧甲于江南。"似乎是竖起的，如果说，泰时于万历二十五年竖起，明年即病卒，相传乃此石作祟之故，家人又将其推倒，并讳其事，故冯梦祯所记，也是不错的。继而徐申复竖起，徐申又卒，潘永因《续书堂明稗类钞》卷十引周玄暐《泾林续记》说："未几，舆浦下世,复归侄徐文江。方叠起,而文江告殂,似石为祟云。"泰时之子徐溶再竖起,徐溶又卒,徐树丕《识小录》卷三说:"未几,冏卿捐馆,五峰高卧深林茂草中复四十年。冏卿子中翰竟起之,不逾年而中翰死,相传以为不祥之物云,至今犹树于东园废圃。"按泰时卒于万历二十六年,徐溶四十年后复竖起,不逾年而卒,则徐溶卒于崇祯十一年,年四十二。

瑞云峰虽为不祥之物,但它失而复得、峰盘相合的离奇故事,流播久远,也附会到其他园林的峰石上,以增添神奇,如晚明松江顾正心熙园中一石,就是如此。张宝臣《熙园记》说:"堂前一巨石,高十丈许,四面玲珑,真襄阳谱中物。初得是石,未有盘,载至泖泾,舟覆石沉,牵挽而出,先得盘,次乃得石,合之,其旧偶也,珠还剑合,岂独神千古哉。"叶梦珠《阅世编》卷十也说:"内有一峰雄峙,乃天然生就,非藉积累而成,高十馀丈,俯阚诸峰,有飞舞之势,非数百人不能举,故至今尚存。相传载此石归时,忽沉于泖,募习水者以巨绁下牵挽之,其下更得一石,合之乃其座也。一时惊传,谓有神助,迄今独逃劫外,不信然哉。"熙园之石,高十馀丈,颇不可思议,与瑞云峰又际遇相似,更不可思议矣。

至清初,榆绣园散为民居,瑞云峰已在踹坊中茅厕之侧。过者见之,往往为之可惜,因大都不知其为不祥之物也。朱象贤《闻见偶录》就说:"吴郡阊门外下塘上津桥之北里许,有太湖石一座,高二丈馀,玲珑妍巧,世无伦比,其石盘之佳,亦不可及。峙立于踹坊厕屋之隙,予甚惜之。""嗟乎!金阊为商贾辐辏之地,岂乏富厚有力之家,何以任其埋没而不顾耶?有爱惜之者,苦无其力,而有力之人,又皆惟利是图,是以神物在前,而不知一为鉴赏,良可慨也。""今瑞云峰虽沦于粪壤,犹幸尚存,可望将来之高雅君子重为鉴赏,辟其地而珍护之也。"

乾隆四十四年,苏州织造全德将瑞云峰移置织造府行宫西花园内,以供宸赏。织造府址,即今第十中学,瑞云峰至今尚在,只是与周边环境不能搭配,森森然一大石而已。

二〇一九年七月二十八日改定

冠云峰故事

徐泰时榆绣园有中三石,均为花石纲之遗。冯梦祯《快雪堂日记》卷十记万历二十六年九月二十日,"游榆绣园中,规制甚宏而少宛曲清远之致,独朱勔所遗花石纲石三枚为最奇",其一瑞云峰,另外两石,冯梦祯未记其名。后世则三石各有其名了,顾震涛《吴门表隐》卷一说:"瑞云、紫云、观音三峰,玲珑高耸,宋朱勔所得,后归郧阳董氏,移置东园徐氏。瑞云峰,乾隆四十四年移之织造府西行宫内;紫云峰,久失;观音峰,今屹立半边街踏坊外。"所谓观音峰,即冠云峰。

清初,榆绣园散为民居,分而析之。嘉庆初年,刘恕购得园之大部,修葺寒碧庄,独遗东部一区,仍为踏坊所占,而冠云峰就在园外踹坊的庭院里。

叶廷琯《鸥陂渔话》卷三"观音峰"条说:"'顽云堕地尚巍然,雨溜苔穿不计年。欲问平泉兴废事,夕阳无语下层巅。'此程序伯廷鹭为余作《东园访石图》题句也。东园相传是前明徐太仆别墅,距上津桥西北半里地,久废为踹坊,皆布商所佣踹布者居之。墅中旧有奇石曰观音峰(疑是'冠云'之讹,以石巅高耸四展如冠也),高逾三丈,极嵌空瘦挺之妙。刘蓉峰观察丈恝寒碧山庄与之邻,丈故有爱石癖,尝欲移置庄中未果,至今屹立踹坊檐外,所与伍者,残甓败甏而已。闻其地本有二石,其一瑞云峰差小而玲珑过之,亦名缀云,徐太仆移自洞庭王文恪别墅者,见姜绍书《韵石斋笔谈》。乾隆某年,尚衣使者辇峙城中行宫,获邀宸赏。而观音峰以过钜见遗,殆可以《感士不遇赋》移赠者矣。贝子木青乔曰,向见李客山《归咏堂杂缀》,纪此峰本宋花石纲所遗,自缥缈峰辇运至此,适朱勔事败,遂未入艮岳云云。据此则前后两遭屏弃,此石之遇,真可谓蹇矣。"

冠云峰之所以又称观音峰,以其形似也,特别是顶石,呈围合状,很像妇女的风帽,帽后沿披至颈后肩际,故人称其为观音兜,道光某年被大风吹落。韦光黻《闻见阐幽录》说:"半边街即东园里故址,有石特立三四丈,俗称观音峰,旧属徐冏卿园中物,其瑞云峰已移入郡中行宫,此石弃置踏布坊隘巷,夭矫特立,意态雄杰。前年有旋风起,忽失其上石顶,俗称观音兜者,后亦无他异。"观音兜既已失去,与观音的形象就很难联系起来了。

咸丰十年,苏城遭太平军兵燹,阊门外几成废墟,惟刘氏寒碧庄意外地保存下来。同治十二年,寒碧庄为武进盛康所得,设龙溪盛氏义庄,买田数千亩,以济宗族,又重葺园中诸构,于光绪二年竣工。主人因袭刘园之名,谐音改名留园。俞樾《留园记》记下了这一变迁:"咸丰中,余往游焉,见其泉石之胜,花木之美,亭榭之幽深,诚足为吴下名园之冠。及庚申、辛酉间,大乱荐至,吴下名园半为墟莽,而阊门之外尤甚。曩之阓城溢郭、尘合而云连者,今则崩榛塞路,荒葛冒涂,每一过之,故蹊新术,辄不可辨,而所谓刘园者,则巍然独存。同治中,余又往游焉,其泉石之胜,花木之美,亭榭之幽深,盖犹未异于昔,而芜秽不治,无修葺之者,兔葵燕麦,摇荡于春风中,殊令人有今昔之感。至光绪二年,为毗陵盛旭人观察所得,乃始修之平之，攘之剔之，嘉树荣而佳卉苗，奇石显而清流通，凉台燠馆，风亭月榭，高高下下，迤逦相属。春秋佳日，观察与宾客觞咏其中，而都人士女，亦或挎裳连袂而往游焉。"吴云为题"留园"额，跋曰："苏州富庶甲天下，金阊门外尤称繁盛。庚申变起，环数十里高台广厦，尽为煨烬，惟刘氏一园岿然独存，天若留此名胜之地，为中兴润色也。顾十数年来，水石依然，而亭榭倾圮。吾友盛旭人方伯傲寓吴门，慨园之将废也，出资购得之，缮修加筑，焕然一新。比昔盛时更增雄丽，卓然遂为吴下名园之冠。工既竣，方伯谓园久以刘氏著称，今拟仍其音而易其义，仿随园之例，即以留园名。属为书额，因并记其缘起。时光绪丙子秋八月，归安吴云识。"

盛康得园后，冠云峰仍在园外，光绪十四年至十七年，增辟东部和西部，方将冠云峰一区纳入园中。朱紫贵《刘光珊属绘东园访石第二图并题》小序说："寒碧山庄昔为余师刘竹溎先生旧居，饶泉石花木之胜。园东有宣和花石纲所遗冠云峰，矗有民居数百家绕之，虽大力者不能徙，竹师乃于园东筑楼观之，曰望云也。咸丰初，余从竹师习六法，频登斯楼，老友叶调翁作《东园访石图》，今弹指五十馀年,竹师、调翁墓木拱久矣。庚申乱后,园归盛氏,冠云峰前之数百家亦化为荒烟蔓草,惟此峰岿然独存,盛氏复购得之,爰辟园墙规进之。"潘敦先《留园兰社口占》有云:"名园旧迹石林留,曾记童年撰杖游。此日冠云峰下立,落英芳草动人愁。"自注:"石林小院为留园旧迹,幼时侍先大夫游,到此已止,今东西两园及冠云诸峰皆后来展拓。"

光绪十八年,俞樾作《冠云峰赞》,序说:"盛旭人方伯买刘氏寒碧山庄而葺治之,名曰留园。园之旁有奇石焉,所谓冠云峰焉,方伯以善贾得之。张子青相国时抚三吴,手书'奇石寿太古'五字以赠。岁在辛卯,购得其前之隙地而筑屋焉。嗟乎!此一石也。刘氏曩时不能有,而方伯始有之,方伯虽有之,历二十馀年之久,而后此石始入于园中,自兹以往,长为园中物矣。太古之寿,其验于此乎。因为之赞,以贺其遭。"这篇赞序录自《春在堂杂文》五编八,文字与留园林泉耆硕之馆屏刻稍异。

冠云峰入园,为园中又添一景。据宣统二年郑恩照绘《苏州留园全图》标注,环绕冠云峰,南有鸳鸯厅,北有仙苑停云楼,峰东有冠云亭,峰下辟浣云沼,沼西建冠云台。鸳鸯厅面北匾曰"林泉耆硕之馆",面南匾曰"奇石寿太古"。正间脊柱间置六扉银杏木槅屏,面北屏上刻俞樾《冠云峰赞》,款署"光绪壬辰夏仲,德清俞樾撰,三韩惠荣书";面南屏上刻《冠云峰图》,款署"壬辰五月廿日同人集怡园,廉夫、心兰、墨畊与窓斋合作",廉夫是陆恢,心兰是金冷香,墨畊是倪宝田,窓斋是吴大澂,都是晚清苏州文化名流。由东部一区的营建和装潢来看,盛康对冠云峰确实珍爱有加。

二〇一九年七月二十九日改定

徐廷裸东园

徐廷裸字士敏,号少浦,直隶昆山县籍太仓州人。嘉靖三十八年进士,授河南濬县知县,历任浙东分守道、浙江提刑按察司佥事。万历四年,与钱塘知县姜召重建西湖湖心亭,田汝成《西湖游览志》卷二、张岱《西湖梦寻》卷三均记之。

万历六年,徐廷裸以承宣布政司左参议致仕,僦居郡城,买吴氏东庄旧址治园。因园在葑门内天赐庄东,今苏州大学本部,故人称东园,或称徐少参园。园的营建,乃因地制宜,分段进行。徐廷裸赋归之初,园中并无大的构建,郭谏臣《徐少参宦游初归赋得东园春奉寄》云:"江城佳胜在名园,花木逢春各竞妍。鸭绿波光浮丽日,鹅黄柳色弄轻烟。游人久许携樽过,旧客还容借榻眠。寄语初归东道主,暂时相赏是良缘。"可见起先还是利用东庄的山水格局和花木资源,加以修葺和增筑。

至万历十六年二月,王世贞来游,就大大不同了,园中景观迥异,让人耳目一新,《游吴城徐少参园记》说:"郡城之坎隅,有水木冈阜之胜,甲于一城,友人徐少参廷祼治之十年矣。或曰故吴文定公东庄也,后人芜而它属焉。万历之戊子仲春十六日,余赴留枢过郡,徐君与蒋少参梦龙醵而见要,至则日亭午矣。启西门而入,复过一门,小轩以憩客。更西一门,呀然而辟,崇堂五楹,雄丽若王侯,前为大庭,庭阳广池,三隅皆山,卉树蓊霭,冈岭遒峻。徐君乃呼小舫御之,载酒舫尾,前一舴艋为鼓吹,导绕出山后,逶迤长溪,至西阁而休。阁东枕溪而西为台,台广平,可以望月。饭已,迤逦而下,则有三篮舆候丛竹间。余谓竹茂密,或舆妨,既而不告妨也。已得石径,逶迤上下,或峻或夷。余谓当益舆妨,既而复不妨也。乃徐君已先试舆竹中,妨则芟之,其始治岩岭亦然,余今而后知余之拙于山也。前历深洞,登绝顶,主峰最雄壮。复下穿至一岩前,凭朱栏罄折,依水玉蝶梅数株丽之,为举数大白。复前陟降几百许武,则瀑布岩出矣。岩陡削可三丈许,仰而望之,势若十馀丈者,叠乱石为峭壁,隃天成已,岩鼓瀑瀑,自山顶穿石虢而下,若一匹练,中忽为燕尾,迸入小圆池,千珠逆喷,复繇池窦而绕余前,浮觞渺渺,争先取捷,久之瀑水益雄,布羼于地,卧而观之,面发沾洒,诵'映地为天色,飞空作雨声'句,大叫称快,酒至数十叵罗不能醉。盖徐君预蓄水十馀柜,以次发之,故不竭。吾不知于龙湫开先若何,慧山两王园故真泉,业弗如也。日下春,为它主人所挽,悒悒而别。"

就王世贞的记述来看,园中主要有两大景观,一处是"崇堂五楹","前为大庭,庭阳广池,三隅皆山",这符合明代造园的典式。另一处是"叠乱石为峭壁","岩鼓瀑瀑,自山顶穿石虢而下","徐君预蓄水十馀柜,以次发之",这是富有创意的,虽由人工,却大大丰富了园景,让游人兴趣倍增。王世贞一见,不由叹为奇绝,《咏徐园瀑布流觞处》云:"得尔真成炼石才,突从平地吐崔巍。流觞恰自兰亭出,瀑布如分雁荡来。片玉挂空摇旭日,千珠蹙水沸春雷。醉能醒我醒仍醉,一坐须倾一百杯。"万历二十三年,袁宏道来任吴县知县,也往游徐园,《饮徐参议园亭》云:"古径盘空出,危梁溅水行。药栏斜布置,山子幻生成。欹侧天容破,玲珑石貌清。游鳞与倦鸟,种种见幽情。"他同样对人工瀑布留下深刻印象,《园亭纪略》说:"近日城中,惟葑门内徐参议园最盛,画壁攒青,飞流界练,水行石中,人穿洞底,巧逾生成,幻若鬼工,千溪万壑,游者几迷出入,殆与王元美小祇园争胜。祇园轩豁爽垲,一花一石,俱有林下风味,徐园微伤巧丽耳。"所谓"微伤巧丽",就是对徐园人工痕迹的委婉批评。

另外,徐园着意编好了游览线路,先坐小船走水路,"载酒舫尾,前一舴艋为鼓吹",登岸,则坐蓝舆走陆路,曲折高下,至瀑布下饮酒。王世贞《徐参议邀游东园有述》云:"君是当年徐湛之,一时风尚在园池。轻篮出没疑秦岭,小艇回沿似武夷。渐入深崖青窈窕,忽排连岫玉参差。不知处处梅花发,羌管犹烦特地吹。"园中造景,想来也是按游览线路设计的,这在前人造园中颇为鲜见。

王世贞分析了万历时苏州的几家园林,他在《古今名园墅编序》中说:"若吾郡城中外所游,王文恪孙太常有壬与徐封园,饶佳石而水竹不称;徐参议廷祼园,因吴文定东庄之址而加完饬,饶水竹而石不称;徐鸿胪佳园,因王侍御拙政之旧，以己意增损，而失其真。"其中"王文恪孙太常有壬"园，即西城桥西的怡老园，王有壬官至太常寺少卿，园乃其父大理寺右寺副王延喆所建；"徐封园"，即阊门下塘东野堂，俗呼墨川园，后改紫芝园；"徐鸿胪佳园"，即北街拙政园，徐佳乃徐封弟，援例授鸿胪寺序班。王世贞认为徐廷裸园"饶水竹而石不称"，乃由比较而来，水竹或袭东庄之旧，而叠石与之不和谐，似乎并不认可人工痕迹过重的山洞、水涧、磴道，甚至包括瀑布，应该还是受传统造园观念的制约。

恕我孤陋寡闻，园林中的人工瀑布，大概是从徐廷裸园开始的，赵宧光寒山别业继之。

赵宧光寒山别业，起建于万历二十二年，中有千尺雪，就在崖上蓄水，一旦拔去牗板，就飞流直下了。清康熙五年，归庄游寒山，他在《观梅日记》中说："至化城庵，庵有绝壁深渊，名千尺雪，故处士赵凡夫所凿也。僧家以石壅涧，泉流甚细，黄有三为抉去石，遂成奔流，其声淙淙。"高宗南巡，五次驻跸寒山，地方上早早作了准备，在千尺雪崖上蓄满了水，以供宸赏，御制《千尺雪歌序》就说："吴中寒山千尺雪，自赵宧光疏剔之后，脍炙人口久矣，然未免藉人工。"但高宗还是非常喜欢这种人工小趣味，下旨在西苑、盘山、热河的行宫里分别命名或营造千尺雪景观。热河避暑山庄的飞瀑一景，圣祖时已有，高宗改称千尺雪，御制《观瀑亭纪实记》揭示了这一瀑泉的真相："按亭仰对石壁，俯临溪水，石壁名为涌翠岩，亦皇祖御题也。其上三间佛宇，傍有池，瀑水泻自池，擘石壁而出，飞流落长溪，溪上构亭，观瀑所以得名也。但瀑之源乃出佛宇傍之池，而池中实无泉源。康熙年间，于兹寺西，历数谷壑，寻得一山泉，接木板匣为沟渠，沿山边谷壑，引流至寺池，乃擘石壁而下，则诚飞瀑矣，飞瀑诚真飞瀑乎？以皇祖圣明，无微弗照，不过藉司工者之巧，为托缀景之虚名而已。"可见康熙时山庄也有人工瀑布。

集檐溜为瀑，乃是人工瀑布的传统办法，计成《园冶·掇山》说："瀑布如峭壁山理也。先观有坑，高楼檐水可涧至墙顶，作天沟，行望山顶，留小坑，突出石口，泛漫而下，才如瀑布。不然，随流散漫不成，斯谓'坐雨观泉'之意。"这种人工瀑布，如果不雨就看不到了。至明末清初，人工瀑布的技术才成熟起来，可以钱谦益拂水山庄、秦氏寄畅园、王熙怡园为代表。

钱谦益拂水山庄在常熟虞山之麓，初为瞿纯仁筑，以为读书结社之所。万历后期归钱谦益，崇祯三年移家山庄，建耦耕堂，改建明发堂，又建朝阳榭、秋水阁、花信楼、留仙馆、玉蕊轩诸胜。钱谦益与当时叠山家张南垣涟交善，戴名世《张翁家传》说："常熟钱尚书、太仓吴司业，与翁为布衣交，翁好诙谐，常嘲笑两人，两人弗为怪。"就请张涟来规划、设计，主持造园之事。其人工瀑布，即利用拂水岩之涧流。钱谦益《明发堂记》说："拂水之涧绕墓前，穴墙而出，以注于檐下。雨过泉雍，水石斗击，蛇龙攫拏，风雷喧豗，溃而西倾，折回直舒为漫流，闸束崖旋，渍沸土瀑，潆然而下，经第五桥，以入于明堂之水。梁简文所谓'拂水县流，天河俱会'者，循行吾栏槛之间，犹砚池带水也。涧之泆流，又折而北，汇于堂之西，石壁之下，有泉湛然，所谓归来泉也。泉之下，泂池蓄停，涧石平布，其西筑室方丈，幽荫荟蔚，翠蔓蒙络，日车苍凉，月轮穿漏，此吾堂之别馆也。"山庄有八景，"春流观瀑"乃其一景，钱谦益《山庄八景诗·春流观瀑》序曰："山泉县流，自三沓石下垂，奔注山庄，汇为巨涧。今旋折为阡之界水，遇风捍勒，逆激而上，则所谓拂水也。"诗云："拂水县流万壑连,空山一夜响飞泉。奔为匹练垂三沓,挽作银河向九天。风急蛟龙看喷洒,月明琴筑听潺湲。老农未办为霖手,抱瓮朝来省灌田。"康熙三十二年春,查慎行往访山庄,虽已物是人非,但其理水系统尚在,《拂水山庄三首》有"峥嵘怪石苔封洞,曲折虚廊水泻池"之咏。

秦氏寄畅园在无锡惠山下,康熙《无锡县志》卷十七说:"寄畅园在惠山寺左,本僧居,曰南隐,曰沤寓。正德中,秦端敏公金并其地为园,名凤谷行窝,其中乔松古木合围者以数百计,后倚一墩。周文襄公忱至山寺,以形势左豁,命聚土筑之。其园苍凉廓落,初下以一亭一榭为奇,后六十年归其族孙都宪燿,始增葺焉,易其名曰寄畅。后颇分裂,三传而封庶士德藻又合并改筑之。先是云间张南垣涟,累石作层峦,浚壑宛然天开,尽变前人成法,以自名其家。数十年来,张氏之技重天下,而无锡未之有也。至是以属涟从子名鉽者,俾毕其能事以为之。园成而向之所推为名胜者,一切遂废。厅事之外,他亭榭小者,率易其制而仍其名,若知鱼槛之类是也。又引二泉之流,曲注层分,声若风雨,坐卧移日,忽忽在万山之中。"当万历二十五年,秦燿改建寄畅园后,就有"飞泉"一景,王穉登《寄畅园记》说:"曲涧水奔赴锦汇,曰飞泉,若山峡春流,盘涡飞沫,而后汪然渟然矣。"秦燿《寄畅园二十咏·飞泉》云:"雨溢忽飞泉,泉流注深谷。我欲往从之,褰裳濯吾足。"宋懋晋《寄畅园五十景册》亦绘之。由"雨溢忽飞泉"一句来看,平常是看不到飞泉的。至清顺治十二年前后,秦德藻重建寄畅园,延张涟侄子张鉽主持工程,就"引二泉之流",并作了约束水流的技术处理。邵长蘅《游慧山秦园记》说:"泉瀺瀺石罅中,鸣声乍咽乍舒,咽者幽然,舒者淙然,坠于池,㴩然渊然。"钱澄之《惠山秦氏园遇主人以新翁索诗》有云:"秦氏园林风物清,最怜绕院引泉行,平泉淼淼来无际,曲涧淙淙有去声。"吴绮《寄畅园杂咏·三叠泉》云:"绝顶名泉注,奔流向此间。云飞千尺涧,雪溅六朝山。迅急欲何似,琤琮知未闲。独来尝倚杖,清听不知还。"陈维崧亦有《瑶台第一层·秦园月夜听泉声用艺香词韵》。可见园中水泻也急,水声也响,如果只是潺湲流淌,就没有什么希罕了。

王熙怡园在北京南半截胡同,则用辘轳汲水,辗转而入园中。康熙三十六年,王源作《怡园记》,描绘了园中的水景:也是用人工手段,让园中之水成为活水,王源《怡园记》说："堂前为池，激水悬流，自山潺湲下，凡四五汇焉，山之坳，廉之曲，洞之阻，无不同，泠泠互响。而登堂必自水中履石，接山麓石梁然后达。源向游锡山秦园，规模与此别，而致则一。顾秦园水引惠泉，京西地高，乃辘轳转井于山之外。"张英《寄亭治具游宛平相公怡园》云："胜日园林爱探寻，多君载酒复携琴。凭临杰阁岚光满，偃息高斋树色深。花槛新添芳砌外，泉声旧落古藤阴。不辞夕照归偏晚，丘壑由来本素心。"辘轳汲远水而来，居然还能听到"泉声"，那也必定有控制水流的技术。怡园乃张涟子张然所造，王士禛《居易录》卷三说："大学士宛平王公，招同大学士真定梁公、学士涓来兄（泽宏）游怡园。水石之妙，有若天然，华亭张然所造也。然字陶庵，其父号南垣，以意创为假山，以营丘、北苑、大痴、黄鹤画法为之，峰壑湍濑，曲折平远，经营惨淡，巧夺化工。南垣死，然继之，今瀛台、玉泉、畅春苑皆其所布置也。唐杨惠之变画而为塑，此更变为山水，平远尤奇矣。"避暑山庄的飞瀑一景，今已不可考其作者，既然"瀛台、玉泉、畅春苑皆其所布置"，则张然也有可能参与避暑山庄的营建，飞瀑一景或就出自他的手笔。

张涟设计拂山山庄，引水入园，或成瀑布，或成涧流，或许是从徐廷裸园得到的启发，则更自然化，不再采用"预蓄水十馀柜，以次发之"的笨办法。造园世家，衣钵相传，张然造怡园，张鉽改寄畅园，将自然景观的呈现，巧借于人工的技术，或许就是他们的独门绝艺。

在苏州城中，引水入园亦有之，潴成池塘，流为溪涧，因为没有落差，也就难以制造瀑布，只能利用雨水或安置水柜。如环秀山庄（旧称颐园或耕荫义庄）西北角假山，利用屋檐雨水，流注池中，略有瀑布之意；另一处瀑布在东南角假山上，于石后设水槽承受雨水，由石隙间宛转下泄，仅夏季暴雨时如昙花一现。此即金天羽《颐园记》所谓"余踞磐石听之，笛声摇曳出翠微间，而涧瀑自墙外来，应节相和"。狮子林则于问梅阁屋顶置水柜，其北累石为瀑布四叠，但水柜不常开，不过聊备一格而已。

徐廷裸的这个园子，命运并不好，主人未故，园已破残。沈瓒《近事丛残》卷一说："徐少浦，名廷禄，苏之太仓人，后居郡城，为浙江参议。家居为园于葑门内，广至一二百亩，奇石曲池，华堂高楼，极为崇丽。春时游人如蚁，园工各取钱方听入。其邻人或多为酒肆，以招游人。

入园者少不检,或折花号叫,皆得罪,以故人不敢轻入。其所任用家僮,皆能致厚产,豪于乡,乡人畏之如虎。有周宾者,尤恣横,壬辰岁为按院所访,及被害人等告发,行吴江县问拟强占人妻绞罪,死狱中。至壬寅,有陈进士允坚为令尹,近卒,其家眷自墓所归,路逢徐仆辈相争殴。陈之子仁锡已为孝廉,集群孝廉举词长洲邓令君云霄,尽法究治,凡家人俱捕禁,苔责荷杖,乃至门无阍人。参议公与公差人隔阃阖扉而语,无人怜援之者。其园居亭榭山沼,尽为里人及怨家拆毁过半。不久,参议亦死,丧葬吊送者少。死后其子复犯人命,至吴江检审,刘令君罚银二千以助塘工,其事乃已。徐氏遂以不振。今园仍在,乃托别官之名主管之,以避祸,而堂阁之间,已鞠为茂草矣。"

沈瓒字孝通,号定庵,苏州府吴江县人,万历十四年进士,授南京刑部江西司主事,历官广东佥事,四十年卒,年五十五。他目睹了徐廷祼园的兴衰。

二〇一九年七月三十日改定

顾禄与山塘别业

顾禄字铁卿,嘉道间吴县人,因作《清嘉录》、《桐桥倚棹录》而名闻于今世,凡对旧时苏州社会生活、岁时风俗有兴趣者,无不知顾铁卿禄也。关于他的生世和著作,我在点校本《桐桥倚棹录》(中华书局版)前言中有比较详细的介绍,在此不再饶舌,只说点他与山塘别业的事。

道光二十年,顾禄四十七岁,为了养病,寄居山塘,先是在塔影山馆,后又移抱绿渔庄,《桐桥倚棹录》就是他寄居山塘别业时做出的成绩,褚逢椿序说:"顾君总之有别业在斟酌桥西,年来养疴水阁,白袷芒鞋,间与花农钓叟相往还,遍历名胜,周知故事。仿顾云美《虎丘志》例,辑成一书,病乾隆间任《志》之浅漏而一归精当,名之曰

《桐桥倚棹录》。"他在塔影山馆住了不到一年,在抱绿渔庄则住了两三年,都是向皖人陈氏借居的。韦光黻《闻见阐幽录》说:"顾铁卿禄,吴附生。恃才华,纵情声色,娶妾居山塘之抱绿渔庄。"既居富贵风流之地,列肆鳞比,青翰往来,殆无虚日,自己又拥红挟翠,吟风弄月,以为生活在神仙窟里。

塔影山馆在塔影桥内,约道光初皖人陈氏所建,占地不大,有一落伸出水面,三面皆窗,故俗称"大旱船",其旁落则俗称"小旱船"。《桐桥倚棹录》卷八说:"道光庚子,予以养疴侨居于是。其地与短簿祠宇相望,因忆渔洋有'一片青山短簿祠,夕阳花坞带茅茨'之句,摘书'夕阳花坞'四字以颜其楣。联云:'一堤风月,往来几个酒人,且共我浅斟低唱;七里莺花,供养历朝词客,犹容侬觅句裁笺。'又于隙地艺菊数百盎,扁曰'餐英',盖节取《楚词》语,有行吟泽畔之意也。卜居未几,以梅雨陡涨,徙于东溪别业。"

抱绿渔庄在东山浜,本是嘉定瞿兆骙别业,约建于嘉庆初,潘奕隽《瞿远村墓志铭》说:"晚岁于城南得宋氏网师园故址,经营缔构,又于白堤营别墅,颜曰'抱绿渔庄',水竹环绕,亭馆幽靓,一树一石皆手自位置。"约嘉庆中归皖人陈氏,仍用瞿氏旧名。道光二十一年仲夏,顾禄徙居于是。《桐桥倚棹录》卷八说:"予从塔影山馆移居于是,缮为东溪别业,挈蟾姬、鳌儿辈吟诗读画,消遣岁月。东北两面临流,为竞渡游船争集之区。扁曰'东溪一曲',为程世勋题,陆绍景书。联曰:'聆棹歌声,辨云树影,掬月波香,水绿山青,此地有出尘霞想;具著作才,兼书画癖,结泉石缘,酒狂花隐,其人真绝世风流。'为北郭散人林琛撰书。又韦光黻赠联云:'如此烟波,只应名士美人消受溪山清福;无边风月,好借琼楼玉宇勾留诗画因缘。'北楼有额曰'含飞阁',王芑孙书。南曰'先秋得月楼'。楼下为'知非草庐',顾承书。又联曰:'倭国远求萧颖士,鉴湖高隐贺知章。'钱塘孙元培撰书。又联曰:'塔影在波,山光接屋;画船人语,晓市花声。'集明人文中语,为犹女德华书。予有《东溪别业前后记》,并《纪事诗》二十首,刻入《颐素堂诗文集》内。"

哪知好景不长,过了两三年,顾禄就出事了。袁学澜《适园古文稿》卷下《重过抱绿渔庄感旧记》说:"癸卯五月,余挈眷观竞渡于山塘,过抱绿渔庄,念郡人顾某事，不禁怃然，有感于怀。忆辛丑重午，余偕友人泛舟白公祠畔，见有碕岸陡出，绣榭凌波，曲槛雕窗，湘帘掩映，中有人焉，携燕婉，凭棐几，薰炉茗椀，笑傲其间，谛视之，则顾某与其姬人，在抱绿渔庄也。昔乙未秋，余与顾曾相识于青溪邀月榭，时彼豪气方盛，志方恣，挟赀出游，骛声逐势，遍交贤杰，衔杯接欢，日驰骋于酒场文社间，颇以豪侠自命。后闻顾觊觎郡中一富族，诬以不轨，富人出金求解，顾未餍，富人讼之官，致受杖下狱以没。嗟乎，人生于世，衣食裁足，托迹士流，生文物之邦，处名胜之地，倚偎红翠，结纳贤豪，花月畅其襟情，江山发其文藻，如顾者世能有几人哉？乃邪谋惑志，嗜赇焚身，传秽士林，遗羞门阀，岂不惜乎。夫孰使之然哉？特以其骛外猎名，骄淫佚矩，少小无沉潜笃实之学植其根柢，长大无冰霜松柏之操砺其廉隅，但以浮华邀弋名誉，一涉靡丽，鲜不隳败，若顾者可为戒矣。而今之居抱绿渔庄者，其裙屐歌酒之会，颐指气使，侈汰之盛，大都皆顾类也。可不云乐乎，可不以为鉴乎？"

这位在抱绿渔庄里的"郡中顾某"，实非顾禄莫属。袁学澜初识他是在道光三年，二十一年重阳节还遥遥地见他"笑傲其间",至二十三年作此文时,"不禁怃然,有感于怀"。可见顾禄之殁当在道光二十二年下半年或二十三年上半年。至于他如何"觑觎郡中一富族,诬以不轨",如何"富人出金求解,顾未餍",又如何"讼之官,致受杖下狱以没"。袁学澜都没有展开说,后来他将这件事写入《虎阜杂事诗》,诗云:"四围绿水抱云庄,有客藏娇乐醉乡。祸福无门由自召,回头风月景凄凉。"自注:"白公祠右侧有抱绿渔庄,擅烟水楼台之胜,向为豪客藏娇之所。后其人因讹诈人财,毙于狱。"韦光黻《闻见阐幽录》则说:"为友陈某诱致邪僻,事连同系于官。陈某逸去,禄旋以疾卒。"这陈某是否就是塔影山馆和抱绿渔庄的主人呢?由于史料无多,已无从考证了。

二〇一九年七月三十一日改定

董其昌的宝华山庄

渔洋山在玄墓山南，坐落湖滨，山色青翠，如果从圣恩寺还元阁望之，如履舄之在几案下，可俯而拾之，董其昌就葬在渔洋山的山岰里。康熙四十七年春，沈德潜来游，《游渔洋山记》说："沿湖滨行，湾环回折，始疑甚近，久而愈远。过十馀里，入渔洋湾，董文敏玄宰归骨于此。"

一九二六年三月，李根源寻访至此，《吴郡西山访古记》卷一说："沿渔洋西麓，行约五里，逾岭入坞，至渔洋里，背山面湖。里有董姓者，引至香光墓前，墓石刻'明董文敏公墓，民国己未吴中保墓会建，吴荫培书'，在乱坟中一土堆耳。右前五六尺为文林郎李墓，再右一丈为康熙五十二年儒林郎书麟墓，左二三尺为舟山锺氏墓，又后左丈馀为乐安佳城，后丈馀为马如升夫妇墓，均有碑，又后为沈氏、范氏墓前数丈为徐氏墓。乡人云，锺、孙、徐、马、沈、范诸墓，子孙历岁祭扫不阙，李墓及书麟冢，则久已无人。余问此董姓自何处迁来，住此几代？董答不知；又问尔祖为何人，此为何人墓？董答不知；又问其先代姓名知之否？数至高祖名，则不知矣；又问其高曾祖墓在何处？答高曾祖坟下去数十丈村头即是，父死犹未葬也；又问高祖以上有坟否，在何处？答他处无。余询里中有年老而明事理之人否？众称钱水金。迓钱至，年六十馀。余乃问钱，此何以知是董文敏墓，何人来树碑？钱答前数年吴探花访过一次，至前年有塘门人徐睕清及侄天林运此碑来，里中老辈相传此坟为董家坟，徐叔侄以此既为董家古坟，必董其昌坟也，遂将此碑树立云云。考香光系附其考汉儒公墓，非新辟葬地，现在葬地不能容两棺，且香光当日为达官，先人兆域，必不草简如是。遂携钱、董及村中诸人登山寻觅，上行三四十丈，有龟趺一，仆地碑一，无字，石马二，石羊二，翁仲二，均仆土中，旁有大坟一，石阶数十级，罗城内左右两冢。余喜谓香光父子之墓在是矣。钱云非也，此城中天官坊范氏之墓，前二年尚有子孙来祭扫,石人石马相传为沈氏之物,墓未筑成即止,今湖滨尚有多石存在。余终不能释然,遽信乱冢中之坟,为香光父子冢,恐范氏故有墓在渔洋,乱后子孙不知所在,遽认此为范氏之坟,故翁仲石马不敢自承,事近意必,亦不敢执为定说。遍寻全山,未得踪迹。折至村中,于桑园边得一碑,乃香光曾孙为山兴讼之刻石也,字半模糊,大意谓康熙间香光另一曾孙不肖,盗卖山地与沈某,诉吴县批准治其曾孙及居中人潘某罪,永远保护坟山之意。时舆夫付耳来言,惧湖盗来,求速走。余访求已得大概,恐确有危险,遂行,谆嘱钱及村人此碑宜妥为保存。"

引录这一大篇,无非是想说,李根源的判断是正确的,渔洋山是董氏坟山,不但董其昌墓在那里,祖墓也在那里。

这就要提到董氏的宝华山庄,在距渔洋山不远的宝华山下,应该是董其昌晚年栖止之处,也有可能是董氏的祖产,因渔洋山地处幽僻,人烟稀少,就在宝华山麓筑室,作为春秋祭扫时的休憩之处,带有墓庐的性质。

天启三年十月,董其昌作《宝华山庄纪兴六景册》,安岐《墨缘汇观》名画卷下著录:"白镜面笺本,画六幅,对页黄纸本六幅，每幅草书题句。第一，水墨山水，左首小行草书'玄宰仿黄鹤山樵'；第二，水墨山水，左首小行楷书'癸亥十月望，玄宰'；第三，水墨山水，上小草书'玄宰宝华山庄画'；第四，水墨山水，左首小行楷书'玄宰画太白词'；第五，淡着色山水，画左小行书款'玄宰'；第六，水墨山水，上小行书题'癸亥十月，山庄纪兴，共得六景，玄宰识'。后册有沈文恪、高江村题，及江村题签。此册书画俱佳，若不经意，荒率处更有妙趣，可为珍玩。"吴升《大观录》卷十九著录："董玄宰六帧画册，白丽笺，计六帧。每帧或萧疏平淡，天真烂熳；或仿北苑，沉厚雄浑；或烟云缭绕，树带暝色；或垂柳鸥沙，钓竿横艇。尺幅间理趣咸生，丘壑兼到，奏纸草书对题诗词，尤联珠也。"

同月又作《宝华山庄图轴》，陆时化《吴越所见书画录》卷五著录："'积铁千寻届紫虚，云端鸡犬见村墟。秋光何处堪消日，流涧声中把道书。'癸亥十月有先墓焚黄之行，先墓在屿洋，小憩宝华山庄多暇，见此侧理，写此图并识。董玄宰。"杨翰《归石轩画谈》卷四著录同。"先墓在屿洋"之"屿洋"，即渔洋山。

天启五年九月，董其昌又为王时敏画《宝华山庄八景册》,第五开题曰:"庚申十月写未竟,乙丑九月续成之。"第八开题曰:"乙丑九月,自宝华山庄还,舟中写小景八幅,似逊之老亲家请正。玄宰。"庞元济《虚斋名画录》卷十三著录:"右董玄宰太史画宝华山庄小景八叶真迹,无上逸品。道光己丑秋七月中浣购于长安琉璃厂之师古斋中,吾家青毡顿还旧观,亦奇缘也,茂卿父书之,以庆佳遇。是日甲辰,橙下志。"此册今藏上海博物馆。

关于宝华山庄,董其昌只有这三个卷册上的题字,《容台集》中没有提及,方志上也没有记载,但确是曾经有过的。

天启某年四月初七日,姚希孟由尧峰去宝华山,途中遇大雨,曾入山庄避雨。他在《宝华避雨记》里说:"余从尧峰观道场既竣,将至宝华。累日晴煦,是早忽雨,上午雨且甚,舟泊山下,箬篷声飒飒,已乃渌渌,侵帘扑几,所携群籍皆如晓花着露,衾裯之上,仰承木罅,淋漓沾浃矣。篮舆已具不可登,一舟仅藕孔大,枯坐蹙踖,殊不惬人意。呼篙工整蓑笠,亟谋归棹,橹声仅两三,祈见岸上双扉半启,拟为村中旧家,仰窥有颜其楣曰'太史宗伯',走奚奴讯之,知玄宰先生别业也。虽主人不在,苍头衣袯襫而应门，乃颇解事，肃客甚谨。引余至厅中，寻转一廊，登其楼，楼外多嘉树，树杪出垣薨上，稠阴如幄。楼上复筑一小阁，骤跻之，觌面皆浓云，黝黑沉沉，矗峙半空中，窃意云物善腾骞，何卓立移时，且下与水涯相接？谛视之，山也。其沉黑之上，白烟数缕，婀娜而升，细者若篆香，重者若釜气，忽断忽续，其黑烟亦时时从山巅出，如两军旗帜相盘礴，为荼为墨，仿佛吴王争霸时。大抵白烟多孤骞，而黑烟多队合；白者多俯瞰，而黑者多仰睇，想亦絪缊中轻重浮沉之别也。合抱连常之木，泼黛接青，摇曳于素旐玄纛之下。此天然画图，实目中所创获，当倩主人造化之笔，从鲛绡写就，恨不与先生共赏之。"寥寥数笔，情景宛然。

　　岁月无情，四百年前的事了，哪里还找得到一点遗迹，即使是方位坐落，亦在虚无缥缈之中。

二〇一九年八月一日改定

程氏逸园

西碛山南麓有程文焕庐墓之所，文焕，吴县人，郡城大贾，疏财仗义，曾修江村桥，建西龙桥等，雍正朝入祀文庙忠义孝悌祠。其父赠儒林郎旌表孝子大儒葬西碛山，故文焕买山建庐，起于何时，已不可考，康熙四十八年何焯题额"九峰草庐"，五十三年邵泰题额"逸园"，蒋恭棐为作《逸园记》。

园占地五十亩，临太湖，四面树梅数万本，植竹数百竿。过饮鹤涧，古梅数枝，槎枒入画。历广庭，拾级而登，为九峰草庐。庭前丘壑隽异，花木秀雅。庭后有牡丹一二十株，旁构小阁，曰花上。后为寒香堂，堂西偏有室，曰养真居，为栖止之所。草堂之东为心远亭。亭北崖壁峭拔，有室三楹，曰钓雪槎，旁有栏槛，可为坐立之倚，佳花美木，列于西檐之外。下则凿石为涧，水声潺潺，左山右林，交映成趣。槎之东有银杏一本，大可三四围，相传宋元旧物。稍东有廊，曰清阴接步，又东曰清晖阁。蟠螭、石壁界其前，铜井、弹山迤逦其左，凭阑东望，高耸一峰，端正特立，尤为崷崒。其下默林，周广数十里。草庐之西，曰梅花深处。引泉为池，曰涤山潭，潭上有亭，曰藻渌，石梁横跨其上，曰盘碕。再北有芍药圃，竹篱短垣，石径幽邃，即白沙翠竹山房。旁有斗室，曰宜奥。每春秋佳日，主人鸣琴其中，清风自生，翠烟自留。后为山之幽，古桂丛生，幽荫蓊蔚。由竹篱石径折而西，飞桥梯架岩壑，下通行人，为迪山，也称涤山，高二十馀丈。登其巅，则莫釐、缥缈诸峰隐隐在目，白浮长空，近则几案间。东则丹崖翠坞，云窗雾阁，层见叠出；西则风帆沙鸟，云烟出没，如在白银世界中，为逸园最胜处。

六十年后，园归程文焕之孙程锺。程锺夫妇能诗，梅花时节，文人游屐必至。园中又新增在山小隐、生香阁、腾啸台、鸥外春沙馆诸胜。程锺字在山，好读书，不问家人生产，尝为诸生，一试不得志，即弃去，以诗歌自娱。中年父殁,悉弃所居货以偿不足,并弃其居,移家园中。妻顾信芳,字湘英,著有《生香阁诗钞》。

乾隆四十年二月,袁枚往光福探梅,曾过逸园,有《看梅邓尉游程氏逸园园主在山老人外出矣题诗留赠》,又《小仓山房尺牍》卷四《答程在山》云:"二月间,探梅邓尉,遂到尊园。坐春晖楼,登腾啸台,见古梅清幽,太湖飘渺。先生含贞隐耀,栖迟其间,此何异表圣之在王官,僧绍之游摄山哉。虽主人外适,野鹤迎宾,而小憩片刻,已有天际真人之想。"《随园诗话》卷五也说:"苏州逸园,离城七十里,在西碛山下,面临太湖,古梅百株,环绕左右,溪流潺潺,渡以石桥,登腾啸台,望飘渺诸峰,有天际真人想。主人程锺,字在山,隐士也,妻号生香居士,夫妇能诗。有绝句云:'高楼镇日无人到,只有山妻问字来。'可想见一门风雅。予探梅邓尉,往访不值。次日,程君入城作答,须眉清古,劝续前游,而予匆匆解缆。逾年再至苏州,程君已为异物。"

此年,园实已归江昉。江昉字旭东,号研农,又号橙里,徽州歙县人,寓居江都,候选知府,工诗善画,著有《晴绮轩集》等。江昉将园改名西碛山庄,请袁枚作记。

袁枚《西碛山庄记》说："庄在吴门邓尉之西，旧号逸园。离城七十里，极蟹胥鲑禀之饶。入其门，古梅铺棻，芳树翁蔚，曲涧巉岩，环庐而呈。所扁表者，有清晖阁，有九峰草庐，有钓雪槎，有鸥外春沙馆，凡十馀处，皆各极其胜。而腾啸台为尤奇。台袤夷亩许，西碛山从背起，接天苍苍然，而临太湖，三万六千顷之烟波，浮涌台下。余游时，适主人程君外出，相传园已售扬州江氏。俄而有持蕴火来置灶者，询之，果江氏家僮。予素知程故高士，能诗，闻其弃园而骇。及闻橙里得之，复惬惬然喜。盖橙里之才且贤，犹夫程君，而与予交尤狎于程君故也。因思古者杨凭之宅，白傅居之；萧复之园，王缙居之。天于幽渺夐绝之境，往往郑重爱惜，必畀诸克称此居之人，转不若朱门华堂之滥施而无所于靳也。"

园虽属江昉，但程锺仍居园中为主人，《清稗类钞·义侠类》说："如是者二十馀年而妻死，在山亦老矣。妾生一子，方襁褓，自度不能终有此园，乃以售于扬州江橙里。橙里亦豪士，夙重在山名，以买园之资归之，而使其仍居园为主人。橙里岁时一至，与在山觞咏数日而已。"乾隆四十一年，程锺卒，袁枚有《哭逸园主人》诗云:"与君一见了前缘,芳讯重投便杳然。四海名园推梓泽,半生嘉偶伴伶玄。似知数尽将山卖(予到园时,闻已售于江氏),定有诗存待我传。西碛风烟太湖月,从今不泛子猷船。"

乾隆四十五年,高宗南巡,曾驻跸西碛山庄,御制《游西碛程园纪事成咏》云:"邓尉复西去,盖行十馀里。西碛山在焉,程氏园居彼。志云无多景,潭西差胜耳(见《一统志》)。大吏修葺之,供揽太湖水。事成乃弗说,一涉聊为此。高下度小岭,溪村凡经几。到亦未逾时,坐亦未移晷。屋虽谢丹臒,石乃多砌垒。其松非古遗,其梅或新徙。独是太湖近,凭栏观足底。白浮及漫山,钉饾如置几。何殊灵岩山,临湖榭(在灵岩行宫内)所视。轻舆遂言旋,卯出时逾巳。昇者觉过劳,彼亦人之子。易马按辔行,七十犹能尔。过午还灵岩,咨政戒怠弛。诚驰驿观山(灵岩至程园往返八十馀里,中途易马,还行馆时已过午,向尹继善以驰驿观山为比,盖以余游览所至,憩不逾时,于寓意而不留意之旨,诚有合耳),倍由旬弗止。顾谓大吏云,可一再斯否。园应还故主,吾弗更去矣。"既然皇上说"园应还故主,吾弗更去矣",程、江两家俱不敢有,遂任其芜废。

朱春生《程在山传》说："余幼闻在山之名，憾未一见。后读袁简斋先生集中逸园诗，又有为江氏作《西碛山庄记》，益心慕焉，特往访其遗迹。时园废已久，瓦砾遍地，芜草如人长。"王昶《木兰花慢·访江橙里西碛山房》小序也说："西碛在邓尉濒湖处，明李长蘅欲作六浮阁未成，而先为图以志之者。橙里置山房仅三十年，今访之，竟无能指其处，盖又为山农所占矣。其南即腾啸台，石壁皆废，但存'湖南精舍'扁，为明僧德清所题，缪修撰彤八分书之。南望渔洋、法华诸山，萦青环翠于风帆沙鸟间，而久无游客，所谓吾笑吴人不好事，更可感也。"今已不知曾有其处了。

二〇一九年八月二日改定

涧上草堂

徐枋字昭法,号俟斋,长洲人,徐汧长子,举崇祯十五年乡试。顺治二年,苏州城陷,父投虎丘新塘桥下殉国,遵父遗嘱,隐居终身。先是徒跣变姓名,避地吴江芦墟。明年,舅氏吴明初赠以数金,乃得葬父于金墅,自此庐墓以居。十六年后,其又先后避居穹窿山积翠寺、邓尉青芝山房、梁溪常大音招提。康熙二年夏,借居张德仲东渚秦馀杭山房,屋止两间半。是年冬迁居上沙戚字圩,即所谓涧上草堂。罗振玉《徐俟斋先生年谱》著录:"灵岩储公欲为先生卜筑涧上,先生具书逊谢,并托王双白居士辞于储公。储公不可,于是涧上之居乃成,为屋二十馀间。先生自此不复移徙矣。"

徐枋《西山胜景图记》介绍了涧上草堂的环境:"上

沙在天平、灵岩之间，其地最胜，多乔林古藤、苍松翠竹，与山家村店相掩映，真画图也。一涧潺潺，水周屋下，时雨既过，则奔流激注如雷鸣。涧之所出，自为一村，余草堂在焉。轩窗四启，群峦如拱，空翠扑人，朝霏夕霭，可卧而游，又不假少文画图矣。"又《甲寅重九登高记》说："涧上草堂在天平之阳、灵岩之阴，鸡笼、羊肠拥其右，笏林、崿峙其左，连峰叠巘，逦迤相属，若环拱我草堂者。余于人世寡所嗜好，而独负山水之癖。沧桑以后，绝迹城市，而遐搜幽讨山巅水滢，惟恐不及。自居草堂，则息影杜门，足不窥户十馀年矣。盖诸山之胜，无时无日不在吾前，其烟鬟岚翠，朝霏夕霭，若故出奇争胜，以慰避世之人之岑寂者。一涧度重岭而来，绕衡门而东注，平时则潺潺灉灉，幽鸣不绝，时雨既过，则迂回奔放，奇绝万状。一坐草堂，轩窗四开，而山水之奇已尽得之，少文卧游并不假图画矣，又何假出户仆仆杖屦为哉？"

徐枋自康熙二年冬徙居上沙涧上草堂后，直到三十三年去世，未再离开过，可谓终老于斯。他去世后两年，一寡媳一孤孙饔飧不继，族中有人就将草堂变卖了。徐枋门人潘耒知道后，就召集绅耆呈请江苏巡抚宋荦，又由诸生周敉宁等具牒,请改宅为祠,得到宋荦的支持,潘耒再买田安置寡孤,易宅以为祠。潘耒《徐俟斋先生祠堂记》说:"耒少受业于先生,先生家在天平山麓上沙村,没时三子皆已前卒,愁遗寡媳孤孙,谋鬻屋以葬,耒持不可,遂身任葬事,以留故居。既而孤寡徙依族人,族人遂鬻诸富人为葬地。耒闻之悲愤,商诸郡人之好事者,得诸生周敉宁辈十人,具牒当事,请改屋为祠。耒与尤悔庵、彭访濂、冯勉曾诸君言于开府宋公牧仲,宋公素敬先生,立命所司剖断还屋。然孤寡苦冻馁,耒乃归田于孤寡,易此屋以建祠,仍迎孤寡居之,好事者复捐赀助为修葺,于是先生之旧庐几废而复存,有天幸焉。"

徐枋以不降清不事清称高节,朱彝尊《静志居诗话》卷十九说:"孝廉高蹈者,吴越居多,始终裹足不入城府者,吾郡李潜夫、巢端明及吴中徐昭法,此外不概见。"江宁巡抚汤斌曾去拜访,徐枋拒门不纳。徐乾学《工部尚书汤公神道碑》说:"抚吴时,苏有高士徐枋,居西山,四十年不入城。公屏驺从,步行造门,枋终不肯见,公叹息而去。"当其殁后,贫无以殓,宋荦致以厚赙,寡媳孤孙以遗命推辞。故全祖望《涧上徐先生祠堂记》说:"是时以开府汤文正公之贤,欲致一丝一粟于先生,且不可得,而储公独能饮之食之;以漫堂宋公之风雅,致赗禭于先生,其子以先生遗命不受,而南枝独能殡之葬之,则二公之为先生素心也,亦已笃矣。"想不到他死后,还是在宋荦的关心下,得以立祠。

潘耒赎旧屋改建徐枋专祠,乃在康熙三十九年。自此以后,前去祭拜的人很多,如全祖望《涧上徐先生祠堂记》说:"涧上居天平之麓,其地平远清胜,灵岩一带,俱在望中。吾友陆茶坞之水木明瑟园,仅隔一水,予过明瑟,未尝不肃拜先生之祠。"但在以后的近百年里,存废情状,未可细考。乾隆十年,李果曾过其处,《中峰经游记》说:"望徐昭法枋涧上草堂在略东北,已为他人居。"

乾隆四十七年重阳,沈复偕友人顾鸿千来游,《浮生六记·浪游记快》说,他们从天平山下来,舟子说:"离此南行二三里,有上沙村,多人家,有隙地。我有表戚范姓居是村,盍往一游?"沈复说:"此明末徐俟斋先生隐居处也,有园,闻极幽雅,从未一游。""于是舟子导往,村在两山夹道中。园依山而无石,老树多极纡回盘郁之势,亭榭窗栏,尽从朴素,竹篱茆舍,不愧隐者之居。中有皂荚亭，树大可两抱。余所历园亭，此为第一。园左有山，俗呼鸡笼山，山峰直竖，上加大石，如杭城之瑞石古洞，而不及其玲珑。旁一青石如榻，鸿千卧其上曰：'此处仰观峰岭，俯视园亭，既旷且幽，可以开樽矣。'因拉舟子同饮，或歌或啸，大畅胸怀。"沈复他们所游历的，并不是"徐俟斋先生隐居处"的涧上草堂，而是陆氏的水木明瑟园。

直到嘉庆元年，经徐达源重建，才让涧上草堂恢复了旧规。袁枚《重修徐俟斋先生祠堂记》说："百馀年来，祠渐倾颓，木主在风雨中。黎里徐君山民见而伤之，以葺治为己任，赋工属役，整旧为新，并请于潘氏，将当日所存契券及先生小影、遗嘱俱交代焉。"过了十二年的嘉庆十三年，徐达源、赵筠又修，并以吴祖锡、张舜臣、戴易、释弘储袝祀。洪亮吉《重修涧上草堂碑记》说："余每诣水木明瑟园，必过涧上草堂，礼先生木主，见其窗牖零落，俎豆不虔，辄为慨叹久之。今岁得徐待诏达源书，与其徒上舍赵筠复新先生之祠，并捐田若干，以备祭扫。夫待诏于嘉庆建元已重修先生之祠矣，今越十二年，待诏家已中落，复能与其徒为此义举，《传》所云'乐善不倦，见义必为'者，待诏及上舍皆有焉。"孙晋灏《重建涧上草堂记》

也说:"待诏之修草堂也,在嘉庆元年丙辰,越十三年戊戌,待诏之徒震泽赵录事筠,于草堂之外缭以周垣,复买田若干亩,以所入为岁时完葺之计,典守之稍食亦给焉。于是前事之废者兴,兴者可以不废,其计深,其虑远矣。"又过了三十年的道光十九年,徐达源动议第三次重修,沈维鐈《重修徐俟斋先生祠记》说:"嘉庆元年,吴江徐待诏达源重修之,兼置田以奉祭事。十二年,又与其徒赵知事筠增筑外垣,规制廓于其旧。是时待诏家已中落,而急于名义如此。迄今四十四年矣,向之所修者又剥落颓毁,而待诏家益贫,乃谋与好义之士共任完葺之事。"惜未成就。

徐达源字山民,吴江黎里人,以翰林院待诏需次京师,与袁枚、洪亮吉、吴锡麒、法式善等游,工诗文,又善画墨梅,纂辑《吴郡甫里人物志》、《黎里志》,著有《新咏楼诗》、《紫藤花馆词》等。达源并非徐枋族裔,他数数斥资修祠,只是出于徐枋的敬仰。更重要的是,他还纂辑了《涧上草堂纪略》两卷,有嘉庆十四年刻本,次载徐枋本传、遗像、遗嘱、祠堂地址图、祠堂图,以及潘耒、袁枚、洪亮吉、孙晋灏等所撰祠堂记,再次为题辞与赠诗,有王昶、阮元、潘奕隽、梁同书、蒋业晋、徐云路、冯培、孙原湘、赵怀玉、戴敦元等三十馀人,附卷则为禁示、契约、承揽等有关祠堂的文献。

由于徐达源、赵筠居吴江,距上沙较远,每岁只在寒食那天一拜祠下,守祠人的勤惰不得其实,祠宇也就渐渐破败了。道光六年,顾禄等斥资重修,文柱有《重修徐先生祠堂碑记》,为罗振常《订补涧上草堂纪略》未收,有云:"徐先生俟斋之殁一百五十馀年,郡人士顾君禄等募金以倡,复新其祠,而以南岳大师及吴、戴两先生祔。经始于道光六年八月,越月告成,而征余言,以文其丽牲之碑。"重修祠堂的顾禄,很可能就是《清嘉录》的作者顾铁卿。道光二十五年,由吴县官方出面,又募资重修,时任江苏布政使的文柱,又作《重修徐俟斋先生祠记》:"甲辰冬,吴县丞徐承恩集绅士创议捐修,请于余,许之。今年,继丞是邑者为钱子德承,督理其事。其旧祠三楹,榱角之桡折,砖瓦之刓缺,赤白之黯淡,墙垣之倾毁,悉施整治。祠之外启新门,祠之右有隙地,建正祠三楹。祠之前有涧,泥沙壅淤,疏之浚之,水流通畅。凡半载讫工,旧观尽复,而新规增廓焉。"

咸丰十年,祠堂遭兵燹,同治四年里人重建。

一九一五年由自治公所修,并以杨无咎、吴祖锡、戴易、潘耒袝祀。一九二六年,李根源来访,《吴郡西山访古记》卷二说:"至涧上草堂,徐俟斋先生故宅也。中祀俟斋先生,附祀杨先生无咎、吴先生祖锡、戴先生易、潘先生耒。堂悬王少寇'涧上草堂'额。跋曰:'余以庚午三月偕吴竹屿游吴中诸山,曾至涧上草堂,景仰清标,为徘徊者久之,迄今将五十年,而获瞻遗象,忠孝之气,凛然眉宇,盖非独以隐逸名高者。徐君山民既修其祠,兼藏其象,所以顽廉懦立,意良深已。嘉庆丁巳立秋后一日题于娄东书院,述庵王昶敬书,时年七十有四,左目已眚。'碑二,一《重修徐俟斋先生祠堂记》,道光二十七年文柱撰,钱德承书;二《重修俟斋先生祠碑》,民国四年姜文蔚、严良灿记,包光宗书。门额'苦节承先',道光乙巳张邦瑜书。《全榭山集》有祠堂记一首,文美事赅,今草堂无此石,其未经付刻耶?抑毁于兵火耶?拟他日补书刊立。"

涧上草堂遗址至今尚在,如果能按《涧上草堂纪略》中的祠堂图重建,实在是天平道上的一处胜迹。

二〇一九年八月三日改定

水木明瑟园

在灵岩、天平之间，有清溪一道曲折流经，称为上沙，左缭平田，右带溪流，山清水秀，风景宜人。元人朱德润《游灵岩天平山记》说："转过野桥村店，山回涧曲，樵歌牧唱，相与应答以翠微空旷之间。里人所谓鸡经山、虎子谷者，突然乎其左；琴台巘、羊肠岭者，兀然乎其右。"就在这一片林麓间，曾有两处园居，一处是涧上草堂，还有一处就是潬上草堂，所谓潬，就是水中的沙堆。

潬上草堂最早主人是徐白，其字介白，别号笑庵，吴江人，崇祯二年入复社。明亡，弃诸生，奉母隐于上沙。朱鹤龄《送徐介白移居上沙序》说："上沙接武灵岩，湖山环抱，缁素名流，往往萃至。以介白织帘抱瓮其间，香草夹径，岚翠扑衣，麦雉朝飞，村舂互答，皆吾诗情也；松涛瀑雨，远近争飞，云木虹泉，晨昏变色，皆吾画态也；远寺霜钟，发人深省，空林野火，可悟无生，吊响屧之幽魂，悲琴台之故址，兴亡一揆，死生同梦，皆吾禅心道味也。"徐白在山中三十年，性类枯禅，屏迹城市，室内悬小联："白发前朝士，青山半屋云。"与归庄、徐枋等为友，顺治中与吴兆骞等结诗社于吴江江枫庵。其无子女，亦不蓄僮仆，种蔬艺果，捃拾自给，暇则坐小楼作画吟诗，诗幽秀得晚唐风致，画萧疏无俗韵。康熙二十年卒，年七十七。

徐白殁后，园为陆積所得。陆積字符功，号研北，长洲人，监生。他将这十亩之地，增拓为别业，擘窠大书"徐白遗宇"四字。康熙四十三年，朱彝尊应邀来游，为作《水木明瑟园赋》，序中说："康熙甲申八月，陆上舍贻书相要，过上沙别业，遂泛舟木渎，取道灵岩以往，抵其间，则吴趋数子在焉。爱其水木明瑟，取以名园。上舍延宾治具，饮馔丰洁，主客醉饱，留七日乃还。"又作《明瑟园杂咏三首》，另有《同徐吉士（昂发）陆上舍（積）沈秀才（翼）过普贤僧房》、《八月十五夜陆上舍（積）招同张孝廉（大受）徐吉士（昂发）顾孝廉（嗣立）徐上舍（惇复）

沈秀才（翼）玩月石湖席上作》，可见陆篑交游的一斑。据钱泳《履园丛话·园林》记载，王翚曾为陆篑绘明瑟园图："乾隆五十二年，其族孙万仞尝得王石谷所绘园图见示，余为补书朱赋。"今已无可一睹了。

时人于明瑟园记咏甚多，如何焯《题潭上书屋》、张云章《明瑟园记》皆记其园景，王翚且为之绘图。此园规制朴野，广庭盈亩，老屋数楹隐隐丛桂之中。潭上书堂后为皂荚庭，鸡栖一树，直立青霄，曲干横枝，连青接黛。入园则一路阑干相联，左连广池，右近桂屏，接木连架，旁植木香、蔷薇诸卉，引蔓覆盖其上，花时追赏，烂然错绣。介白亭前有大石梁，名坦坦埼，平坦可以置酒，追凉坐月，致为佳胜。介白亭三面临水，一面则修竹万竿，俨然屏障，前又可海棠、古梅各一本，可供抚玩。升月楼临水而筑，可见一轮圆月从隔岸丛篁间夤缘而上。听雨楼上，则桐响松鸣，时时闻雨，霜枯木落，往往见山。帷林草堂可北望金山，堂前嘉木列侍，若帷若幕，中有古桐一株，横卧池上，霜皮香骨，尤为奇绝。堂后为暖翠浮岚阁，叠石为山，构楹为阁，四山嶙峋，环列如屏，烟云蓊郁，晨夕万状。此外，园之屋有蛰窝、桐桂山房、翠羽巢，园之径有曲录阑、木末芙蓉淑、益者三友之蹊，园之水有冰荷壑、小坡塘、鱼幢池。过东泞桥，别艺菜圃，盖茅为亭，名饭牛宫，又东则环以小溪。园外即平畴，可耕作者也。

陆穮子锡畴，字我田，号茶坞，少受教于父执朱彝尊等，后入何焯之门。全祖望《陆茶坞墓志铭》说："吴中台榭甲天下，而以水木明瑟园为最，竹垞先生所为作赋者也。其地当灵岩之上沙，经始于徐高士介白，而归于陆氏。竹垞最与研北善，每游吴，必下榻于是园。故茶坞少而受教于诸尊宿，长而学于义门先生。其人伉爽，卑视一切，义门之学缜密，从事于考据最精，而茶坞不求甚解，略观大意，于师门为转手，然义门甚许之。"他豪爽好客，且讲求饮食，徐珂辑《清稗类钞·饮食类》说："吴人陆茶坞，名锡畴，水木明瑟园之主人也。性嗜客，豪于饮，尤讲求食经。吴中故以饮馔夸四方，其父研北已盛有名，至茶坞而益上。他处有宴会，膳夫闻座中有茶坞，辄失魄，以其少可多否也。其家居，无日不召客，一登席，则穷昼继夜不厌。全谢山太史祖望尝以酒户为朋辈所推，然深畏茶坞，每至园，不五日即病，往往解维遁。茶坞诮之曰：'是所谓以六千里而畏人者也。'坐是，遂以好事落其家。然家愈落,好事愈甚。其后世故局促,吴之富人多杜门谢酬应,无复昔时繁华之盛,而茶坞犹竭蹶持之。"

明瑟园里,既有美景,又有美食,前来访游的人也就很多,留下了不少篇什。如厉鹗《游水木明瑟园简陆茶坞二首》曰:"小舫闲停岸,轻舆远绕村。言寻甫里宅,不减辟疆园。水气涵虚阁,山光隐短垣。夏帷纷众绿,暂此息尘喧。""偻指中吴胜,如君有几家。亭留高士迹(中有介白亭,为吴江徐高士旧隐),赋并小园夸(朱竹垞先生有赋)。鹿柴阴连竹,鱼幢俯浸霞。主人何处去,山仆且擎茶。"全祖望《题水木明瑟园》曰:"芳园好亭榭,赋自小长芦。云气接林屋,天光通射湖。扫除金粉泽,想见大痴图。谢豹花初放,娇红媚酒垆。"沈德潜有《明瑟园杂题》一组,分咏园景,题皂荚庭云:"轩前鸡栖树,貌古阅人代。白日不到地,空庭起烟霭。"题曲泉阑云:"逶迤度芳林,曲阑翠欲滴。万籁寂不闻,花萼暗中坼。"题坦坦倚云:"追凉坐石倚,酌此池上月。水月湛空明,心迹两清绝。"题介白亭云:"花木罗亭前,清流绕亭下。不见高隐人(吴江徐介白栖隐处),浩歌怀昔者。"题听雨楼云:"小楼坐明月,形影成宾主。风泉和松鸣,疑送萧萧雨。"

题望三益蹊云:"南村多素心,比邻往来熟。溪行人不知,野桥夹修竹。"题小波塘云:"塘水涵虚明,所得在清旷。文鱼吹弱波,影动空斋上。"题摘箬冈云:"高冈遍丛篁,逶迤赴幽壑。林际清风生,纷纷下疏箨。"题饭牛宫云:"羞歌白石烂,扶犁老岩壑。夜半起饭牛,茅亭月初落。"

乾隆十九年,锡畴卒,年六十四岁。由于后继乏人,明瑟园就开始荒落了。

毕沅早年读书灵岩山馆,距明瑟园不远,应该常去游玩。乾隆三十二年,他特旨补授甘肃巩秦阶道,出京归省,故地重游,有《重游水木明瑟园》云:"少卧研山堂,湖山归一览。名园旧游地,风景不少减。赋拟小长芦,提笔仍未敢。银塘明镜开,依稀见苔刻。帷林敞幽轩,坐疑乘画舰。乔木环为墉,奇石聚成槛。老梅背窗开,空庭落数点。微风偶披拂,池光亦潋滟。方塘系青萍,圆盘贴翠茨。万山围一阁,经雨绿新染。沿堤石径平,苔片大如毯。柴栅架树成,净带白云掩。逶迤历坡陀,偃偻入岩厂。杏蕊斗绯衫,梨花低粉脸。布罥莎亭蛛,营窠薜榭蚕。灵岩天平间,奇境胜全揽。石瘦古藤缠,林密浓烟黵。风卷松涛来,如有万夫喊。果熟尚无期,尽供仓鼠唻。小憩据云根,触景忽生感。老屋娄江滨,林塘颇幽澹。双柏碧阴阴,万花红闪闪。桐瓢雨飕飗,荷盖风磨贴。自踏东华月,年华顿荏苒。犟墙半倾颓,鹤砦已摇撼。曲阑朽吐菌,三径荒生蔊。邪蒿何人芟,恶行无因斩。重寻幽境幽,归兴讵能贬。偶尔此盘桓,晓昏看匡槏。又恐四无邻,屋古眠易魇。订约遂初衣,馀味留橄榄。归舟江月落,城楼鼓坎坎。"这首诗,既可见当时明瑟园的情状,也可见毕沅对它的喜爱。至乾隆后期,他就将此地买下了,拟重加改建,未及兴工而卒,嘉庆三年就卜葬于此。王昶《毕公神道碑》说:"晚年得山后陆氏水木明瑟园,将葺为退老计,未果。今兰庆等卜宅兆于此,亦公之志也。"史善长《弇山毕公年谱》也说:"旧有陆氏水木明瑟园,公爱其幽旷,购为别业,至是遂营吉壤。少司寇青浦王公昶表阡,少詹事嘉定钱公大昕志其墓。"道光四年,钱泳有《过明瑟园拜毕秋帆尚书墓下》四首,其一云:"村落生荆杞,园林半夕阳。斯人今已矣,极目倍凄凉。盛业犹如此,深恩敢遂忘。一杯黄菊酒,来奠白云乡。"

至民国年间,毕沅祠墓尚存,李根源《吴郡西山访古记》卷二说:"至上沙,谒毕秋帆制府沅祠,旧陆氏水木明瑟园故址，额署'弇山宫太保毕公祠'，堂悬乾隆五十四年御书'福'字匾额，中奉公栗主，旁祀公夫人及副室五人，祠右公墓，面白鹤顶（有石狮、翁仲、方池、石羊、石虎、石马），坊题'宫保毕公墓'，无文大字神道碑二（《春融堂集》有公神道碑铭，长四千馀言，乃公孙兰庆讫述庵先生所撰，当时未刻，殊不可解）。"那里被人呼为毕家坟，很少有人知道这是明瑟园的故址。

二〇一九年八月四日改定

范氏天平山庄

范仲淹祖墓在天平山南麓,即上沙金山浜底,乡人俗呼那里为"三太师坟"。这三太师是仲淹的直系三世,曾祖梦龄,官吴越中吴军粮料判官,赠太师,封徐国公;祖赞时,官秘书监,赠太师,封唐国公;父墉,官武宁节度掌书记,赠太师,封周国公。三人都因仲淹之贵而得以赠封的。庆历四年,仲淹以先墓所在,奏请山麓白云庵为功德香火院,敕赐寺额,故范氏后人将天平山称为赐山。仲淹卒后,并不葬在那里,他的墓在洛阳伊川万安山,但两个儿子纯仁、纯礼以及他们的子孙,则都葬在天平的山坞里。因此,天平山南的不少山地、水田都属范氏所有。

明万历三十一年,仲淹第十七世孙允临致仕,后在山麓构别业，题名天平山庄。允临字长倩，自号长白，又号石公，举万历二十三年进士，授南京兵部主事，改工部，历员外郎、郎中，出为云南按察司佥事，提调学政，迁福建布政使司右参议，既为忌者所攻，又以官场繁务为累，未到任而归。汪琬《明故福建布政使司右参议范公墓碑》说："既解云南组绶，退居里中，惟用文章翰墨倡率后进，享有林泉之乐，从容寿考，殆三十有八年。其平时尤工书法，远近购其书者，虽寸缣尺幅，悉藏弆以为珍玩，与华亭董文敏公齐名。盖百馀年来，吴士大夫以风流蕴藉称者，首推吴文定、王文恪两公，其后则文徵仲待诏继之，最后公又继之，逮公物故，而先哲之遗风馀韵尽矣。"允临著有《输寥馆集》八卷，清代列入全毁书目。夫人徐媛，字小淑，乃徐泰时女，好读书，善书法，擅吟咏，著有《络纬吟》十二卷。徐媛时与隐居寒山的赵宧光夫人陆卿子唱和，吴中士大夫望风附影，交口誉之，称为吴门二大家。

天平山庄修建于万历四十三年，允临《芝房跋》说："天平为吴中名镇，其石秀立，清泉韵风，白云在天，冈陵自出，震旦第一山也。以两遭兵燹，遂成荒丘，数百载丛林，掊为瓦砾，凄烟冷草，不堪厕屐矣。余乙卯之秋，稍葺茆茨，略成位置，然犹露栋风阁，比于野处。"整个山庄，依山为榭，曲池修廊，引泉为沼，通以石梁，远望如画图中之蓬莱三岛。园中有听莺阁、咒钵庵、岁寒堂、寤言堂、翻经台、桃花涧、宛转桥、鱼乐国、来燕榭、芝房、小兰亭诸胜，均依山就水而建，故其堂联有曰："门前绿水飞奔下，屋里青山跳出来。"汪琬《范公墓碑》说："公归而筑室天平之阳，徙家居之，日夜流连觞咏，讨论泉石，数与故人及四方知交来吴者往还，遨嬉山水间。稍闲则帘阁据几，命笔挥洒，以应远近诸购者，讫不复措意功名矣。东方渐用兵，有欲奏起公者，公力谢不应也。其后时论浸异，国是益以败坏，中朝诸贤罹党祸者相望。公叹曰：'吾懂而得免，所幸者知几耳。'"

张岱祖父张汝霖，与允临是同年进士，天启二年，张岱造访天平山庄，《陶庵梦忆》卷五《范长白》说："范长白园在天平山下，万石都焉。龙性难驯，石皆笏起，傍为范文正墓。园外有长堤，桃柳曲桥，蟠屈湖面。桥尽抵园，园门故作低小，进门则长廊复壁，直达山麓。其缯楼幔阁，秘室曲房，故故匿之，不使人见也。山之左为桃源，峭壁回湍，桃花片片流出。右孤山，种梅千树。渡涧为小兰亭，茂林修竹,曲水流觞,件件有之。竹大如椽,明静娟洁,打磨滑泽如扇骨,是则兰亭所无也。地必古迹,名必古人,此是主人学问。但桃则溪之,梅则屿之,竹则林之,尽可自名其家,不必寄人篱下也。"又说:"开山堂小饮,绮疏藻幕,备极华缛,秘阁清讴,丝竹摇飏,忽出层垣,知为女乐。饮罢,又移席小兰亭,比晚辞去。主人曰:'宽坐,请看少焉。'余不解。主人曰:'吾乡有缙绅先生喜调文袋,以《赤壁赋》有少焉月出于东山之上句,遂字月为"少焉",顷言少焉者,月也。'故留看月,晚景果妙。主人曰:'四方客来,都不及见小园雪,山石嶔齖,银涛蹴起,掀翻五泄,捣碎龙湫,世上伟观,惜不令宗子见也。'"张岱不但记述了山庄景致,还描写了晚明士大夫家歌舞宴饮的情景。惟"傍为范文正墓"一句误矣,当是范文正祖墓。

天启六年,姚希孟访梅过天平山庄,他在《支硎诸山寻梅记》中说:"丙寅二月初五日,同杨汇庵遇范长白天平山庄,正值梅花烂熳,设伊蒲共饭,有云间僧素以善饮名者,长白欲以酒沃之,余不许。饭后步至上沙观梅,玉林铺雪,芬芳射人,以较光福诸山第无数十里连亘耳,然缟衣丽姬,或将或送,亦使人魂摇目悸矣。过范振之樾馆,此君折梅，第一手也，所居位置闲雅，有幽人之风，古梅环列，杂以竹树，四山环合，尘鞅罕到，若主人可媲君复，其地宁减孤山耶？坐久之。"

朱国桢与允临同时代，两人虽不相识，但允临其人其园，则知名当世，国桢在《涌幢小品》卷二十一中说："俗语谓法马为乏子。乏者，法字之讹也。谓兑架为天平，由来尚矣。吴中有天平山，山石林立，皆剑拔，甚锐而匀，真奇观也。学宪范长白得之，曲折筑园奇巧，夫妻时游其间。妻徐氏，能诗而妒，范遂无子，情甚笃。苏州人为之语曰：'范长白夫妻上天平无子。'闻者大笑。长白名允临，能文章，精书法，名与董思白相亚。年尚壮，闻已有子，可塞苏州人之口。"

徐媛卒于万历四十五年，允临娶仲氏为继室，天启四年、六年连产两女，崇祯四年举一子，即范必英，朱国桢说的"闻已有子"即此，时年允临已七十四岁。过了十年的崇祯十四年，允临卒。两女已嫁，而必英年仅十一岁，孤寡无依，只得移居城中。天平山庄这一颇具楼阁亭台之胜的园墅，遂于明清离乱之际废圮了，许旭《由天平范园至华山夜宿听雨》有云："异代乔松看不见，名园金谷废何年。

啼鹃犹傍朱栏曲,化鹤难逢古涧边。"

清初,徐崧重游天平山,作《登天平山顶兼忆幼时得见范参议公居园之盛》,有"犹思参议居园日,蜃阁虹桥赛列仙"之句,诗人在天平山上俯看山麓,泉石依旧,人事已非,回忆幼年所见允临在山庄里招饮天下名流的风雅场面,恍如隔世。康熙五年,归庄《探梅日记》追记了崇祯十二年的天平山庄之行:"忆己卯岁曾来游,其时文正公之后裔范学宪因山为园,池馆亭台之胜,甲于吴中。每三春时,冶郎游女,画舫鳞集于河干,篮舆鱼贯于陌上,举步游目,应接不暇。至今已二十有八年,不惟园林有蔓草荒烟之感,余旧游之处,亦不能尽记忆。无殊一一为指点,恍惚若梦。嗟夫,人生能得几二十八年乎?秉烛夜游,及时为乐,古人之言,不为过也。停屐小憩,成诗一首:'天平屹峙五湖濆,宛转桥边细路分。奇石森罗真似笏,沈泉飞涌果如云。已无歌舞娱高馆,惟见樵苏上古坟。壮岁来游都不记,闲听老友话前闻。'"

范必英,初名云威,字秀实,号秋涛,顺治十四年举人,康熙十八年与汪琬、尤侗、潘耒、徐釚等同赴京师应试博学鸿词科,下第,力辞欲归不得,授翰林院检讨,与修《明史》。二十年秋，谢病归，三十一卒，年六十二。就在必英赋归后的康熙二十四年，在山庄旧址建范参议公祠，祀其父允临。乾隆七年，前大同知府范瑶会同范必英孙兴禾、兴谷兄弟，重修山庄，并易名赐山旧庐。据蒋恭棐《范氏赐山旧庐记》记载，范瑶诸人"相与循览园地，忾想参议遗迹，次弟修复。于是咒钵庵、寤言堂、听莺阁、芝房、鱼乐国、来燕榭、翻经台、宛转桥诸胜，尽还旧观。其明年工讫，改庄名赐山旧庐"。乾隆十六年，高宗南巡，驻跸山庄，赐名高义园，有御制诗《题高义园》，序曰："天平山之下，范文正之祠在焉，其旁有园一区，子孙世守其业，行跸偶临，因名之曰高义而赐以诗。"诗云："纡磴下灵岩，天平秀迎目。即夷度溪町，菜黄春麦绿。入松复里许，山庄清且淑。林泉迥明净，兰茝纷芳馥。葱茜入窗户，云烟润琴牍。午桥义何取，涑水乐非独。经临望祠宇，徘徊慕高躅。文正之子孙，家风尔其勖。"

咸丰十年太平军之乱，高义园一区未遭破坏，金兰于乱后访之，《偕叶司马基奎游高义园》云："贼亦钦高义，岿然白石坊。神祠仍栋宇，佛庙尚堂皇。红树绚秋色，青山恋夕阳。听泉坐移晷，心地暂清凉。"同治五年三月初三，袁学澜偕友往游,《丙寅上巳与同人泛舟游西山记》说:"遂由松径至天平,高义园亭无恙,飞阁流丹,长松拥翠,山僧出茶果供客,就门楼凭栏小憩,下见酒垆食案,赶趁春场者丛杂不一,犹见承平风景。少焉烹兼山阁之乳泉,看咒钵庵之牡丹。"有趣的是,晚清清明节时,苏州妓女在那里有琵琶会,范烟桥《天平山与范坟》说:"以前范坟有着为香艳的集合,每逢清明节,苏州的妓女,都要到那里去聚会的,鬓影衣香,花团锦簇,好像《板桥杂记》所记的'盒子会',却有一个有趣的名词,称为琵琶会。我生也晚,不及躬逢其盛,推想当时那些妓女都要在那里弹琵琶唱曲子时,这又和'簇亭画壁'先后辉映了。"

一九二〇年,范氏后裔又修葺天平山庄,汪凤瀛《重修天平山范参议公祠堂记碑》说:"岁己未既重修白云寺,以复先世功德院之旧,又就参议公祠故址,重建堂宇。经始于庚申之秋,迄辛酉春暮落成,巍然翼然,庙貌一新,视旧制有加焉。"今存世的天平山庄旧影,都摄于修葺之后。一九三五年,有王志钦者来游,他在《姑苏烟雨记》里说:"抵达天平山,即越檀梓门,再进一片平坦,左有亭子一座,上刻'接驾亭'三字。过亭有荷花塘,塘架九曲桥一座,上前细视,桥已腐朽难行。""山坳间亭台罗布,更为引人入胜,徜徉其间,如入仙境,有此点缀,实不愧为名山胜境。"此后虽几经鸠工重葺,终因年旷日久,渐见荒芜。

今天平山庄由高义园、范参议公祠、来燕榭、咒钵庵等组成,依山势而建,高低错落,既相对独立,又互相贯通,迂回曲折;南对十景塘、宛转桥、古枫林、御碑亭。作为坐落山水间的园林,堪称佳则。

二〇一九年八月五日改定

灵岩山馆

毕沅,字缵蘅,一字秋帆,自号灵岩山人,太仓州镇洋县人。受学于沈德潜、惠栋。乾隆二十五年进士第一,授修撰,充日讲起居注官。曾两任陕西巡抚,兼署陕甘总督;三任湖广总督。其间又两任河南巡抚,一任山东巡抚。嘉庆元年命专办军务及会办湖南苗疆善后,明年卒于辰州军营,年六十八,赠太子太保,赐祭葬。其工诗善书画,博通经史、小学、金石、地理之学。一生著作繁富,诗文别集有《听雨楼存稿》、《灵岩山人集》。

毕沅对乾嘉学术史上有特殊贡献,支伟成《清代朴学大师列传》将其列入《提倡朴学诸显达列传》,称"人有一艺长,必驰币驰请,惟恐其不来,来则厚资给之,一时名儒才士,悉为罗致幕下",如招致章学诚、卢文弨、洪亮吉、孙星衍等,共襄学术盛举。支伟成说:"公性好著书,逮官至极品,铅椠迄未去手。谓经义当宗汉儒,故作《传经表》二卷;谓文字当宗许氏,故作《经典文字书》五卷及《音同义异辨》一卷;谓编年之史莫善于涑水,续之者有薛、王、徐三家,徐虽优于薛、王,而所见书籍,若《旧五代史》、李焘长编之类,犹未备,且不无详南略北之病,乃合幕府诸君,博稽群书,考校正史,手自裁定其义例,始宋终元,为《续资治通鉴》二百二十卷,仍仿温公别撰考异附于本条之下,凡四易稿乃成;谓史学当究流别,用会稽章学诚说,纂《史籀考》一百卷;谓史学必通地理,故校《山海经》十八卷,补正《晋书地理志》五卷,并辑《晋太康三年地记》一卷、《王隐晋书地道记》一卷;谓金石可证经史,宦迹所经,搜聚颇备,作《关中金石记》八卷、《中州金石记》五卷。除《史籍考》未就,《续通鉴》别刊外,馀均刻入《经训堂丛书》。"

苏州向称"状元之乡",但像毕沅那样有所作为的,似乎也不多。他的第宅在城中慕家花园,他的别业则在灵岩山麓。

灵岩山西施洞下,有地一方,本是毕氏产业,中有砚山书馆,毕沅早年读书于此,就称它灵岩山馆。乾隆九年,毕沅十五岁,有《题灵岩山馆壁》云:"梧宫故苑,砚石名山。石城巇巇,香水潺潺。我有板屋,十间五间。竹帘不卷,木榻常闲。梅花压磴,古苔斓斑。白云数片,无心往还。一琴一拂,不隐不官。长卿慢世,参军闭关。"四十四年丁母忧归,也住在那里,始建御书楼,旁筑张太夫人祠。钱大昕《封一品夫人张太夫人祠堂记》说:"己亥岁,太夫人考终官斋,公扶榇归里,哀动行路。粤明年,天子省方东南,公在籍迎銮,召对行殿,天子嘉公忠孝,又嘉贤母义方之训,御书'经训克家'四大字赐焉。公既承赐,乃择灵岩山之阳建楼以奉御书,旁筑祠宇,奉太夫人像,六时瞻礼,俾子孙毋忘国恩家嫩。"

乾隆四十五年冬,毕沅署理陕西巡抚,四十八年实授,开始在灵岩山下营建别业,占地广三十亩。钱泳《履园丛话·园林》说:"灵岩山馆在灵岩山之阳西施洞下,乾隆四十八九年间,毕秋帆先生所筑菟裘也。营造之工,亭台之胜,凡四五载而始成。至五十四年三月,始将扁额悬挂其门,曰'灵岩山馆',先生自书,下有一联云:'花草旧香

302

溪,卜兆千年如待我;湖山新画障,卧游终古定何年。'二门曰'锺秀灵峰',乃阿文成公书,又一联云:'莲嶂千重,此日已成云出岫;松风十里,他年应待鹤归巢。'自此蟠曲而上,至御书楼,皆长松夹道,有一门甚宏敞,上题'丽烛层霄'四大字,是嵇文恭公书。楼上有楠木橱一具,中奉御笔扁额、'福'字及所赐书籍、字画、法帖诸件,楼下刻纪恩诗及谢表稿,凡八石。由楼后折而东,有九曲廊,过廊为张太夫人祠。由祠而上,有小亭曰澄怀观。道左有三楹,曰画船云壑,三面石壁,一削千仞,其上即西施洞也。前有一池水,甚清洌,游鱼出没可数,其中一联云:'香水濯云根,奇石惯延采砚客;画廊垂月地,幽花曾照浣纱人。'上有精舍,曰砚石山房,则刘文清公书也。其明年庚戌二月十四日,余与张君止原尝邀王梦楼太守、潘榕皋农部暨其弟云浦参军及陆谨庭孝廉辈,载酒携琴,信宿其中者三日,极文酒之欢。"毕沅长年累月在外,平泉草木,未曾一见,这处园墅,就成了朋友们的游赏地,赵翼《戏题灵岩山馆》三首云:"灵岩千古属西施,亭馆何人凿翠为。要与美人争胜迹,秋帆此处是男儿。""手种梅花已丈馀,相需殷每偏疏。园林闲煞公忙煞,曳足壶头正羽书(湖南征苗,分方督办军需）。""爱山我乏买山赀，公有青山只梦思。何不把山来赠我，省他猿鹤盼归期。"

毕沅卒后不到两年，嘉庆四年九月，因"追论沅教匪初起失察贻误，滥用军需帑项，夺世职，籍其家"（《清史稿·毕沅传》）。这次查抄，清理得很彻底。钱泳《履园丛话·园林》记道光四年偶过此园，有诗四绝，其一云："云壑巍然绝世奇，当年亭榭半参差。此中感慨谁能悉，试问墙间没字碑。"自注："旧时石刻俱已磨去。"查抄后的嘉庆九年，潘奕隽故地重游，有《偕畏堂登灵岩入崇报禅院遂游毕氏山馆得诗二首》，一首云："山腰穿曲径，零落旧池台。三宿人何处（庚戌、辛亥余偕梦楼、芝原两游宿此），闲吟我又来。吞沙潜溜咽，依树杂花开。缔构曾亲见，凭阑首更回。"

嘉庆二十一年，园归常熟蒋继焕。继焕乃蒋赐棨次子，字仲文。贡生，乾隆五十三年捐纳工部营缮司主事，历官至山东督粮道。五十九年革职，在湖南军营效力。嘉庆二年发山东候补知府，历山东督粮道、曹州知府、广东高廉道，于任上卒。园归蒋氏后，俗称蒋园。道光四年，梁章钜调署江苏按察使，曾来一游，《浪迹续谈》卷一有诗云：

"灵岩亭馆出烟霞,占尽中吴景物嘉。闻说主人不曾到,丘山华屋可胜嗟。"十六年又作重游,同书同卷说:"过苏州时,有客约余游灵岩山馆,余以前游未畅,且欲考悉其颠末,因欣然拏舟前往。历览久之,盖不过相隔十馀年,而门庭已大非昔比矣。"蒋园毁于咸丰十年兵火。翁同龢《题朱保之枫江感旧图序》说:"道光庚子六月,同龢侍大母避地于灵岩山馆,盖蒋氏墓庐也,穷途栖屑,全家获庇。其地在木渎,去枫江不远。同治癸酉再往,但见断桥败壁而已,因题此图,不胜感慨。"袁学澜《灵岩山馆》长歌一首,感慨毕、蒋两代主人,末了咏道:"没后平泉还易主,生前从未到林丘。偏容蒋诩开三径,舆骑来邀宾从盛。壁间磨刮旧诗碑,别换章程夸逸兴。可怜世事变沧桑,富贵功名不可常。买山未得居山福,为谁辛苦为谁忙。大抵荣华只如此,乐安今亦衰微矣。时有游人越破垣,偷折夭桃画檐底。华胄虞山相国孙,烟霞痼疾卧消魂。墓庐寂守同僧住,庭满苍苔昼掩门。数杵钟声唤梦回,吴宫越殿尽成灰。区区卅亩闲亭馆,何用林猿野鹤哀。"

自此以后,由于乏人料理,这个山园就日渐颓圮了。一九一六年,庄俞过此,《邓尉山灵岩山游记》说:"山麓有蒋园遗址,即毕秋帆之读书处,旧称毕园,后归虞山蒋氏,墙圮石覆,荒废太甚,惟有九曲桥,犹宛在水中耳。"一九一八年,梦羽、夷然在《吴中三山游记》中说:"循原路,越孔道而西,败井颓垣,瓦砾遍地,知为毕秋帆制军灵岩山馆遗址,即当西施洞之下。茔墓在其左,享坛犹在,石马已残。稍西一桥跨空,巨石半规,全材所琢,桥下泉流涓涓,蜿蜒而下,直走山麓。回廊曲径,宛转随之,危墙如屏,作冰梅纹,尚完整未仆,占地之广,奄有西麓。想见当年池沼亭台,极一时之盛,至今虽所谓御书楼、澄怀观、画船云壑、砚石山房诸胜,犹可仿佛其处,而芜草没径,断碑载道,梓泽圮墟,古今同慨,又何论苏台麋鹿哉。"至一九二六年,李根源前来寻访,《吴郡西山访古记》卷一说:"下山寻毕秋帆制府灵岩山馆废址,馆居山东南面,占地四五十亩,瓦砾满山,墙基房址,池桥假山,均可辨认。"

这几位作者记述的灵岩山馆,都已距今一百年前后了,沧海桑田,岁月无情,至今大概影迹全无了吧。

二〇一九年八月六日改定

后　记

入梅后,天气阴晴无定,时常细雨连绵,贺方回《青玉案》词云:"一川烟草,满城风絮。梅子黄时雨。"虽然烟雨景象如诗如画,但气压偏低,也大不能舒心,蔡君谟《杭州清暑堂记》就说:"方春夏时,梅雨蒸郁,础甓皆汗,披纤衣,覆大厦,犹鼻息奄奄,不得旷快。"知堂《雨天的书·自序一》也说:"想要做点正经的工作,心思散漫,好像是出了气的烧酒,一点味道都没有。"正经的事做不了,也就只好做点零碎的活计,同样是"并无别的意思,聊以对付这雨天的气闷光阴罢了"。

这些年来,写过一点关于园林的文章,零散细碎,不成系统,有的已成篇,有的未完稿,搁在那里已经很久了。

也就在这雨声里,开始做整理的事,将已成篇的,统改一过,补充材料,剔除重复,与初稿比较,面貌稍异;未完稿的,选出几篇来,补缀了事。由于有的文章,已记不清什么时候写的,故这次改过后,每篇之末所署,均为重订的时间。

今年的黄梅不典型,雨水并不多,也没有看到"东边日出西边雨"的景象。如此过了二十多天,算是出梅了。如今的出梅,叫做气象意义上的出梅,即连续五天不下雨,且平均气温超过摄氏三十度。过去是按节气结合干支来推算的,出梅总在小暑后第一个未日或小暑日。现在气象台管得宽了,春夏秋冬的来临,都要由它来宣布,入梅和出梅,也不例外。

不管如何,总算出梅了,虽然还下过几场阵雨,天是大热了,赤日炎炎似火烧,稍一走动,浑身是汗。我几乎每天躲在开着空调的书房里,做这本书的事,又过了十来天,总算完卷了。今天立秋,虽然乡谚有道是"朝立秋,淴飕飕;夜立秋,热吽吽",但热不可耐的"秋老虎"总是免不了的,即使到了处暑,还有"处暑十八盆",想来要进入气象意义上的秋天,还有一段难熬的日子。

反过来想想,黄梅天还是有不少好处的。一是让人闲静,赵紫芝《有约》云:"黄梅时节家家雨,青草池塘处处蛙。有约不来过夜半,闲敲棋子落灯花。"雨天里找人手谈或是聊天,都闲闲散散的。二是用梅水泡茶,徐濠南《吴中竹枝词》云:"阴晴不定是黄梅,暑气薰蒸润绿苔。瓷瓮竞装天雨水,烹茶时候客初来。"如今都不用梅水了,因为空气不干净,但在不时下着雨的时候,泡杯清茶来吃,自然也很不错。三就是到园林里去白相,这样的时候,游人就少得多,几个小园里的游屐更寥落了,或在曲廊里走走,或在水榭里坐坐,或也可登上楼台,望望野景,这时的雨,似乎就必不可少了,听听檐溜的滴沥,雨打着芭蕉或荷叶的声音,看看水上的涟漪,还有湿润的山石树木,而一滴滴下坠的水珠,恰好落在你的颈项里,真有透心的凉意。

前人也有喜欢在黄梅天游园的,如苏东坡《次韵刘景文登介亭》有云:"泽国梅雨馀,衰年困蒸溽。高堂磨新砖,颇觉利腰足。松根百尺井,两绠飞净渌。流觞聚儿童,一笑为捧腹。"郭子忠《园亭雨后即事》云:"别墅红尘远,幽居日掩门。松声醒客梦,鸟语类人言。篱落斜通径,溪流曲抱村。池亭梅雨霁,独坐向黄昏。"晚近吾乡乐痴女士亦有《半园即景》,所咏即仓米巷史氏半园,诗云:"碧阑人倚晚凉天,梅雨初晴积翠连。澈底清池鱼可数,新鲜荷叶小于钱。"在这样的时候欣赏园景,不同平时,应该是别有体验的。

写到这里,这篇后记似乎可以搁笔了。

二〇一九年八月八日,立秋